乘客與創造者

韓松中短篇科幻小說選

乘客與創造者

The Passengers and the Creator

韓松中短篇科幻小說選

韓松 著

香港中和出版有限公司
www.hkopenpage.com

目　　錄

代序：
　　我們自己有多荒謬，世界就有多麼荒謬　1

（代序）
我們自己有多荒謬，
世界就有多麼荒謬

在這本《乘客與創造者 —— 韓松中短篇科幻小說選》成書之際，中和出版編輯與韓松先生就作品理念、寫作風格與特點等做了簡短的對話，希望有助讀者在翻開這本小說選集之際，對韓松先生和他精彩的作品有更多的了解。

中和編輯：我們常看到的科幻故事，或是建基於幻想出來的高科技，或是建基於某種新的社會形態，但故事本身讀起來還是現實的。您的小說，本身則是「超現實」的。你對自己筆下的小說世界是怎樣的界定？

韓松：大多數人沉迷日常的現實，忙碌於早九晚五的生活，卻很難產生質疑。但實際上這一切並不一定是真實的。我們僅僅被賦予了一種「習慣」或者「生存的習慣」。所謂的「超現實」，則是用一種未來或者他者的視角，來重新觀察這慣常和熟悉的生存狀態，

以發現被隱藏起來的另一些方面。小說僅僅是做這件事的一種方便方式，它更像是在記錄，把未來的他者所觀察到的情況，按照陌生化的樣式記錄下來。不過，也很難說這層記錄，就反映了真實。真實有可能並不存在。小說世界也僅僅是主觀的投射。我們自己有多荒謬，世界就有多麼荒謬。

中和編輯：您曾說過，現實比科幻更科幻，這是你選擇用超現實的角度去寫作的原因嗎？或只是原因之一？

韓松：用科幻來形容現實，已成為觀察這個時代的一種方式。我們的存在，不僅僅是魔幻——它是可以隨便臆造的，而更是科幻，也就是說，不再可以隨便臆造，而要把自己的人生建構在理性、實驗、技術、知識的框架以內，這正是全球化以及工業革命帶來的一種結果，加上技術的飛速變革，未來時刻入侵現實，所有人都生活在科幻般的畫面中，成為新的囚徒。超現實的角度，只是讓人更加悲哀地看清這幸福中的囚徒的處境，卻並沒有解決的辦法。

中和編輯：讀者評論常會說到您小說中的「卡夫卡的味道」，您怎樣看待這種評論？

韓松：卡夫卡是偉大的作家，他塑造的變形者，還有城堡的闖入者，還有被審判者，都是一些英雄，這代表了卡夫卡式的反抗，他是敢說的。在他那個時代，還是可以這麼做的。我們這個時代，因為在無處不在的傳感器和人臉識別的管控下，加上隨時可能被基因編輯而消除你的「疾病」，於是存在着表達的困難和羞恥，存在

着對自己言語的不自信和自責。我做不了卡夫卡。我最多只能做卡夫卡筆下的甲蟲，卻僅僅是一個甲蟲，不是變來的，而是本身如此。可能是一台大機器從一開始就造出來的，沒辦法選擇。

中和編輯：您在一篇關於娥蘇拉・勒瑰恩的文章中說到：「勒瑰恩創造了另一種科幻的寫法……它講的是，『假如事情這樣發展下去，那麼就可能會發生甚麼』……她接着說，所幸的是，儘管推測性是科幻的一個元素，但它並不代表這套玩法的所有路數。它太理性和太簡淺了，不能讓作者及讀者那充滿想像的大腦獲得足夠滿足。多樣性才是生活的最刺激的調料。」如果借用這段話來說，推測性元素，或是多樣性的刺激，哪一者更符合您的創作？

韓松：利用科幻小說進行推測，遙想不太遠或稍遠的未來，這的確是有趣的事情，再加上擁有一些知識、邏輯和方法，有時往往可能「預言」出將會實際發生的事情，就像算命師一樣，這也能讓讀者愉悅或震驚。不過科幻不僅僅是推測出一種可能發生的未來場景，它更多還是描述不確定性，讓讀者置身於對於未知的恐懼之中，使他們面對種種可以選擇的明天，而陷入一種難以選擇的境地，這或許便是科幻這種遊戲能帶來的刺激。這兩種元素，都曾存在於我的創作中。而我更偏好於後者，這也是因為這個飛滿了「黑天鵝」的世界是越來越無法推測的，算命師正在紛紛失業。

中和編輯：在您的作品中，會出現一些看起來奇特的表達，例如：「我的心臟在舌頭上走着芭蕾」（《乘客與創造者》），有的甚至

會被讀者視為矛盾、不合常理的，例如「死魚一樣合上眼睛」（《乘客與創造者》）。這種文體是有意識形成的嗎？是否可以說是您作品的一種風格要素？

韓松：這些只是一些拙劣的描述，但它們比較真實地反映出我當時實際看到的，卻不一定是眼睛看到的真實，而是內心的糾結。有一段時間，我描述主人公的窘境，總是反覆地寫他會小便失禁，這也被評論為一種文學上的拙劣描寫，但在我那裡，他真是別無選擇，這樣的反覆遺尿，才是最恐怖的。我無法控制不去把各種意象蠢笨地黏合在一起並滑稽地展現出來，這有時會使得讀者厭倦乃至受到傷害，但它們僅僅是我內心經歷的那一瞬間的世界的投射，反映的無非是我意識深處的蒼白和乏力。這不是我自己能改變的，而是有力量強加的。所以這不是一種風格，而更可歸於時代的強迫症。

中和編輯：在閱讀您的小説時，一些讀者感到困惑，一些讀者很着迷，你是否有意去形成一種個人風格的「美學」？

韓松：美學是很難去描述的。美並沒有標準。在一隻蝴蝶面前，有人感到華麗，而有人則體會到了恐懼。這並無法去有意形成。至於是會給讀者帶來傷害，或是讓他們感到興奮，這都不是我能夠控制和把握的，也無意去做這樣的事情。科幻作者唯一要做的，只是把他看到的陌生和疏離，盡可能具體而形象地記錄下來。在這近乎被動的過程中，他並不能主觀地去想到任何美的表達。那是傳統的文學家做的事。

中和編輯：這次在香港推出的繁體版選集，這些篇目中最多的是寫作於千禧年之後幾年間的，從八十年代至今三十多年的寫作，您的創作，從內部和外部來說各有些甚麼變化？

韓松：從一九八二年發表第一篇科幻小說算起，的確很多年過去了，這在宇宙的長河中僅僅是一瞬間，而我的身體的細胞卻已經完成了重大的更替，我不再是三十年前的同一個人了，因此作品的內在和外在，它也必然而發生變化，因為不再是同一人所寫的了。但同時又由於所有的事情統統發生在一瞬間，所以它也難以擺脫無法產生根本性變化的命運。我所能體會到的改變僅僅是，或許更悲觀了 —— 對現實，對未來，也對自己。技術的進步和生活的改善，都並不必然帶來本質上更樂觀的想法。

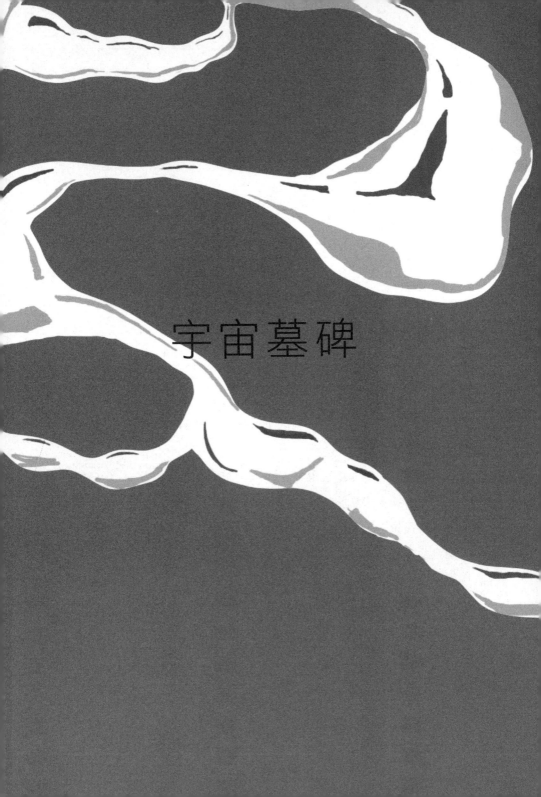

宇宙墓碑

上篇

我十歲那年，父親認為我可以適應宇宙航行了。那次我們一傢伙去了獵戶座，乘的當然是星際旅遊公司的班船。不料在返航途中，飛船出了故障，我們只得勉強飛到火星着陸，等待另一艘飛船來接大家回地球。

我們着陸的地點，靠近火星北極冠。記得當時大家都心情焦躁，船員便讓乘客換上宇航服出外散步。降落點四周散佈着許多舊時代人類遺址，船長說，那是宇宙大開發時代留下的。我清楚地記得，我們在一段幾公里長的金屬牆前停留了很久，跟着牆後面出現了意想不到的場面。

現在我們知道那些東西就叫墓碑了。但當時我僅僅被它們森然的氣勢鎮住，一時裏足不前。那是一片遼闊的平原，地面顯然經過人工

平整。大大小小的方碑猶如雨後春筍一般鑽出地面，有着同一的黑色調子，煥發出寒意，與火紅色的大地映襯，着實奇異非常。火星的天空擲出無數雨點般的星星，神秘得很。我少年之心忽然悠動起來。

大人們卻都變了臉色，不住地面面相覷。

我們在這個太陽系中數一數二的大墳場邊緣只停留了片刻，便匆匆回到船艙。大家表情嚴肅而不祥，並且有一種後悔的神態，彷彿是看到了甚麼不該看的東西。我便不敢說話，卻無緣無故有些興奮。

終於有一艘新的飛船來接我們。它從火星上起動時，我悄聲問父親：

「那是甚麼？」

「哪是甚麼？」他仍愣着。

「那牆後面的呀！」

「他們……是死去的太空人。他們那個時代，宇宙航行比我們困難一些。」

我對死亡的概念，很早就有了感性認識，大約就始於此時。我無法理解大人們剎那間神態為甚麼會改變，為甚麼他們在火星墳場邊一下感情複雜起來。死亡給我的印象，是跟燦爛的舊時代遺址緊密相連的，它是火星瑰麗景色的一部分，對少年的我擁有絕對的魅力。

十五年後，我帶着女朋友去月球旅遊。「那裡有一個未開發的旅遊區，你將會看到宇宙中最不可思議的事物！」我又比又畫，心中卻另有打算。事實上，背着阿羽，我早跑遍了太陽系中的大小墳場。我佇立着看那些墓碑，達到入癡入迷的地步。它們靜謐而荒涼的美跟寂寞的星球世界吻合得那麼融洽，而墓碑本身也確是那個時代的傑作。

我得承認，兒時的那次經歷對我心理的影響是微妙而深遠的。

我和阿羽在月球一個僻靜的降落場離船，然後悄悄向這個星球的腹地走去。沒有交通工具，沒有人煙。阿羽越來越緊地攥住我的手，而我則一遍遍翻看那些自繪的月面圖。

「到了，就是這兒。」

我們來得正是時候，地球正從月平線上冉冉升起，墓群沐在幻覺般的輝光中，彷彿在微微顫動，正紛紛醒來。這裡距最近的降落場有一百五十公里。我感到阿羽貼着我的身體在劇烈戰慄。她目瞪口呆望着那幽靈般的地球和其下生機勃勃的墳場。

「我們還是走吧。」她輕聲説。

「好不容易來，幹嘛想走呢？你別看現在這兒死寂一片，當年可是最熱鬧的地方呢！」

「我害怕。」

「別害怕。人類開發宇宙，便是從月球開始的。宇宙中最大的墳場都在太陽系，我們應該驕傲才是。」

「現在只有我們兩人光顧這兒，那些死人知道麼？」

「月球，還有火星、水星……都被廢棄了。不過，你聽，宇宙飛船的隆隆聲正震撼着幾千光年外的某個無名星球呢！死去的太空人地下有靈，定會欣慰的。」

「你幹嘛要帶我來這兒呢？」

這個問題使我不知怎麼回答才好。為甚麼一定要帶上女朋友萬里迢迢來欣賞異星墳塋？出了事該怎麼交代？這確是我沒有認真思考過的問題。如果我要告訴阿羽，此行原是為了尋找宇宙中愛和死永恆交

織與對立的主題和情調，那麼她必定會以為我瘋了。也許我可以用寫作論文來作解釋，而且我的確在搜集有關宇宙墓碑的材料。我可以告訴阿羽，舊時代宇航員都遵守一條不成文的習俗，即絕不與同行結婚。在這兒的墳塋中你絕對找不到一座夫妻合葬墓。我要求助於女人的現場靈感來幫助我解答此謎嗎？但我卻沉默起來。我只覺得我和阿羽的身影成了無數墓碑中默默無言的兩尊。這樣下去很醉人。我希望阿羽能悟道，但她卻只是緊張而癡傻地望着我。

「你看我很奇怪吧？」半晌，我問。

「你不是一個平常的人。」

回地球後阿羽大病一場，我以為這跟月球之旅有些關係，很是內疚。在照料她的期間，我只得中斷對宇宙墓碑的研究。這樣，一直到她稍微好轉。

我對舊時代植墓於群星的風俗抱有極大興趣，曾使父親深感不安。墓碑嗎？那是很久以前的事了，現代人幾乎已把它淡忘，就像人們一股腦把太陽系的姊妹行星扔在一旁，而去憧憬宇宙深處的奇景一樣。然而我卻下意識體會到，這裡有一層表象。我無法迴避在我查閱資料時，父親陰鬱地注視我的眼光。每到這時我就想起兒時那一幕，大人們在墳場旁神情怪異起來，彷彿心靈中某種深沉的東西被觸動了。現代人絕對不舊事重提，尤其是有關古代死亡的太空人。但他們並沒從心底忘掉他們，這我知道，因為他們每碰上這個問題時，總是小心翼翼繞着圈子，敏感得有些過分。這種態度滲透到整個文化體系中，便是歷史的虛無主義。忙碌於現時的瞬間，是現代人的特點。或許大家認為昔日並不重要？或僅是無暇回顧？我沒有能力去探討其

後可能暗含的文化背景。我自己也並不是個歷史主義者。墓碑使我執迷，在於它給我的一種感覺，類似於詩意。它們既存在於我們這個活生生的世界之中，又置身在它之外，偶爾才會有人光臨其境，更多的時間裡它們保持緘默，旁若無人沉湎於它們所屬的時代。這就是宇宙墓碑的醉人之處。每當我以這種心境琢磨它們時，薊教授便警告我說，這必將墮入邊界，我們的責任在於復原歷史，而不是為個人興趣所驅，我們要使現時代庸俗的人們重新認識到其祖先開發宇宙的偉大與艱辛。

薊教授的蒼蒼白髮常使我無言以對，但在有關墓碑風俗的學術問題上，我們卻可以爭個不休。在阿羽病情好轉後，我與教授會面時又談到了墓碑研究中的一個基本問題，即該風俗忽然消失在宇宙中的現象之謎。

「我還是不同意您的觀點。在這個問題上，我一直是反對您的。」

「年輕人，你找到甚麼新證據了嗎？」

「目前還沒有，不過⋯⋯」

「不用説了。我早就告誡過你，你的研究方法不大對頭。」

「我相信現場直覺。故紙堆已不能告訴我們更多的信息，資料太少。您應該離開地球到各處走一走。」

「老頭子可不能跟年輕人比啊，他們太固執己見了。」

「也許您是對的，但是⋯⋯」

「知道新發現的天鵝座α星墓葬嗎？」

「無名之墳，僅鑴有年代。它的發現將墓碑風俗史的下限推後了五十年。」

「如果我沒記錯的話，技術決定論者的《行星宣言》就是在那前後不久發表的。墓碑風俗的消失跟這沒有關係嗎？」

「您認為是一種文化規範的興起替代了舊的文化規範？」

「我推測我們不能找到年代更晚的墓葬了。技術決定論者一登台，墓碑風俗便神秘地隱遁在了宇宙中。」

「您不覺得太突然了嗎？」

「恰恰如此，才能解釋時間上的巧合。」

「……也許有別的原因。那時技術決定論者還太弱，而墓葬制度的存在已有數萬年歷史，宇宙墓碑也矗立上千年了。沒有東西能夠一下子摧毀這麼強大的風俗。很簡單，它沉澱在古人心靈中，叫它集體潛意識可以吧？」

薊教授攤了攤手。合成器這時將晚餐準備好了。吃飯時我才注意到教授的手在微微顫抖。畢竟是二百多歲的人了。有一種複雜的情緒在我心頭翻騰。死亡將奪去每一個人的生命，這可能是連技術決定論者也永遠無法迴避的一個問題。死後我們將以何種方式存在，仍然是心靈深處悄悄猜度着的。宇宙中林立的墓碑展示出舊時代的人類早就在探尋這個答案，或許他們已經將心得和結論喻入墓塋？現代人不再需要埋葬，他們讀不懂古墓碑文，也不屑一讀。人們跟其先輩相比，難道產生了本質上的不同？

死是無法避免的，但我還是擔心薊教授過早謝世。這個世界上，僅有極少數人在探討諸如宇宙墓碑這樣的歷史問題。他們默默無聞，而常常是毫無結果地工作着，這使我憂心忡忡。

我不止一次凝神於眼前的全息照片，它就是薊教授提到的那座

13

墳，它在天鵝座α星系中的位置是如此偏僻，以至於直到最近才被一艘偶然路過的貨運飛船發現。墓碑學者普遍有一種看法，即這座墳在向我們暗示着甚麼，但沒有一個人能夠猜出。

我常常被這座墳奇特的形象打動，從各個方面，它都比其他墓碑更契合我的心境。一般而言，宇宙墓碑都群集着，形成浩大的墳場，似乎非此不足以與異星的荒涼抗衡。而此墓卻孑然獨處，這是以往的發現中絕無僅有的一例。它位於該星系中一顆極不起眼的小行星上，這給我一種經過精心選擇的感覺。從墓址所在區域望去，實際上看不見星系中最大的幾顆行星。每年這顆小行星都以近似彗星的橢圓軌道繞天鵝座α運轉，當它走到遙遙無期的黑暗的遠日點附近時，我似乎也感到了墓主寂寞厭世的心情。這一下便產生了一個突出的對比，即我們看到，一般的宇宙墓群都很注意選擇雄偉風光的襯托，它們充分利用從地平線上躍起的行星光環，或以數倍高於珠穆朗瑪峰的懸崖作背景。因此即便從死人身上，也能體會到宇宙初拓時人類的豪邁氣概。此墓卻一反常態。

這一點還可以從它的建築風格上找到證據。當時的築墓工藝講究對稱的美學，墓體造得結實、沉重、宏大，充滿英雄主義的傲慢。水星上巨型的金字塔和火星上巍然的方碑，都是這種流行模式的突出代表。而在這一座孤寂的墳上，卻找不到點滴這方面的影子。它造得矮小而卑瑣，但極輕的懸挑式結構，卻有意無意中使人覺得空間被分解後又重新組合起來。我甚至覺得連時間都在墓穴中自由流動。這顯然很出格。整座墓碑完全就地取材，由該小行星上富含的電閃石構成，而當時流行的是從地球本土運來特種複合材料。這樣做十分浪費，但

人們更關心浪漫。

　　另一點引起猜測的是墓主的身份。該墓除了鐫有營造年代外，並無多餘着墨。常規做法是，必定要刻上死者姓名、身份、經歷、死亡原因以及悼亡詞等。由此出現了各種各樣的假說。是甚麼特殊原因，促使人們以這種不尋常的方式埋葬天鵝座α星系的死者？

　　由於墓主幾乎可以斷定為墓碑風俗結束的最後見證人，神秘性就更大了。在這點上，一切解釋都無法自圓其說。因為似乎是這樣的，即我們不得不對整個人類文化及其心態作出闡述。對於墓碑學者而言，現時的各種條件鎖鏈般限制了他們。我倒是曾經計劃過親臨天鵝座α星系，卻沒有人能夠為我提供這筆經費。這畢竟不同於太陽系內旅行。而且不要忘了，世俗並不贊成我們。

　　後來我一直未能達成天鵝座α之旅，似乎是命裡注定。生活在發生意想不到的變化，我個人也在不斷改變。在我一百歲時，剛好是薊教授去世七十週年的忌日。我忽然想到這件事時，也就憶起了青年時代和教授展開的那些有關宇宙墓碑的辯論。當初的墓碑學泰斗們也跟先師一樣，早就形骸坦蕩了。追隨者們紛紛棄而它往。我半輩子研究，略無建樹，夜半醒來常常捫心自問：何必如此耽迷於舊屍？先師曾經預言，我一時為興趣所驅，將來必自食其果，竟然言中。我何曾有過真正的歷史責任感呢？由此才帶來今日的困惑。人至百年，方有大夢初醒之感，但我意識到，知天命恐怕是萬萬不能了。

　　我年輕時的女朋友阿羽，已成了我的妻子，如今是一個成天嘮叨不休的中年婦女。她這大概是在將一生不幸怪罪於我。自從那次我帶她參觀月球墳場後，她就受驚得了一種怪病。每年到我們登月的那個

日子，她便精神恍惚，整日囈語，四肢癱瘓。即便現代醫術，也無能為力。每當我查閱墓碑資料，她便在一旁神情黯然，煩躁不安。這時我便悄悄放下手中活計，步出戶外。天空一片晴朗，猶如七十年前。我忽然意識到自己已有許多年沒離開地球了。餘下的日子，該是用來和阿羽好好廝守了吧？

我的兒子築長年不回地球，他已在河外星系成了家，他本人是宇宙飛船的船長，馳騁眾宇，忙得星塵滿身。我猜測他一定蒞臨過有古墳場的星球，不知他作何感想？此事他從未當我面提起，而我也暗中打定主意，絕不首先對他言說。想當初父親攜我，因飛船事故偶處火星，我才得以目睹墓群，不覺欷歔。而今他老人家也已一百五十多歲了。

由生到死這平凡的歷程，竟導致古人在宇宙各處修築了那樣宏偉的墓碑，這個謎就留給時空去解吧。

這樣一想，我便不知不覺放棄了年輕時代的追求，過起了平靜的日子。地球上的生活竟如此恬然，足以沖淡任何人的激情，這我以前並未留意過。人們都在宇宙各處忙碌，很少有機會回來看一看這個曾經養育他們而現在變得老氣橫秋的行星，而守舊的地球人也不大關心宇宙深處驚天動地的變化。

那年築從天鵝座α回來時，我都沒意識到這個星球的名字有甚麼特別之處。築因為河外星系引力的原因，長得奇怪的高大，是徹頭徹尾的外星人，並且由於當地文化的熏染而沉默寡言。我們父子見面日少，從來沒多的話說。有時我不得不這麼去想，我和阿羽僅僅是築存在於世所臨時藉助的一種形式。其實這種觀點在現時宇宙中一點也不

顯得荒謬。

築給我斟酒，兩眼炯炯發光，今日卻奇怪地話多。我只得和他應酬。

「心寧他還好？」心寧是孫子名。

「還好呢，他挺想爺爺的。」

「怎麼不帶他回來？」

「我也叫他來，可他受不了地球的氣候。上次來了，回去後生了一身的疹子。」

「是嗎？以後不要帶他來了。」

我將一杯酒飲盡，發覺築正窺視我的臉色。

「父親，」他在椅子上不安地扭動，「我有件事想問您。」

「講吧。」我疑惑地打量他。

「我是開飛船的，這麼些年來，跑遍了大大小小的星系。跟您在地球上不同，我可是見多識廣。但至今為止，尚有一事不明了，常縈繞心頭，這次特向您請教。」

「可以。」

「我知道您年輕時專門研究過宇宙墓碑，雖然您從沒告訴我，可我還是知道了。我想問您的就是，宇宙墓碑使您着迷之處，究竟何在？」

我站起身，走到窗邊，不使臉朝築。我沒想到築要問的是這個問題。那東西，也撞進了築的心靈，正像它曾使父親和我的心靈蒙受巨大不安一樣。難道舊時代人類真在此中藏匿了魔力，後人將永遠受其陰魂侵擾？

17

「父親，我只是想隨便問問，沒有別的意思。」築囁嚅着，像個小孩。

「對不起，築，我不能回答這個問題。嗬，為甚麼墓碑使我着迷？我要是知道這個，早就在你很小的時候就告訴你一切一切跟墓碑有關的事情了。可是，你知道，我沒有這麼做。那是個無底洞，築。」

我看見築低下了頭。他默然，似乎深悔自己的貿然。為了使他不那麼窘迫，我壓制住情緒，回到桌邊，給他斟了一杯酒。然後我審視他的雙目，像任何一個做父親的那樣充滿關懷地問道：

「築，告訴我，你到底看見了甚麼？」

「墓碑。大大小小的墓碑。」

「你肯定會看見它們。可是你以前並沒有想到要談這個嘛。」

「我還看見了人群。他們蜂擁到各個星球的墳場去。」

「你說甚麼？」

「宇宙大概發瘋了，人們都迷上了死人，僅在火星上，就停滿成百上千艘飛船，都是奔墓碑來的。」

「此話當真？」

「所以我才要問您墓碑為何有此魅力。」

「他們要幹甚麼？」

「他們要掘墓！」

「為甚麼？」

「人們說，墳墓中埋藏着古代的秘密。」

「甚麼秘密？」

「生死之謎！」

「不！這不當真。古人築墓，可能純出於天真無知！」

「那我可不知道了。父親，你們都這麼說。您是搞墓碑的，您不會跟兒子賣關子吧？」

「你要幹甚麼？要去掘墓嗎？」

「我不知道。」

「瘋子！他們沉睡一千年了。死人屬於過去的時代。誰能預料後果？」

「可是我們屬於現時代啊，父親。我們要滿足自己的需求。」

「這是河外星系的邏輯嗎？我告訴你，墳墓裡除了屍骨，甚麼也沒有！」

築的到來，使我感到地球之外正醞釀着一場變動。在我的熱情行將冷卻時，人們卻以另外一種方式耽迷於我耽迷過的事物。築所説的使我心神恍惚，一時作不出判斷。曾幾何時，我和阿羽在荒涼的月面行走，拜謁無人光顧的陵寢，其冷清寂寥，一片窮荒，至今在我們身心留下不可磨滅的痕跡。記得我對阿羽説過，那兒曾是熱鬧之地。而今築告訴我，它又重將喧嘩不堪。這種週期性的逆轉，是預先安排好的呢，還是誰在冥冥中操縱？繼宇宙大開發時代和技術決定論時代後，新時代到來的預兆已經出現於眼前了麼？這使我充滿激動和恐慌。

我彷彿又重回到幾十年前。無垠的墳場歷歷在目，籠罩在熟悉而親切的氛圍中。碑就是墓，墓即為碑，洋溢着永恆的宿命感。

接下來我思考築話語中的內涵。我內心不得不承認他有合理之處。墓碑之謎即生死之謎，所謂迷人之處，也即此吧，不會是舊人魂

魄攝人。墓碑學者的激情與無奈也全出於此。其實是沒有人能淡忘墓碑的。我又恍惚看見了技術決定論者緊繃的面孔。

然而掘墓這種方式是很奇特的，以往的墓碑學者怎麼也不會考慮用此種手段。我的疑慮卻在於，如果古人真的將甚麼東西陪葬於墓中，那麼，所有的墓碑學者就都失職了。而薊教授連悔恨的機會也沒有。

在築離開家的當天，阿羽又發病了。我手忙腳亂找醫生。就在忙得不可開交的當兒，我居然莫名其妙走了神。我忽然想起築說他是從天鵝座α來的。這個名字我太熟悉了。我仍然保存着幾十年前在那兒發現的人類最晚一座墳墓的全息照片。

下篇
—— 錄自掘墓者在天鵝座α星系小行星墓葬中發現的手稿

我不希望這份手稿為後人所得，因為我實無譁眾取寵之意。在我們這個時代，自傳式的東西多如牛毛。一個歷盡艱辛的船長大概會在臨終前寫下自己的生平，正像遠古的帝王希望把自己的豐功偉績標榜於後世。然而我卻無心為此。我平凡的職業和經歷都使我恥於吹噓。我寫下這些文字，是為了打發臨死前的寂寞時光。並且，我一向喜歡寫作。如果命運沒有使我成為一名宇宙營墓者的話，我極可能去寫科幻小說。

今天是我進入墳墓的第一天。我選擇在這顆小行星上修築我的歸宿之屋，是因為這裡清靜，遠離人世喧囂和飛船航線。我花了一個星

期獨力營造此墓。採集材料很費時間，並且着實辛苦。我們原來很少就地取材 —— 除了為那些特殊條件下的犧牲者。通常發生了這種情況，地球無力將預製件送來，或者預製件不適合當地環境。這對於死者及其親屬來說都是一件殘酷之事。但我一反傳統，是自有打算。

我也沒有像通常那樣，在墓碑上鑴上自己的履歷。那樣顯得很荒唐，是不是？我一生一世為別人修了數不清的墳墓，我只為別人鑴上他們的名字、身份和死因。

現在我就坐在這樣一座墳裡寫我的過去。我在墓頂安了一個太陽能轉換裝置，用以照明和供暖。整個墓室剛好能容一人，非常舒適。我就這麼不停地寫下去，直到我不能夠或不願意再寫。

我出生在地球。我的青年時代是在火星度過的。那時世界正被開發宇宙的熱浪襲擊，每一個人都被捲了進去。我也急不可耐丟下自己的愛好 —— 文學，報考了火星宇宙航行專門學校。結果我被分在太空搶險專業。

我們所學的課程中，有一門便是築墓工程學。它教導學員，如何妥善而體面地埋葬死去的太空人，以及此舉的重大意義。

記得當時其他課程我都學得不是太好，唯有此課，常常得優。回想起來，這大概跟我小時候便喜歡親手埋葬小動物有一些關係。我們用三分之一的時間學習理論，其餘用於實踐。先是在校園中搞大量設計和模型建造，爾後進行野外作業。記得我們通常在大峽谷附近修一些小墓，然後轉移到平原地帶造些較大的。臨近畢業時我們進行了幾次外星實習，一次飛向水星，一次去小行星帶，兩次去冥王星。

我們最後一次去冥王星時出了事。當時飛船攜帶了大量特種材

料，準備在該行星嚴酷冰原條件下修一座大墓。飛船降落時遭到了流星撞擊，死了兩個人。我們以為活動要取消了，但老師卻命令將演習改為實戰。你今天要去冥王星，還能在赤道附近看見一座半球形大墓，那裡面長眠的便是我的兩位同學。這是我第一次實際作業。由於心慌意亂，墳墓造得一塌糊塗，現在想來還內疚不已。

畢業後我被分配到星際救險組織，在第三處供職。去了後才知道第三處專管墳墓營造。

老實說，一開始我不願幹這個。我的理想是當一名飛船船長，要不就去某座太空城或行星站工作。我的許多同學分配得比我要好。後來經我手埋葬的幾位同學，都已征服了好幾個星系，中子星獎章得了一大排。在把他們送進墳墓時，人們都肅立致敬，獨獨不會注意到站在一邊的造墓人。

我沒想到在第三處一幹就是一輩子。

寫到這裡，我停下來喘口氣。我驚詫於自己對往事的清晰記憶。這使我略感躊躇，因為有些事是該忘記的。也罷，還是寫下去再說。

我第一次被派去執行任務的地點是半人馬座α星系。這是一個具有七個行星的太陽系。我們飛船降落在第四顆上面。當地官員神色嚴肅而恭敬地迎接我們，説：「終於把你們盼來了。」

一共死了三名太空人。他們是在沒有防護的情況下遭到宇宙射線的輻射而喪生的。我當時稍稍舒了一口氣，因為我本來做好了跟斷肢殘臂打交道的思想準備。

這次第三處一共來了五個人。我們當下二話沒説便問當地官員有甚麼要求。他們道：「由你們決定吧。你們是專家，難道我們還會不

信任麼？但最好把三人合葬一處。」

那一次是我繪的設計草圖。首次出行，頭兒便把這麼重要的任務交給我，無疑有培養我的意思。此時我才發現我們要幹的是在半人馬座α星系建起第一座墓碑。我開始回憶老師的教導和實習的程序。一座成功的墓碑不在於它外表的美觀華麗，更主要的在於它透出的精神內容。簡單來説，我們要搞出一座跟死者身份和時代氣息相吻合的墳來。

最後的結果是設計成一個巨大的立方體，堅如磐石。它象徵宇航員在宇宙中不可動搖的位置。其形狀給人以時空靜滯之感，有永恆的態勢。死亡現場是一處無垠的平原，我們的墓碑矗立其間，四周一無阻擋，只有天空湖泊般垂落。萬物線條明晰。墓碑唯一的缺憾是未能詳盡表現出太空人的使命。但作為第一件獨立作品，它超越了我在校時的水平。我們實際上僅用兩天便竣工了。材料都是地球上成批生產的預製構件，只需把它們組合起來就成。

那天黎明時分，我們排成一排，靜靜站了好幾分鐘，向那剛落成的大墳行注目禮。這是規矩。墓碑在這顆行星特有的藍霧中新鮮透明，深沉持重。頭兒微微搖頭，這是讚歎的意思。我被驚呆了。我不曾想到死亡這麼富有存在的個性，而這是經由我們幾人之手產生的。墳塋將在悠悠天地間長存 —— 我們的材料能保持數十億年不變形。

這時死者還未入棺。我們靜待更隆重的儀式的到來。在半人馬座α星升上一臂高時，人們陸續來到了。他們裹着臃腫的服裝，戴着沉重的頭盔，淹沒着自己的個性。這樣的人群顯示出的氣氛是特殊的，肅穆中有一種駭人味道。實際上來者並不多，人類在這個行星上才建

有數個中繼站。死了三個人，這已了不得。

　　我已經記不太清楚當時的場面了。我不敢說究竟是當地負責人致悼詞在先，還是我們表示謝意在前。我也模糊了現場不斷播放的一支樂曲的旋律，只記得它怪異而富有異星的陌生感，努力表達出一種雄壯。後來則肯定有飛行器隆隆飛臨頭頂，盤旋良久，擲出鉑花。行星的重力場微弱，鉑花在天空中飄蕩，經久不散，迴腸蕩氣。這時大家拚命鼓掌。可是，是誰教給人們這一套儀式的呢？到最後，為甚麼要由我們萬里迢迢來給死人築一座大墳？

　　送死者入墓是由我們營墓者來進行的。除頭兒外的四人都去抬棺。這時現場的喧鬧才停下來。鉑花和飛行器無影無蹤了。在墓的西方，也就是現在朝着太陽系的一方，開了一個小門洞。我們把三具棺材逐次抬入，祝願他們能夠安息。然而就在這時我覺得不對頭了。但當時我一句話也沒說。

　　返回地球的途中，我才問一位前輩：

　　「棺材怎麼這麼輕？好像學校實習用的道具一般。」

　　「噓！」他轉眼看看四周，「頭兒沒告訴你嗎？那裡面沒人呢！」

　　「不是輻射致死麼？」

　　「這種事情你以後會見慣不驚的。說是輻射致死，可連一塊人皮都沒找到。騙騙α星而已。」

　　騙騙α星而已！這句話給我留下一生難忘的印象。我在職業生涯中目睹了無數的神秘失蹤事件。我在半人馬座α星的經歷，比起我後來遇到的事情，竟是小巫見大巫。

　　我的輝煌設計不過是一座衣冠塚！可好玩之處在於無人知曉那神

話般外表後面的中空內容。

在第三處待久了,我逐漸熟悉了各項業務。我們的服務範圍遍及人類涉足的時空,你必須了解各大星系間的主要封閉式航線,這對於以最快速度抵達出事地點是很必要的。但實際上這種做法漸漸顯得落後起來,因為宇航員在太空中的活動越來越分散。於是我們先是在各星設點,而後又開展跟船業務,當預知某項宇航作業有較大危險時,第三處便派上築墓船隨行。這要求我們具備航天家的技術。我們處裡擁有好些一流船長,正式宇航員因為甩不掉他們而頗為惱火,自認晦氣。我們還必須掌握墓碑工業的各種最新流程,及其變通形式,根據各星的具體情況和客戶的特殊要求採取專門做法,同時又不違背統一風格規定。最重要的是,作為一名營墓者,必須具備非凡的體力和精神素質。長途奔波、馬不卸鞍地與死亡打交道,使我們成了超人。第三處的員工都在不知不覺中戒絕了作為人類應具備的普通情感。事實上,你只要在第三處多待一段時間,就會感到普遍存在的冷漠和陰晦,以及玩世不恭。全宇宙都以死為諱,只有我們可以隨便拿它來開玩笑。

從到第三處的第一天起,我便開始思索這項職業的神聖意義。官方記載的第一座宇宙墓碑建在月球。這個想法來得非常自然,沒有誰說得上是突發靈感要為那兩男一女造一座墳。後來有人說不這樣做便對不起靜海風光,這完全是開玩笑。這裡面沒有靈感的火花。其實在地球上早就有專為太空死難者修建的紀念碑了,這種風俗從一開始進入浩繁群星,便與我們遠古的傳統有着天然淵源。宇宙大開發時代使人類再次拋棄了許多陳規陋習,唯有築墓之風一陣熱似一陣,很是耐

人尋味。只是我們現在用先進技術代替了殷商時代的手掘肩扛，這樣才誕生了使埃及金字塔相形見絀的奇跡。

第三處剛成立時有人懷疑這是否值得，但不久就證明它完全符合事態的發展。宇宙大開發一旦真正開始，便出現了大批的犧牲者，其數目之多，使官僚和科學家目瞪口呆。宇宙的複雜性遠遠超出人們論證的結果，然而開發卻不能因此停下來，這時如何看待死亡就變得很現實了。我們在宇宙中的地位如何？進化的目的何在？人生的價值焉存？人類的使命是否荒唐？這些都是當時大眾媒介高聲喧嘩的話題。不管口頭爭吵的結果如何，第三處的地位卻日益鞏固起來。頭幾年裡它很賺了一些錢。更重要的是它得到了地球和幾個重要行星政府的支持。待到神聖的方尖碑和金字塔形墓群率先在月球、火星和水星上大批出現時，反對者才不再說話了。這些精心製造的墳塋能承受劇烈的流星雨的襲擊。它們的結構穩重，外觀宏偉，經年不衰。人們發現，他們同胞飄移於星際間的屍骨重有了歸宿。死亡成了一件值得驕傲的事情。墓碑或許代表了一種人定勝天的古老理念。第三處將宇宙墓碑風俗從最初的自發狀態轉化為自覺的功利行為，乃是一大傑作。這樣持續了一段時間，直到人心甫定，墓碑制度才表露出雍容大度的自然主義風采。

現在已經沒有人懷疑第三處存在的意義了。那些身經百戰的著名船長見了我們，都謙恭得要命。墓葬風俗已然演化為一種宇宙哲學。它被神秘化，那是後來的事。總之我們無法從自己這一方來說這是荒唐。那樣的話，我們將面臨全宇宙的自信心和價值觀的崩潰。那些在黑洞白洞邊膽戰心驚出生入死的人們的唯一信仰，全在於地球文化的

堅強後盾。

　　如果有問題的話，它僅僅出在我們內部。在第三處待的日子一長，其內幕便日益昭然。有些事情僅僅是我們這個圈子裡的人才知道的，而從來沒有流傳到外面去。這一方面是清規教條的嚴格，另一方面出於我們心理上的障礙。每年處裡都有職員自殺。現在我寫下這些話時，仍是心跳不止，猶如以刀自戕。我曾悄悄就此問過一位同事。他説：「噤聲！他們都是好人，有一天你也會有同感。」言畢鬼影般離去。我後來年歲漸長，經手的屍骨多了，死亡便不再是一個抽象的概念，而成為一個具象在我眼前浮游。意志脆弱者是會被它喚走的。但我要申明，我現在採取的方式在實質上卻不同於那些自戕者。

　　有一段時間，處裡完全被懷疑主義氣氛籠罩。記得當時有人提了這麼一個問題，即我們死後由誰來埋葬。此問明顯受到了自殺者的啟發，而且裡面實際包含着不止一個問題。我們面面相覷，覺得不好回答，或答之不祥，遂作懸案。此時發生了上級追查所謂「勸改報告」之事，據説是處裡有人向行星聯合政府打了報告，對現行一套做法提出異議。其中一點我印象很深，即有關墓碑材料的問題。通常無論埋葬地點遠近，材料都毫無例外從地球運來，這關係到對死者的感情和尊重。更重要的，它是一種傳統，風俗就該按風俗辦理。這一點在《救險手冊》裡規定得一清二楚。因此誰也不能忍受該報告的説法，即把我們迄今做的一切斥為浪費精力和犬儒主義。報告還不厭其煩論證了關於行星就地取材的可行性和技術細節。其結果大家都知道了。打報告者被取消了離開地球本土的資格。我們私下認為這份報告充滿反叛色彩，而且指出了我們從不曾想到的一個方面。我們驚詫於其用

27

語，震懾於其大膽，到後來竟有人暗中試行了其主張。某次有船載運墓料去仙女座一帶，途中燃料漏逸。按照規定，只能返航。但船長妄為，竟拋掉墓料，以剩餘的燃料驅動空船飛往目的地，用當地的岩漿岩造了一座墳，幹出駭世之舉。此墳後來被毀掉重建，當事者亦受處分。這是後話。

　　要花上一些篇幅將我的感受說清楚是困難的。我還是繼續講我們的工作中的故事吧。我仍舊挑選那些我認為最平凡的事來講，因為它們最能生動地體現我們事業的特點。

　　有次我們接到一個指令，與以往不同的是，它沒有交代具體的星球和任務，只是讓築墓飛船全副武裝到火星與木星之間某處待命。我們飛到那裡後，發現搜索處和救險處的船隻已經忙碌碌開來。我們問：「喂，你們行嗎？不行的話，交給我們吧。」但是沒有回話。對方船上似乎有一層焦灼氣氛。末了我們才知道有一艘船在小行星帶失蹤了，它便是大名鼎鼎的「哥倫布」號，人類當時最先進的型號之一。不用說其船長也就是哥倫布那樣的人物了。船上搭乘着五大行星的首腦人物。

　　我們在太空中待了三天，搜索隊才把飛船的碎片找回一艙。這下我們有事幹了。雖然從這些碎片中要找出人體的部分是一件很煩瑣的活，大夥仍然幹得十分出色。最後終於拼出了三具屍身。「哥倫布」號上共有八名船員。出事的原因基本可以判明為一顆八百磅的流星橫貫船體，引發爆炸。在地球家門口出事，這很遺憾。慘狀卻是宇宙中共同的。

　　「他們太大意了。」宇航局局長在揭墓典禮上這麼總結。第三處

的人聽了哭笑不得。人們在地球上都好好的，一到太空中便小孩般粗心忘事，為此還專門成立了第三處來照顧他們。這種話偏偏從局長口中說出來！然而我們最後沒敢笑。那三具拼出來的屍體此刻雖已進入地穴，但又分明血淋淋透過厚牆，神色冷峻，雙目睜開，似不敢相信那最後一刻的降臨。

有一種東西，我們也說不出是甚麼，它使人永遠不能開懷。營墓者懂得這一點，所以總是小心行事。天下的墓已經修得太多，願宇宙保佑它們平安無事。

那段時間裡，我們反常地就只修了這麼一座墓。

在一般人的眼中，墓的存在使星球的景觀改變了。後者殺死了宇航員，但最後畢竟作出了讓步。

寫到這裡，我看了看我用筆的手，亦即造墓之手。我這雙老手，青筋暴起，枯乾如柴，真想像不到那麼多鬼宅竟由它所創。這是一雙神手，以至於我常常認為它們已擺脫了我的思想控制，而直接稟領天意。

所有營墓者都有這樣一雙手。我始終認為，在任何一項營墓活動中，起根本作用的，既非各種機械，也非人的大腦。十指具有直接與宇宙相通的靈性，在大多數場合，我們更相信它們的魔力。相對而言，思想則是不羈的，帶有偏見和懷疑色彩的，因而對於構造宇宙墓碑來說，是危險的。

在營墓者身上，我們常常可見一種根深蒂固的矛盾。那些自殺者都悲觀地看到了陵墓自欺欺人的一面，但同時最為精美的墳塋又分明出自其手，足以與宇宙中任何自然奇觀媲美。我堅信這種矛盾僅僅存

在於營墓者心靈中，而世人大都只被墓碑的不朽外觀吸引。我們時感尷尬，他們則步向極端。

接下來我想説説女人的事情。

小時候，在地球上看見同我一般大的小姑娘一無所知地玩耍，我便有一種填空感。我相信此時此刻天下有一個女孩一定是為我準備的，將來要補充我的生命。這已注定，就是説哪怕安排這事的人也改變不了。稍微長大後，我便迷上了那些天使般飛來飛去的女太空人。她們臉上身上胳膊上腿兒上洋溢着一層説不清是從織女星還是仙女座帶來的英氣，可愛透頂，讓人銷魂。那時我也注意到她們的死亡率並不比男宇航員低，這愈發使我心裡滾滾發燙。

我偷偷在夢中和這些女英傑幽會。此時火星宇航學校尚未對我打開大門。這就決定了我命運的結局。當晚些時候我被告知宇航圈中有那麼一條禁忌時，我幾乎昏了過去。太空人和太空人之間只能存在同事關係，非此不能集中精力應對宇宙中的複雜情況。大開發初期有人這麼科學地論證，竟被當局小心翼翼地默認了。此事有一段時間裡在普通宇航員心中變得疙疙瘩瘩起來，但並沒經過多長時間，飛船上的男人都認為找一個宇宙小姐必將倒霉。於是這禁忌便固定了下來。你要試着觸犯它嗎？那麼你就會「臭」起來，夥伴們會斜眼看你，你會莫名其妙找不到活幹，從一名大副降為司舵，再淪為掌艙，最後貶到地球管理飛船廢品站之類。我以為宇航學校最終會為我實現兒時願望提供機會，結果卻恰恰相反。可是那時我已身不由己了。宇宙就是這麼回事，不讓你選擇。

我以營墓者身份闖蕩幾年星空後，才慢慢對圈子中這種風俗有所

理解。有關女人惹禍的説法流行甚廣，神秘感幾乎遍生於每個宇航員心靈。我所見到的人，幾乎都能舉出幾件實例來印證上述結論。

此後我便注意觀察那些女飛人，看她們有何特異之象。然而她們於我眼中，仍舊如沒有暗雲阻擋的星空一樣明豔，怎麼也看不出大禍來襲的苗頭。她們的飛行事實使我相信，在應付某些變故時，女人的確比男人更加自如。

有一年，記得是太陽黑子年，我們一次埋葬了十名女太空人。她們死於星震。當時她們剛到達目的地，準備進入一家剛竣工的太空醫療中心工作。幸存者是她們的朋友和同事，也多為女性。我們按要求在墓碑上鐫上死者生前喜愛的東西：植物或小動物，手工藝品，首飾。紀念儀式開始時，我聽身邊一個聲音説：「她們本不該來這兒。」

我側目見是一位着緊身宇航服的小巧少女。

「她們不該這麼早就讓我們來料理，連具完屍也沒有。」我憐憫地説。

「我是説我們本不該到宇宙中來。」她聲音沉着，使我心中一抽。

「你也認為女人不該到宇宙中來？」

「我們太弱。那是你們男人的世界。」

「我倒不這麼看。」我滿懷感情地説，不覺又打量她一眼。我以前還沒真正跟一個女太空人説過話呢。這時在場的男人女人都轉過頭來瞧着我倆。

這就是我認識阿羽的經過。寫到這裡我停下筆，閉上眼，無限甜美而又辛酸地咀味了好幾分鐘。

認識阿羽後，我就意識到自己要犯規了。童年時代的衝動再度溢

滿心中。我仍然相信命中注定有個女孩已等了我好久，她是個天生麗質的女太空人。

阿羽的職業是護士。即便在這個時代，我們仍需要那些傳統的職業。所不同的是，今天的白衣天使正乘坐飛船，穿梭星際，瀟灑不俗而又危險萬端。

當我坐在墳塋中寫這些字時，我才注意到自己竟一直忽略了一個事實，即我和阿羽職業上的矛盾性。總是我把她拯救過來的人重又埋入陵墓。她活着時我不曾去想這個，她死了我也就不用想它了。可為甚麼直到此時才意識到呢？我覺得應該把我倆的結識賦予一個詞：「墳緣」。我要感謝或怪罪的都是那十具女屍。

在那天的回程途中我心神不定，以至於同伴們大聲談論的一件新聞也沒有聽進。他們大概在講處裡幾天前失蹤的一名職員，現在在某太空城裡找到了屍體。他在那裡逛窯子，莫名其妙被一塊太陽能收集器上剝落的矽片打死。我覺得這事毫無意思，只是一個勁回想那墳地邊佇立的宇航服少女和她的不凡談吐。這時舷窗外一顆衛星的陰影正飄過行星明亮的球面，我不覺一震。

我和阿羽偷偷摸摸書信來往了兩個月，而實際見面只有三次。其間發生的幾件事有必要錄下，它們一直困惑着我的後半生，並促使我最終走進墳墓。

首先是我病了。我得的是一種怪病，發作時精神恍惚，四肢癱瘓，整日囈語，而檢查起來又全身器官正常，無法治療。我不能出勤。往往這時就收到阿羽發來的信件，言她正被派往某個空間出診。等她報告平安回到醫療中心站時，我的病便忽然好起來。

我不能不認為這是天降之疾，但它又似乎與阿羽有某種關係。但願這是巧合。

跟着發生了第三處設立以來的大慘案。我們的飛行組奉命前往第七十星區，途中剛巧要經過阿羽所在的星球。我便攛掇船長在那星球作中途泊繫，添加燃料。他一口答應。領航員在電腦中輸入目的地代碼。整個飛行是極普通的。但麻煩不久便發生了。我們分明已飛入阿羽所在星區，卻找不到那顆星球。無線電聯絡始終清晰無比，表明導引台工作正常，那星球就在附近。可是儘管按照指引的方向飛，飛船仍像陷在一個時空的圓周裡。

我從來沒有見過船長如此可怖的臉色。他大聲叫喊，驅使眾人去檢查這個儀器，調整那個設備。可是正像我的怪病一樣，一切無法解釋和修正。終於人們停下不動了。船長吊着一雙眼睛逼視大家，說：

「誰帶女人上船了？」

我們於是遲疑地退回自己的艙位，等待死亡。良久，我聽見外面的吵嚷聲停止了，飛船彷彿也飛行平穩了。我打開艙門四顧，難以置信地發現，飛船正在地球上空繞圈子，而船上除我一人外，其餘七人都成了僵屍。我至今已記不住各位同伴的死態，唯見他們的手，還一雙雙柴荊般向上舉着。

此事引起了處裡巨大震動。調查半年，最後不了了之。在此後一段時間裡，我耳邊老迴響着船長絕望的叫聲。我不認為他真的相信船上匿有女子。航天者都愛這麼咒罵。然而我卻不敢面對如下事實：為甚麼全船的人都死了，唯有我還活着？事件為甚麼恰好發生在臨近阿羽工作的星球的那一刻？又是甚麼力量遣送無人控制的飛船準確無誤

回到地球上空的呢？

　　女人禁忌的説法又在我心中萌動起來。但另一個聲音卻企圖拚命否定它。

　　不久後我見到了阿羽。她好好生生的，看到我後，驚喜異常。我一見面便想告訴她，我差點做了死鬼，但不知為甚麼，忍住了沒説。我深深愛着她，不在乎一切。我堅信如果真有某種存在在起作用的話，我和阿羽的生命力也是可以扭轉其力矩的。

　　我不是活下來了嗎？

　　前面已經説過，我和阿羽相識只有兩個月。兩個月後她就死了。她要我帶她去看宇宙墓碑，並要看我最得意的傑作。這女孩心比天高，不怕鬼神。我開始很犯愁，但拗不過她。她死得很簡單。我讓她參觀的墓並不是最好的，但仍有一些東西很特別。我們爬上三百公尺高的墓頂，頂上有一個直徑數米的孔洞通達底部。我興致勃勃指給她看：「你沿着這往下瞄，便會 —— 」她一低頭，失了重心，便從孔中摔了下去。

　　後來我才知道她有暈眩症。

　　一絲星光正在遠處狡黠笑着。一艘飛船正從附近掠過，飛得十分小心翼翼。此後一切靜得怕人。

　　我讓一個要好的同事幫我埋了阿羽。為甚麼我不自己動手？我當時是如此害怕死。同事悄悄問我她是甚麼人。

　　「一個地球人，上次休假時結識的。」我撒謊説。

　　「按照規定，地球人不應葬在星際，也不允許修造紀念性墓碑。」

　　「所以要請你幫忙了。墓可以造小一點。這女孩，她直到死都想

當太空人，也夠可憐的。」

同事去了又回。他告訴我，阿羽葬在鯨魚座 β 附近，並且他自作主張鑴上了她的宇航員身份。

「太感謝了。這下她可以安心睡去了。」

「幸虧她不是真正的太空人，否則，大概是為你修墓了。」

很久我都不敢到那片星區去，更談不上拜謁阿羽的墳塋。後來年歲漸長，自以為參透了機緣，才想到去看望死去多年的女友。我的飛船降落在同事所說的星上，逡巡半日，心中不安。我待了一陣，重跳上飛船，返回地球。隨後我拉上那位同事一齊來到鯨魚座 β。

「你不是説，就在這裡麼？」

「是呀，一起還有許多墓呢！」

「你看！」

這是一個完全荒蕪的星球，沒有一絲人工的孑遺。阿羽的墓，連同其他人的墓，都毫無蹤跡。

「奇怪。」同事説，「肯定是在這裡。」

「我相信你。我們都已搞了幾十年墓葬，這事蹊蹺。」

黑洞洞的宇宙卻從背景上凸現出來，星星神氣活現地不避我們的眼光，眨巴眨巴挑逗。我和同事忽然忘了腳下的星球，對那星空出起神來。

「那才是一座真正的大墓呢！」我指指點點説，全身寒意遍起，雙腿也成了立正姿勢。

那時我就想到，我在第三處可能待不長了。

第三處的解散事先毫無一點跡象，就像它的出現一樣神秘。在它

消失之前宇宙中發生了多起奇異事件。大片大片的墓群憑空隱遁了，彷彿蒸發在時空中。這是不可思議的事情，真相一直被掩飾，不讓世人知曉，但營墓者卻惶惶不可終日。那些材料不是幾十億年也不變其形的麼？仍然有一部分墓遺下，它們主要分佈在太陽系或靠近太陽系的星區。這些地方，人類的氣息最為濃鬱。第三處後來又在遠離人類文明中心的地方修了一些墓，然而它們也都很快失蹤了，不留任何痕跡。星球拒絕了它們，還是接收了它們呢？

似乎是偶然間觸動了某個敏感部位，宇宙醒了。偏激的人甚至認為它本來就是醒着的，只不過早先沒有插手。

那些時候我仍週期性發病，神志不清中往往見到阿羽。

「我害了你。」我喃喃。

她沉默。

「早知道我們跟它這麼合不來，就不去犯忌了。」

她仍沉默。

「這原來是真的。」

她沉默再三，轉身離去。

這時我便感到有個強烈的暗示，修一座新墓的暗示。

於是就有了現在的情形。天鵝座α星是一個遙遠的世界，比那些神秘消失的墓群所在的星球還要遙遠。我是有意為之。我築了一座格調迥異的墓，可以說很噁心，看不出任何偉大意義。在第三處你要是修這樣一座墓，無疑是對死者的褻瀆。我覺得我已知道了宇宙的那個意思。這個好心的老宇宙，它其實要讓我們跟他妥帖地走在一起、睡在一起，天真的人自卑的人哪裡肯相信！

這我懂得。但我的矛盾在於我雖然反叛了傳統，卻歸根結底仍選擇了墓葬。我還有一點點虛榮心在作怪。

寫到這裡我就覺得再往下寫沒甚麼意思了。

我要做的便是靜靜躺着，讓無邊的黑暗來收留我，去和阿羽相會。

（寫於一九八八年）

宇宙墓碑

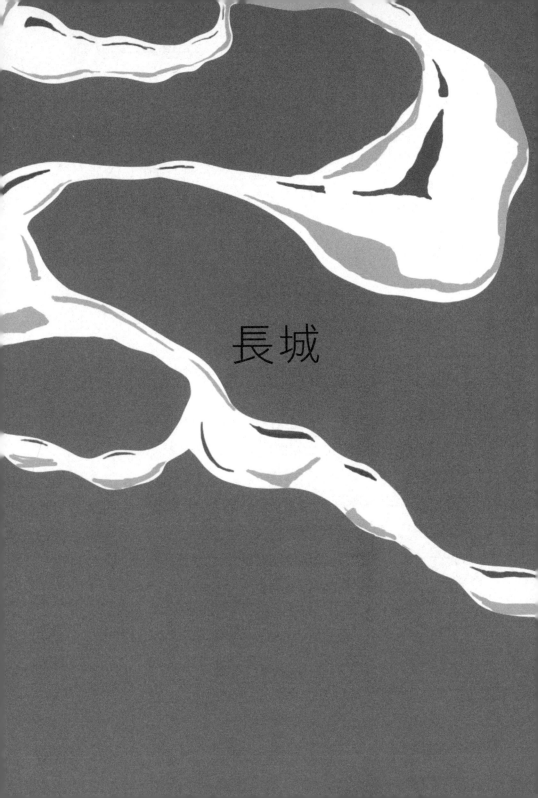

長城

一

　　華盛頓長城給我的第一印象，也就是一段矮挫的黃色土壟，很像
中國農村豬圈的垛牆。

　　在國內旅行的時候，類似這樣的長城，我可見得多了。它們一截
一截無聲無息臥伏在塞外，就如同折斷了脊椎的野獸，經過千百年歲
月的侵蝕，無不喪失了當年的威武雄壯。

　　常常地，它們出沒在荒無人煙的草原和大漠，抱殘守缺着。在那
斷續的土堆根部，無數的蝗蟲振翅而鳴。

　　但現在這是在美國，長城的存在因此就具備了讓人吃驚而感動的
內容。

　　陪同我的美國導遊叫做珍妮。她說：「我們眼前的這一段城牆，經
考證建於兩千年前。你看，它的營造方式完全體現了古老的中華傳統。」

　　華盛頓的長城是一種版築夯土牆，這也是中國最早採用的構築城牆的方法。它用土、砂、石灰加以碎石夯築而成。

　　在一些坍塌的局部，仍可見少許耐腐蝕木筋存留。殘垣最高處不到一米，但仍依稀看得出當年的恢宏。珍妮説，它的高度曾達到八米以上，而其頂部厚度足夠容納兩個全副鎧甲士兵相向通過。

　　除我之外，在長城之下流連忘返的，還有許多的遊客，來自世界各地，有着不同的膚色。我明白，作為市場經濟翹楚的美國，很快便把長城開發成為旅遊點了。

　　但與中國那種一哄而上的情勢不同，美國人十分注意對文物的保護，哪怕它是異族的文物。

　　在這裡你看不到八達嶺下胡亂拉客的小販和亂貼亂畫的廣告，倒是有阻止客人過分接近長城的鐵柵欄，以及禁止用閃光燈拍照的告示。有一條繁華的大街，原來是從長城穿過的，現在，美國人也讓它改道了。

　　這讓我傷感。在國內，萬里長城現僅存四五千里，即使這樣，長城沿線的人們每天還在「古為今用」：蓋房、修路、墊豬圈……日日蠶食。

　　在華盛頓長城的入口處，一座銅牌上用中英文分別銘刻着「長城」和 "**THE GREAT WALL**" 的字樣，以及它落成年代的阿拉伯數字。銅牌的另一面則書寫着「國家文物」。

　　「我們正在為長城申報世界文化遺產。」

　　珍妮自豪地説。導遊是她的業餘兼職，姑娘正在霍華德大學中文系念大三，她還是全美長城學會華盛頓分會的會員。

珍妮的話使我微笑着輕輕搖起頭。

參觀了一個多小時，我才依依不捨離開長城。這是華盛頓櫻花盛開的季節。淡黃的長城隱藏在一片白熱的花海中，顯得極其普通。

二

隨後，我們來到幾里之外的華盛頓長城博物館。這是一組按照秦漢風格修建的宮殿式建築。

珍妮滿面春風地帶領我在各個展廳參觀，一邊向我講解發現長城的經過。

長城是在一個偶然的機會被發現的。那是兩年前在清理五角大樓廢墟的時候。那座大樓不幸被恐怖分子炸毀了。

工人們搬走層層瓦礫，在一片狼藉的地基上，露出了一段奇怪的東西走向的土壟。專家説，這樣的結構在當年設計五角大樓時並不見於圖紙。

緊跟着，在附近發現了獸形瓦和蟠龍、獅子雕像的殘片，以及銅桿鐵箭和子銃。

清理現場的專家中有一位華裔建築師，他提出一個觀點，認為這應該是長城的一段城垣。

起初，沒有一個人相信。但這很快便被證明是事實。

如今，兩年前的震撼與轟動已成了過去。博物館裡安靜地張掛着考古學家對長城進行大規模發掘的照片，並陳列着五光十色的出土文物。

在這裡，我看到了繩紋彩陶、鐵蒺藜、銅錢、漆器和木牘，還有一些殘破的碑刻，其中一座上面清楚地用小篆書寫着「雄關險口」四個大字。我的眼眶不禁濕潤起來。

珍妮驚訝地問：「你怎麼啦？」

我抹抹眼角，説：「沒甚麼。」

據介紹，經過半年的發掘，人們發現，僅在華盛頓特區，長城就長達二十一公里。

這是美國發現的第一段長城。隨後，在其他州也發現了長城。

熟悉的城牆使我懷想着遠在萬里之外的祖國 —— 中華人民共和國。

我來自那偉大的國土，長城的真正故鄉。我是乘坐中國國際航空公司的飛機來的。在太平洋上空長時間默然飛行，下面波光閃閃，不見陸地影子。

一七八四年八月二十八日，美國商船「中國皇后」號越過太平洋，抵達中國，揭開了中美交往的第一頁。這段距離，商船整整航行了六個月。

但長城卻先於這一切，靜悄悄修築了過來。這是天下最不可思議的事情。

「參觀了這麼久，你對長城有何評價呢？我很想聽聽中國人的看法。」

珍妮好奇地注視着我。我的女兒也有她這麼大了。

「除了激動，不知道説甚麼好。」

「為甚麼來這裡的中國人都只知道説激動，而不能闡述一些獨立

的觀點呢？」

珍妮有些困惑。看來，她帶過不少中國遊客。

「的確，除了激動，很難說點別的甚麼。」

我想，這是因為長城是在美國被發現的緣故吧。

三

第二天一早，我們便離開了華盛頓，去看矗立在其他州的中國長城。

到目前為止，在美國的五十州中，已有三十一州宣稱擁有長城。這些長城加起來的總長度，達五千九百公里，比史上記載的中國明長城僅短約四百公里，比現存的中國長城則長出許多。

在美國，長城的建造，也遵循了「因地制宜，據險制塞」的原則。但它們存在的真實用意，至今還沒有人能說清楚。人們不相信它是用於抵禦印第安人騎兵的入侵。

最長的一段長城是在加利福尼亞州。它綿延長達九百八十六公里。

保存最完好的長城是在內華達州。上千年過去，質量過硬的牆體依然厚實，只是掉了幾個磚塊，卻仍未開裂。城堡雄峙如負隅之虎豹。在這裡，人們發現了近乎完整的烽台、亭堠、馬道、雉堞，乃至門樓、羅城、甕城和月城。

風光最秀麗的長城匍匐在路易斯安那州。青磚砌就的長城在密西西比河畔逶迤而去，一直延伸到出海口。山光水色之間，燧台星落棋

佈，是攝影愛好者的樂土。

最雄偉的長城聳立在亞利桑那州。大峽谷崖奔壑鬥，長城便在峭壁上據險飛峙，如若一條盤旋上升的巨龍，真箇是勢如破竹。荒原日暮時分，長城通體鱗光閃爍，使人彷彿聞聽到金戈鐵馬。

最古老的長城是在德克薩斯州發現的。採用鈾系測年法，進行系統的地層年代測定，結果表明，這處長城始建於一萬八千年前。這真讓人難以置信。

德克薩斯州還是全美長城學會總部的所在地。據說，連中國的長城學會，如今也派人來這裡取經呢。還有消息說，美國人正籌備在全球辦一次長城巡迴展，起點選在西安。

「中國的文明，比你們自己認為的，還要悠長得多。」

珍妮嘖嘖連聲，目光中充滿神往。

她說，現在，美國大學都這樣修改了教科書：早在末次冰期時代，地球上便出現了發達的古代文明。那便是以長城為代表的中華文明。

四

我在美國各地的長城上漫步，感受着一種世界大同的氣息。

除了不同國別的遊客，在每一處長城上，我都能遇上我的同胞，包括台灣人、香港人和澳門人，以及環球各地有着中華血統的人們。所有人都對長城發出了由衷的讚歎。

我還發現，來自中國大陸的遊客變了，變得文明講禮了。比如，

不再衣冠不整，不再隨地吐痰，不再大聲喧嘩。

這是因為在美國出現了中國的長城。

聳峙在美國的中國長城使全球華人產生了一種感覺，那就是，我們的歷史沒有因為現代社會的到來而中斷，相反，我們的勢力正在不斷延伸並變得日益強大，這就把大家不分地域和信仰地聯合了起來。

五

半個月後，我和珍妮來到了最南端的長城。這是佛羅里達州的長城。

在邁阿密灘，長城有一部分直接伸入海裡。這是一段絕妙的長城，城基是用大理石築造的，每塊重達千斤。波濤輕柔地拍擊赤色的巨石，一些花枝招展的遊船駛來駛去，客人們似乎更願意從湛藍的海面上眺望赭紅的城樓。

夜裡，我們宿在長城附近的賓館。賓館的名字起得也很好聽，叫做長城飯店。

珍妮累了一天，早早睡了，我卻怎麼也睡不着。

我爬起來，走出賓館，又來到長城邊。

我看到，長城彷彿復活了，巨蛇似的身軀在微微悸動。滿天星星煙霧一樣彌散開來。星光澆在城牆上，使後者產生了一種燃燒的意象。我有一種感覺，那就是，此刻，連最遙遠的星星也屬於中國人。整個宇宙都在聽從長城的召喚。

海洋的聲音從世界盡頭持續湧來。顯然，長城是這地球生命的搖

籃此刻唯一想要擁抱的目標。

我感慨萬千，凝望茫茫太空，彷彿看到了古人興建長城時的壯觀情形。

毫無疑問，修築長城動用了當時最為龐大的人力和物力。在漫長的施工年月裡，工地上必定旗幟飛揚，歌聲震天，原始而精巧的起重器具升入雲端，搖曳着長長的臂膀，成千上萬身着獸皮的黃種男人蜜蜂般忙忙碌碌，婦女則做着後勤工作。長城便是人們全部生命的重心。

施工人員就地取材，先用黏土做成土坯，曬乾後再用黏土作膠結材，把長城向東方壘砌而去。隨着長城的延伸，製磚業在沿線發達了起來。由此又修建了更加堅固的城牆。早先作為膠結材的黃泥漿，逐漸被石灰砂漿和糯米汁一起攪拌後形成的新材料代替，這樣大大增加了膠結力。不少關隘的城門、城牆，均以條石作基礎，以提升強度。在地勢坡度較小時，砌築的磚塊或條石與地勢平行，而當地勢坡度較大時，則用水平跌落的方法來砌築。

長城在通過白令陸橋時，巨大的冰磚一定成了砌城的材料。但是，隨着滄海桑田的變遷，晶瑩剔透的冰長城作為一道獨特的風景，我們是永遠見不到了。

長城來到了美洲。我繼續想像浩大的建築場面。天空中飛翔着助陣的應龍，為施工大軍送來急需的工作和生活用水，而風后則駕駛指南車，施展遁甲大法，使長城克服重重險阻，向着既定的目標堅決推進。隨着長城的延伸，沿線出現了城鎮、集市、石窟和寺廟。但這一切現在也都煙消雲散了。

是誰下令建設這麼一項空前絕後的世紀工程的呢？那一定是類似於伏羲、倉頡、神農和黃帝那樣的人物吧。

對那未曾謀面的偉大祖先，我的內心充滿比海洋還要深厚的景仰和感激。

是啊，中國還能對世界作出多大貢獻呢？除了《易經》和四大發明，現在，還有長城。

可惜的是，長城沒有作為神話，像女媧造人或者大禹治水那樣一代代流傳下來。歷史學家們曾試圖在《山海經》中尋找它的影蹤，但是一無所獲。

看來，它是蓄意要等着我們在二十一世紀親手來發現啊。對於中華民族來講，這是一個非同一般的時代。

但是，遠古的中國人為甚麼要把長城修到美國來呢？

是甚麼特殊的事件引發了他們這種強烈的動機？

我產生了一個奇妙的想法，那就是，也許，美國還不是長城的終點。長城是要修到一個神秘的地方去的，到了那裡，時空的大門便會自動開啟。

六

在美國各地參觀訪問時，我都聽到了有關長城功能的不同說法。

比如，在路易斯威爾，人們發現建造長城的材料中含有一種奇異的成份。那是一種納米碳管纖維。而在古代，地球上是造不出這種材料的。

一些敵樓則被考證出有防輻射的作用。有人聲稱,長城可能是核大戰後人類的避難所。

在堪薩斯,人們還在長城的城基深處發掘出了一些規格統一、身帶尾翼、直徑四十厘米的金屬圓筒,使人聯想到愛國者導彈。

因此,有人提出,烽火台便是導彈的發射平台。長城是陸基反導網的中樞。

在辛辛那提,又發現了長城內部有着類似集成電路的複雜結構。隨後,又找到了據說是芯片一樣的東西。

人們説,長城是一個巨大無比的信息儲存器。它正在慢慢釋放它控制着的歷史,並創造未來。

在這種情況下,長城與外星文明的關係被提了出來。

當然,這些,只是美國人的説法。

七

到長城來旅行的中國人都不相信這些説法。長城當然是中國人民用他們勤勞的雙手一磚一瓦修築起來的,與任何外星人都無關。

最最重要的還是,長城不是為戰爭而興建的,它是一道和平的城牆。

當踏着那些古老而親切的城磚,沿着綿延而悠遠的城垣旅行時,便能真切感受到這一點。這的確是經歷了千萬年中華文化薰染的人們才會具有的感覺。

而關於這個,我在國內的時候,便早知道了。沒有甚麼稀奇,美

國的長城不過是中國的長城的自然延伸。長城在任何時候任何地方都不會改變自己的特質。

但不管怎麼說，長城仍然藏匿着這個星球上最大的秘密。

我與珍妮常常探討這個問題。

「在你們美國人看來，古代的中國人幹嘛要把長城從中國修到美國呢？」我問。

「我倒不這麼看。我覺得，長城可能是先發源於美國，然後才修到了中國，當然，還是通過白令陸橋。」珍妮認真地說。

「嗬，這倒有趣。」

「我在想，中國人其實是美洲大陸移民的後裔。」

「會不會是印第安人最早修築了長城呢？」

「不，不是印第安人。是真正的中華民族修築了長城。最早的中華民族誕生於北美這塊土地。長城是他們文明的標誌。」

「但是現在卻找不到他們在這裡播撒文明之火的更多依據 —— 除了長城。」

「因為他們早早離開北美，去到了亞洲，在黃河和長江流域定居下來，兼併了那裡的土著，最後，創造了你們常說的中華文明。最後一批中國人大約是在公元一世紀離開的。不知道為甚麼，他們臨走前銷毀了除長城之外的一切文明痕跡。」

「你是說我們的歷史其實開始於美國？」

「那時我們還不使用美國這樣的稱謂。」

「但是，祖先們為甚麼會離開這塊土地，去到陌生的東方大陸呢？」

「所以呀，這是一個千古之謎。」

「試想一下，如果祖先們留下來不走，現在又會是怎樣的呢？」

珍妮想了想，説：「那麼，恐怖分子炸毀的就將是長城，而不是五角大樓了。」

「不，那樣的話，早在一九六九年，長城就被修到月球上面去嘍。」

我長長歎了一口氣。

八

長城在北美大陸被發現後的三年裡，它一直是人們議論的焦點話題。有關於長城的最新消息不斷公佈。公眾的視線也被長城整個地轉移了。

在這期間，世界發生了許多重要的變化。

這些，我不説，大家都已經知道了。

中國人普遍認為，這是長城在給世界重新帶來它真正需要的東西。

九

一個月後，我和珍妮沿着長城，進入加拿大。長城在整個加拿大境內也是連綿不斷的。這個國家的長城主要是一種磚石混合牆體。

然後我們一路西行，就來到了長城在美國的最後一站：阿拉斯加。

青褐色的長城在這裡蜿蜒起伏，穿越雄偉的阿拉斯加山脈和美麗的育空河，最後在威爾斯終止。

它的前方，便是著名的白令海峽。波濤洶湧的海峽對岸，是俄羅斯的烏厄連。

長城在把東西方緊緊聯繫起來後，就又無言地消失在了太平洋的西岸。

長城永遠是這麼的謙和。

在安克雷奇，我將結束對美國的訪問，乘坐波音 747 回國。

八達嶺和山海關都在等待我的歸去。

十

一年後，我在北京，在互聯網上看到一則消息，説南美、歐洲、非洲、澳洲和南極洲也都發現了長城。

（寫於二〇〇二年）

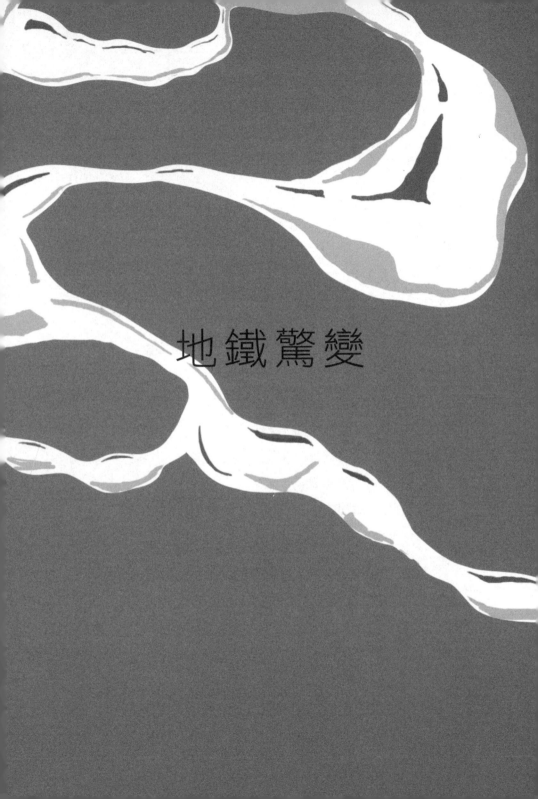

地鐵驚變

一、微妙的狼狽

那個少婦模樣的女人，身子緊緊擠貼着周行，氣球一樣的乳房傳遞過來一股蜂糖般的黏性，然而，女人卻毫不顧忌。

如果在別的地方，周行或會覺得佔了便宜，但在這擁擠不堪的地鐵上，卻只是盼望着快些到站，脫離這尷尬的處境，何況，女人身上還散發出了濃烈的劣質化妝品氣息。

因此，周行此時的感覺，或可稱作微妙的狼狽。

星期一的早晨，上班高峰時間的地鐵就是這種樣子。周行好不容易才擠了進去，就如同割據了人生中的一種巨大成功。在灰綠色的車廂裡面，人連身子都轉不過來，卻都牢牢地控制着自己的那一小塊領地，分明是寸土不讓。四周都是沉重的呼吸聲，散發着濁臭味，就像在動物園的熊館裡。

　　周行也只得隨大流這樣做，畢竟要坐七八站才到公司。好在因為有了確定而可預知的目的地，所以也能以忍耐和堅持的心情，應對這眼前的態勢。這些年，他早已經習慣了。

　　在列車經停下一個車站時，又有更多的乘客擁了上來。他們像彈丸一樣，衝撞着車廂中已有的人，逼迫他們讓出地域。周行試圖往裡邊挪移，卻一步也動彈不得。已佔領了較好位置的乘客用敵視的目光狠狠瞪他。

　　周行心想，和妻子素素商定好的買車計劃，得趕緊實施啊。他們已籌備多年了。雖然因為償還房貸的緣故，而放慢了步伐，但錢也已經湊了一多半了，再到銀行貸些款，應該是可以的了。再也不坐這該死的地鐵了！

　　——然而，跟着便不對頭了。明明該到站了，地鐵卻仍疾駛不停。車廂裡的擁擠，似乎正在腫瘤一般長大，向結束不了的局面發展。

　　一開始，由於坐車的慣性，人們並沒有馬上意識過來，但很快覺出了異樣。的確，外面連一個站台也不再出現，飛掠過去的，都是深海般的黑暗。

　　乘客們從未見過這樣的情況，愣住了，一個個面色驚惶，竊竊私語。剛開始，周行以為是在做夢，慌忙中，掐了掐自己的胳膊，才曉得哪裡是夢！他看見，旁邊一個男人的額頭上淌出了大顆冷汗。在車廂盡頭，有個女人尖叫起來。

　　周行的岳父王先生在世時，曾經談起永遠行駛在黑暗之中、過站不停的地鐵列車的事情，並提醒年輕人一定要小心，否則將大難臨

頭。他說：「別看生活現在似乎好起來了，但許多方面還都不確定呢。可別天真啊。」周行和素素只以為是老頭兒在說昏話。現在，他無奈地心想，微妙的狼狽，才真正開始了。

他有一種被死人靈魂附體之感。

二、沒有了解脫的希望

不覺間，列車已開出了半個鐘頭，也沒有停下來的意思，外面根本看不到會有站台出現的徵兆。完全不知道，地鐵到底開到哪裡了。

周行面前的女人蛇一樣怪異地扭動身子。周行畏懼地凹胸收腹。原來，她不過是要在人縫中努力地從挎包中拿取東西。她掏出的是一隻手機，但她失望地發現沒有信號。這時，別的人也有打手機的，卻都打不通。

「遇到鬼了！」女人吐着紫白的舌頭，低低地咆哮，那樣子使周行想到了《聊齋志異》中的妖狐。他不禁在驚詫困惑中滋生了一絲淺淺的幸災樂禍，同時，也對那些有座位坐着或有車體倚靠的乘客，生發了些許復仇的愜意。不都在同一列車上麼？有甚麼了不起呢？

他聽見有人帶着哭腔在說：

「怎麼回事？我們怎麼辦？」

「別擔心，會好的。也許是出了點意外，是制動失靈了吧，不巧，外面還停電了，所以我們甚麼也看不見。」

有人安慰道，那聲音卻在窸窣地抖顫。

是制動的問題嗎？周行心想。這些年裡，地鐵飛速地發展，兩條

增至三條，三條增至五條，五條增至……十五條、十六條……到處結網，城市的地下已被掏空了，億萬年的岩層結構全改變了。據說，地鐵還要連接其他的城市，甚至通向國際，形成一體化……

世界上最大的軌道交通市場，正在這裡迅速形成。億萬的人們都降入地窟了。他們不再過祖先們千百年來沿襲的生活了 —— 面朝黃土背朝天，而是匿身於厚厚巨石下，成了不鏽鋼車廂中的居民。然而，傳說中，在某些線路上，已經「妖孽叢生」……

周行緊張地扭頭看了看，沒有見到試圖在地鐵裡跳鋼管舞的新人類。

此刻，車廂裡倒是仍舊燈火通明，排氣扇在使勁地嘩嘩轉動，通風和供氧狀況尚保持良好，還不至於憋死人。只是，人群的緊張，卻如同上吊一般，愈發沒有了解脫的希望。

一個男人在叫：「我是警察！大家要保持鎮靜，看管好自己的錢物！」

三、有吃的嗎

很快，一個半小時就這樣過去了，車外的黑暗依然無際，周行的腿都站軟了。他想到了以前看到過的關於地鐵中發生突發事件時如何應對的告示，比如列車出軌、火災、爆炸、毒氣襲擊、發現危險品、踐踏、人不慎掉下站台……等等，應該怎麼處置，但這些都跟眼下的情形對不上號。

地鐵公司散發的宣傳品說，在地鐵內遭遇緊急情況並不可怕，可怕的是在事故面前一無所知，張皇失措。只要保持鎮定，不慌不亂，

了解一定的逃生技巧，就能安全脫離險境。但現在看來，這就跟大言不慚地說謊似的。

周行沒有吃早飯就出來上班了，現在肚子咕咕叫，竟是一種從未體驗過的極度飢餓。這比起無窮無盡的黑暗來，似乎更加要命。加上恐懼、震驚和憤怒，他頓然產生了要把面前的女人掐死的衝動，好像這異端都是因她而起的。

女人臉色像厲鬼，咬住厚厚的兩大片猩紅嘴唇，硬梆梆地幾乎是向周行的懷中傾倒了過來。周行無法接受這種非現實的現實，絕望地預感到目的地正在遠離他而去。他怕是無法按時趕到公司了。他又要被領導抓住把柄了。

但最難受的，還是人與人這麼長時間地擠靠着，完全沒有私人空間，體臭的味道更加濃烈了，臉上骯髒的毛孔都看得一清二楚，乘客們彼此能感受到對方體內器官的蠕動和血液的湧行，給生理和心理施加了巨大壓迫，再這樣下去，人都快要被逼瘋了。這一切，在以前又是怎麼日復一日地承受過來的呢？真不可思議。不停車的地鐵，說不定每天都在坐吧，只是一覺醒來，就忘卻了。

但全車人此刻的忍耐性仍舊令人暗暗讚歎。他們彷彿久經歷練了。誰都不說話，男人不發表意見，不拿出主張，只有幾個女的在壓住聲音抽泣。

又過了一個小時，才有人歇斯底里叫起來：「我有心臟病，我受不了啦！」

又響起了急促的尖叫：「有人昏過去了！」

昏厥過去的乘客，不知是甚麼病症，嘴角直冒白沫，身體抽搐。

人太多了，根本沒有容他倒下的空隙。車廂一角出現了騷動。

「誰有急救藥？」

「趕快掐人中！」

但都是說說而已，並沒有人真的出手救援。

周行在這慌亂中感到了滑稽，這正是一種徒勞的可笑，卻緩解了他的緊張。他於是下意識站直身子，把扶手拉得更緊了。

面前的女人，臉上浮出了紫紺的氣色，小小的胸脯蒲扇般起伏，一對朝天鼻孔間歇地噴出一股股臭氣。周行覺得她也快出問題了，而自己或會成為首當其衝的被麻煩者，便小心翼翼地問：

「大姐，你沒事吧？」

「不要緊的，只是有些氣、氣緊。」

「做兩下深呼吸，或做一個下蹲動作，便會好受一些的。」

「謝謝你的提醒。但哪裡還有地方下蹲呢？」

「對了，你到哪裡下車？」

「學院路。早過了。你呢？」

「鬧市口。誰知道它在哪裡？」

兩人尷尬地笑笑，不再說話，在交流中體會到了溫馨的麻木。周行想，他本對這女人充滿嫌惡，卻在與她談話時，竟然是一片溫柔關愛，這正是男人的虛偽本性吧，即便在這樣的時刻，也慣性一般地呈現着。

然而，他更為自己剛才脫口而出的那句話吃驚：「誰知道它在哪裡？」是啊，外面的世界，的確還存在嗎？以前無人思考過這個問題。但除此之外，彷彿並無還稱得上是真實的問題了。

周行仔細打量女人，見她穿着一身皺巴巴的仿冒某外國名牌連衣裙，質地粗糙，做工拙劣，大概是從地攤上淘來的吧。她穿着它，多像隻綠色的大蟲子啊。他煩躁地心想，這女人在哪個機構上班呢？怎麼還沒有失業呢？她與他一樣，是否也整天為着生計而氣喘吁吁地拚爭呢？也是地鐵的老乘客了吧！無法抵達車站的危機，對於女人和她的家庭而言，又意味着多大的一場災難呢？她家裡還有甚麼人呢？她老公是做甚麼的？誰來對她的境況負責？

周行又想到了妻子素素。他認識她，應該有很多年了。他覺得他是愛着她的。生活中點點滴滴的瑣事，這時都浮上了眼前。但為甚麼是他和這個女人的生命線，發生了交織呢？她已懷上了他們的孩子，連名字都預先取好了。女孩的話就叫周孕花，男孩就叫周原吧。但如果他這番回不去，今後娘倆的生活可怎麼辦啊。太可憐了。但這就是命運吧。一切都早已注定了。

忽而，思緒又奇怪地從女人身上躥開了去：如果有逃犯在這車上，又會怎麼樣呢？不明白為甚麼竟會在這種時候想到逃犯，這竟令周行暗暗興奮了起來。哦，那樣的話，必定擁有了永恆的亡命感，就算犯下彌天大罪，在無法停下來的列車上，也一舉免了入獄之虞吧。因此，誰說做罪犯不是最幸福的呢？

這些年裡，周行常常咬牙切齒地想，如果有機會的話，自己也會去殺人的，然後亡命天涯……他每天睡覺前，都這麼憧憬着。素素根本不知道丈夫竟有這樣的想法。她要知道了是不會跟他結婚的。那麼，周行要殺誰呢？哦，有很多目標，首當其衝的就是公司的領導！周行每天在領導面前卑躬屈膝，滿面堆笑，心裡卻想着：你快去死

吧！有時他甚至也想殺掉大街上每一個素不相識的人。為甚麼連他也不明白。

在飛馳而去的列車上，周行彷彿終於認清了自己是個甚麼人。

—— 不過，話又說回來，這列車牢籠的滋味，又是好受的嗎？就算在這樣的車廂裡，也有着警察啊。除了辦戶籍，周行從來沒有與警察打過交道，僅僅他們那身制服，就讓他看了不好受。平時，能避開他們就儘量避開。

於是，他又感喟了 —— 對於喪失了知覺而本身仍可以在時間長河中不停奔馳的鐵甲列車來說，目標只怕是無所謂的，但是，對於壽數有限的單個乘客而言，卻產生了巨大的命運落差。這，或許便是那種一條道走到黑的人生的真實寫照吧。周行坐了這麼多年的地鐵，今天終於要看到結局了嗎？他僅僅是這人群的一員，而大家作為一個集體，被一件自己完全無法控制的巨物裹挾着，老鼠般瑟瑟作抖地擠成一堆，動彈不得，臭烘烘地，速度一致地永遠地向前，卻沒有停歇下來哪怕喘息片刻的機會。作為年輕的一輩人，周行本以為自己的生活篤定會比父母和岳父母們要好，但現在受困在了地鐵裡面，才知道並不是那樣的，就好像有個千年殭屍般的東西盤踞在身體裡，始終擺脫不了。他畢生也逃脫不了災難派出來的追兵。他以前太幼稚了。他不聽老人的話，太愚蠢了。但一切都晚了。

就在這時，車廂裡有個地方傳來了吃東西和喝水的吸溜聲。這節奏分明的聲音，在周行聽來，洪亮無比，產生了淹沒其他一切音效的作用，使那令人煩苦的車輪迴轉，也暫時地成為了一種無關緊要的背景樂聲。周行忍不住又問女人：

「帶吃的東西了嗎？」

「我包裡有夾心餅乾。」

「好奇怪啊，不知道為甚麼這麼餓⋯⋯」

「我也是，那種餓的感覺，真揪心呀。只是不好意思當着別人的面吃東西。」

「都這種時候了，有甚麼不好意思的！」

女人這才有點勉強地從包包裡取出餅乾。立時，周圍幾個人流出了口水，説：「也給我們一些吧。」女人生氣地瞪了他們兩眼，最後還是把餅乾分給了眾人。

周行愉快地擔當了傳遞食物的任務，自己也拿了幾塊。這時候，他覺得女人的化妝品氣味已有了幾分悦人的內涵。

四、到前面去看一看

此時，距異端的發生，四個小時過去了。周行覺得，餓得更厲害了，像幾天幾夜不曾吃飯，剛剛嚥下肚子的餅乾根本沒有起到任何作用。而且，還十分的乾渴。更難堪的，是早就想上廁所了。這樣下去，真不是個事兒。女人説得對：遇上鬼了。

但這個鬼究竟是從哪裡來的呢？為甚麼總是緊緊跟着人們呢？周行至死怕也回答不了這個糾纏了多少代人的問題。

這時，那幾個心臟、血壓不好的傢伙，也都紛紛發病了。其中一個，看樣子不及時救治的話，恐怕很快就會有生命危險。然而，對此，人們已難以顧及。大家都覺得自己才是最可憐的，是最需要救助

的，都盼望着別人來拉一把，結果便是誰也不管誰。他們甚至巴望着
有人死了才好呢，不是連吃的東西都不夠了嗎！

「你說，地面上知道我們出事了嗎？」

這回，是女人主動開口了，彷彿是為了使自己鎮定下來，而努力
找話說。周行心裡悚然一動，趕忙應聲：

「應該知道了吧。地鐵在設計時，就配備了完善的監控系統。地
面還有我們的人吶。地鐵公司要對這事負責到底。他們肯定正在想盡
一切辦法開展救援。他們收了我們的車票錢，從職責和道義上講，不
可能坐視不顧的。但是，不知道還來不來得及……」

「喂，來不來得及是甚麼意思呢？」

周行吃驚地閉緊嘴，沒有回答。他眼前忽然浮現的是，救援人員
—— 如果還有他們的話 —— 終於打開了車門，看到了一車廂一車廂
站立不倒的渾身僵硬而長滿綠毛的屍體。

「到底發生了甚麼事呢？真的是制動失靈了麼？這列車究竟要開
到哪裡去？會忽然發生爆炸嗎？外面怎麼這麼黑暗？」女人又母狼般
吼叫開了。

是啊，不正是如此麼？然而，世界還存不存在這個問題，實在太
大了，弄不明白，就先放在一邊吧。周行便想，是不是被劫持了呢？
他想到了蒙面的、腰上纏滿烈性炸藥的恐怖分子，卻沒有說出來。劫
持者是跟那鬼魅的力量有着緊密關係的吧，一直在地底潛伏着等待機
會呢。但無錢無勢的地鐵乘客又有甚麼價值呢？為甚麼不去綁架坐飛
機的呢？很快，他又想到了另一種可能，那就是，實際上並沒有任何
異狀的事件發生，也許，此刻經歷的才是真實和正常的吧，籠罩着列

車的黑暗，的確是恆長無邊的，而這本就是每個人身邊的現實，以前大家乘坐地鐵，僅僅是在重複高仿真模擬器中的演習場面，每過幾分鐘便會如期呈現在眼前的一座座站台，不過是生命中曇花一現的誘人幻覺，是由超級電腦一般的智能機器預先設置好的，如同這世界上無處不在、巧妙安排的釣餌，讓億萬的人們興高采烈地朝着一個方向起勁地奔去。所有的目的地，都是虛境中的台階啊，只是為着映襯高高在上、更加虛無飄緲的宏偉候車大廳，彷彿要給人以一切還在美好繼續着的確定感。哦，這才是地鐵公司的目的吧。他們就是靠這個來賺錢的吧。周行被自己的奇怪想法嚇住了 —— 真的是地鐵公司精心策劃了這一幕嗎？為甚麼不能夠早一些看透，而以平常心對待呢？只是，不知對生活的欺騙通常有着更高追求的異性，能否接受這樣的假設。她還是要繼續去買廉價冒牌貨的吧？卻誰也沒有想過要去地鐵公司做臥底。人們每天把命運交給了地鐵公司，實在是太輕信了。

周行正在痛苦迷茫之中，這時，有個年輕的男聲清晰有力地傳了過來：

「我們應該派人到最前面去，去看看司機那裡的情況。也許，是車頭出問題了。」

非常新奇的建議。大家都緊張地傾聽着，誰也不做聲。

「每節車廂都是封閉起來的，互相不連通，兩端連扇門也沒有，怎麼過去呢？」過了一會兒，才有人囁嚅着發表了懷疑的意見。

那個年輕男人說：「不要管它本來的設計。可以砸碎窗玻璃，鑽出去後，沿着車壁爬過去。」

「《卡桑德拉大橋》啊。但那是西方。國情不同啊。」有人噝聲

道。那部由喬治・潘・考斯馬托斯於一九七六年執導的電影中，列車也是停不下來，直奔向死亡的斷橋，有人就是企圖用翻窗而出的方式前去控制駕駛室，但好像最後也沒有成功。[1]

「司機，是無法被干預的。誰膽敢去説司機？誰又能代替司機？」又有人彷彿深諳世故地噓叫。

「不行。你那樣做，是破壞列車的穩定，顛覆公共秩序，是違法的。」是警察，他威嚴地提高了嗓門。彷彿只有他還牢記着自己的身份。

聽到警察説話了，大家又都不吱聲了，互相遞起了眼色。周行卻心情澎湃起來。警察是在暗示成為罪犯的一種可能性嗎？他其實是在誘惑乘客們嗎？

「事情已經到了很危急的關頭。你們不去，我就去了。我習練過攀岩。不過，我也可能會有閃失，如果是那樣的話，請大家記住我的名字好了，我叫小寂。」

叫小寂的青年個子高挑，長相清秀，穿着一身合身的深色西服。他説完，飛快地掃視了一下車廂裡的人，周行覺得，那眼光中，投射出了一種深刻的看不起，彷彿全車的人都是怠惰者、卑怯者和猥瑣者。

然後，這大膽的攀岩者便左右擺動雙臂，撐開兩邊障礙物般的叢叢軀體，游泳一樣擠出密不透風的人群，來到窗戶邊。竟沒有一個人出面阻止，連警察也目瞪口呆地怔住了。周行有一種感覺，就是這個

---

[1]《卡桑德拉大橋》（*Cassandra Crossing*），又譯作《火車大災難》、《飛越奪命橋》。（編者注）

過程，在耗費着攀岩者畢生的精力。做罪犯不簡單啊，不是人人有了想法就都能去實踐的。這時，青年用自己的手機真的砸了起來。是的，他用的是手機，彷彿並不信任配備在車廂裡的應急斧。

砰砰砰，那聲音，使周行戰慄。他迫不得已一般，在心裡叫：「好！」同時感覺到，車廂裡所有的乘客，也都在心裡叫：「好！」卻只是睜大眼睛繼續看着，石碑般群簇在一起，蜷縮着一動不動。

不一會兒，玻璃便被砸了一個大洞。小寂真的翻出去了，身手使人聯想到健康壯碩的古猿，好像他要用本能去捕獵食物。周行目不轉睛地看着他岩漿一樣聳動的年輕背影，說不上是羨慕，還是嫉妒。他在心裡念叨：「這個幸福而不得好死的逃亡者！」

一股強勁的冷風撲了進來。有人打起了噴嚏。大家整整衣領，心想那攀岩者怕是已經掉下鐵軌，被碾成肉餅了吧。他們想譏笑一下，但又笑不出來。車廂裡很快恢復了平靜。一些人閉上眼睛假裝養起神來。

這時候，周行的尿已經把褲子打濕了。同時，他聞到了從附近飄來的一股大便的氣味。

五、在外面

小寂翻到車外，壁虎一般貼在車壁上，瞬間打了個寒噤，有進入阿鼻地獄的感覺。灌滿耳朵的，是車輪雷霆萬鈞的轟鳴，小寂又感到彷彿置身於一個超負荷運轉的、超大尺寸的印刷車間。他心想，哦，終於出來了。

他強烈地意識到自己孤身一人了。這種感覺十分怪異，他以前並沒有體會過。以前，他每天都是和地鐵車廂的人們擠在一起的。是啊，他為甚麼會這樣做呢？

外面的氣溫比料想中的還要低，似乎兩側都是無際的冰壁。他嗅嗅鼻子，聞到了一股液氮的味兒。隧道似乎正在向着極限低溫冷卻下去。到處充滿一種帶血的機器感。列車像是一個高能粒子在加速器中疾進。那麼，這會是一場實驗嗎？

小寂沒有馬上往前攀爬，而是等待了一會兒，細細觀察了一遍環境，遠遠近近，卻都沒有見到像是顯示站台存在的一絲燈光。不過，他對此本也沒有抱多大希望。

他想，列車有可能拐入了一個以前沒聽說過的備用隧道，而且，是全封閉的環線。在最初設計時，地鐵就被賦予了一種人所不知的功能，以便發生意外時及時逃逸。它現在執行的是與正常運行階段完全不同的程序。

那麼，是不是地面發生巨大災害或者毀滅性的戰爭了呢？世界末日來到了嗎？在劇變之際，地球正在經歷一次沒有預兆的宇宙躍遷嗎？列車是否已經進入了另一個奇異的時空，而那裡的物理法則與人類認識到的完全不同？

忽然，一種異樣的感覺襲來，就是列車實際上並沒有任何的前進，只是它所處的世界在飛速地倒退吧。就連從前，自從有地鐵以來，列車也根本沒有移動過一寸，所有的上車下車和站台切換，都是一個魔術師用聲光電的手法，表演出來的障眼花招，目的是為了欺騙乘客，麻痺他們的精神，好趁機掏空他們的腰包，偷走他們的時間。

因此，這隧道莫不是甚麼巨型生物的腸子吧？而人類不過是一小撮寄生蟲，一粒藥片便可以把乘客全部清除乾淨，之所以還沒有下手，是因為那魔術師一般的神秘傢伙還需要大家幫助完成腸道蠕動的任務吧。

　　作為脫離了車廂內環境的觀察者，小寂為這種念頭而懼怕，一時猶豫了。攀岩只是他的業餘愛好，他這樣做，真的明智嗎？但既已出來了，就不可能退縮了，那樣會被乘客們笑話的。不，他做這件事，其實並不是他的選擇，他面對大家提出主張時，好像有一雙眼睛在列車後面看着。他不得不行動。他又告誡自己千萬要鎮定，一定要想像這列車是在往前走，否則，便會失去勇往直前、面謁司機的動力。而在了解到真相以前，是不可以回到剛才待的那節車廂的。

　　他開始試探着往前移動。他沒有爬上車頂，害怕隧道上端會有異物碰傷頭和身體。他還要防備，這隧道既然不再是尋常的隧道，那麼它設置了甚麼殺人的機關，來阻止闖入者，也說不定。他緊緊抓住窗櫺的結構，小心翼翼地朝前一點點攀越。

　　他花了半個小時，在人們表情複雜的注視下，越過了十九米長的本節車廂，才稍稍舒了一口氣。他甚至為自己的孤膽英雄般的行動而感到了一絲驕傲。

　　下面一節車廂，情況也差不多，乘客們像罐頭物質一樣擁擠在一塊兒，情緒不寧，有的人像是已經虛脫了。忽然看到一個男人鬼一樣緊貼在車窗外面，大家都「哇」地一聲驚叫起來。

　　小寂向乘客們大聲解釋着，但隔了玻璃，人們都聽不見他說些甚麼。攀岩者便掏出一支馬克筆，在玻璃上書寫到：

「我要到車頭去。這裡有沒有人願意跟我一起去？」

大家乏味地看了看，都沒有理睬他。有幾個人露出不可思議的神色，鄙夷地搖起了頭。

小寂很失望，但他無法多想甚麼，便繼續往前面爬去。他連續越過了兩節車廂，也都沒有乘客願意跟他一道去。

要到達車頭處，還有多少節車廂呢？

六、平衡的優勝感

「喂，你還有吃的嗎？」

周行忍不住又問女人。這時，他感到自己對這位邂逅的異性已生發了一種天然的熟識乃至親近之心。他進而覺得，面前的這個生物，其實在同類中長得還算是有幾分姿色的呢。除了與妻子素素，他還沒有與別的女人身貼身地待上這麼長的時間。幸好不是男人。想到這裡，他就幸福地微笑了。

「沒有了。」

女人輕輕地搖搖頭，向周行歉意地笑笑。她的身上也散發出一股尿臊味，這使周行心安理得起來，並滋生了一種平衡的優勝感。

「不知道這車裡誰還有吃的。」女人又說，咕嘟嚥了一口口水。

「吃是一定要吃的。等找到了吃的，女士優先，一定會讓你先吃。」

「謝謝你！如果託你的福，能夠活着出去，一定要把這段經歷告訴我的兒子。他才三歲呢。他吃飯老剩。今後可不能這樣浪費糧食

69

了。」女人眼圈紅了。

「別哭，別哭。都會活着出去的。我們是誰呀。」周行竟有點心疼了。他又想到了妻子素素腹中的孩子。

女人抹了抹眼淚：「那個人，會讓車停下來麼？」

「但願吧。」

周行這麼説時，心情矛盾。他希望攀岩者能夠救大家，又期盼着他掉下來摔死，這是因為，他做出了大家都不敢去做的事情。在危險之前，僅僅是這種脱離集體的個人主義冒險行為，就讓人受不了。他又擔心，會不會因為攀岩者的出現，女人看不起包括他在內的同車的其他男人了呢？

「看周圍人的表情，好像他所做的，事不關己呀。」女人果然像是慍怒地説。

「我們又不會攀岩。這種事，只有攀岩者才可以去做。這只是一個能力問題。沒有人希望列車再這樣開下去。」

「他究竟是一個甚麼樣的人呢？我以前聽説的是，有信仰的人才會這麼去做。他是救苦救難的活菩薩麼？」

「哦，也不一定吧。這年頭誰還信甚麼呢。至於活菩薩之類，如今隨便一個甚麼人都可以宣佈自己是吧。招搖撞騙誰不會呀。這方面全亂套了。據説連監獄裡都關押着許多自稱是佛或者活菩薩的人呢。」

周行不願意這可疑的對話繼續發展下去。這時他才注意到，女人的脖子上戴着一個十字形的、長滿綠鏽的金屬飾物。他忽然記了起來，岳父去世後，在火葬場焚燒他的爐堂裡，留下了一個同樣形狀的古怪結晶體。岳母把它帶回家供奉了起來，素素卻嫌這東西不吉利，

就把它偷走，扔進了路邊的下水道裡。

「我好累，好想坐下來歇息一會兒呀！」女人忽然直愣着眼神大叫起來，「喂，警察，維持秩序的警察，這會兒你到哪裡去了？是不是招呼一下，讓大家輪流坐坐位子呢？」

警察根本沒有理會，他自己倒是找了座位坐下來了，還下令讓幾個年輕力壯的乘客，手挽手站在他前面築成了防護圈。周行被女人的失態一時嚇住了，又意識到自己其實並不想讓女人真的走開。這個起念讓他有些不好意思，又微微激動。女人胸部頂着他的感覺，傳遞來了讓人亢奮的信號。周行回憶着餅乾的味道，感到吃的不是餅乾，而是女人酥軟身體的某個部位。

他忽然覺得，像是很久沒有親近過女人了。他似乎早已與素素離婚了。他沒有家了。這種感覺此時分外的真切。是他還一直生活在幻覺中吧。他天天坐地鐵旅行，其實並不是為了上班，而是試圖逃離那段痛苦的婚姻記憶吧。他好像才恍然大悟了。此時，所謂的女人的滋味，就像是兒時在媽媽懷中咂到的奶汁，燦爛遙遠而引發衝動，在噁心中，攜帶着一股神秘的甜腥感。

真是一趟無與倫比的地鐵之旅呀。出去後，一定要把它原原本本講給認識的人聽，周行滿嘴發乾地想。但「出去」這個詞現在連那模樣看上去都是滑稽的。

七、瘋了

攀岩者又來到了一節車廂的外面。他發現，這兒的人，全都在昏

睡，腦袋耷拉在旁邊人的肩上，像一顆顆切割下來的瘤子。他感到有點不對勁：乘客們面色灰灰的，身體縮了水一樣，都皺了起來，似乎，全是老人。而且，好像，已經有人死去了。不，又像是在冬眠。他們彷彿已經完全放棄了被救的希望及自救的努力。

小寂這麼想着，心裡打鼓，不敢多看，加快速度通過了這節車廂。

下一節車廂也十分反常，主要是不那麼擁擠了，有一部分乘客不知哪去了，竟然意料之外地富裕出了活動的空間，剩下的乘客就像動物園籠子中的狼一樣，疾速地來回走動，仰着頭，伸長脖子，大聲嗥叫。看到小寂剪影一樣出現在車窗上，一胖一瘦兩個中年男人猛蹬後腿，躍起在半空中，做爪牙狀猛撲過來，結果雙雙撞上玻璃，嘭的兩聲，摔落在地板上，昏死了過去。

瘋了。小寂想。

八、難以滿足的慾望

終於，車廂裡有人偷吃東西，被邊上的人發現了。是一個農民模樣的人，他攜帶的編織袋裡裝滿了玉米棒子。他其實是不準備暴露這個秘密的，但到底還是忍不住了，便假裝暈車，蜷曲着身子伏在口袋上，把腦袋探入裡面，像隻老鼠一樣偷偷地嚙嚼玉米粒。但還是有人聽到了聲音，聞到了氣味，不留情面地揭露了他的自私行徑。

「讓他吐出來！」車廂裡唯一的警察嚴厲地發佈指示。話音未落，一簇簇拳頭便已疾風暴雨般地落向農民，就像打一隻臭蟲，竟然把他

當場打死了！

「謀殺！」周行心裡驚叫一聲，又感到興奮，眼光已然忍不住投向了被許多雙手迅速打開的編織袋。層層疊疊的玉米棒子裸現出來，剎那間，沉悶壓抑已久的車廂裡燃放開了一道陌生而優雅的金光，那正是一種裝飾性的華麗夢幻，在很長的時間裡卻被人忽略了。原來，活下去的希望就在大家的身邊呀。

從死去的鄉下男人那兒，在警察的監督下，食物飛快地傳遞到了每個人的手中，顯露出了公平的快捷，而女人卻並沒有得到曾被許諾的特殊照顧，既沒有先拿到手，也沒有多分到一些份額。大家群怪一樣靜謐地噬吃起來。整個車廂裡充滿了牙釉與舌脈相與磨動的尖銳之音，咒語般十分的整齊而響亮，與車輪的轟鳴形成了非凡秩序的協奏。

吃了東西，周行感覺好了些。他看看錶，發現時間已過了十小時。該是傍晚下班的時候了。然而，上班下班，這時看來，那不是天下最好笑的事情嗎！不知道同事們這一天都做了些甚麼，有沒有人問到他為甚麼曠工了……他睏乏到了極點，像是幾天幾夜不曾合過眼。然而，當着女人的面酣睡，仍然有着最後的一絲靦腆，但僅僅是努力撐了一撐，終於還是睡着了。

在睡夢中，他的手卻不老實起來，伸過去摸了女人的乳房，又窸動着去摟她的腰肢，慢慢地，左手掀開她的裙裾，右手探了進去。女人臉紅了，卻沒有制止。她繃緊了全身的神經和肌肉，僵直地站着一動不動，彷彿是在用全身心品味一道此生從未吃過的美味佳餚。只過了一會兒，她便一把捉住那隻在裙下亂動不停的大手，往裡面更深地插入。

夢中，周行忽然射精了。他一下子意識到自己在做甚麼，想控制住，卻來不及了。

他驚醒過來，看到女人緊閉雙眼，面色宛若朱紅的百合，呼吸如同海潮，溫濕的氣流正浪花般一股股激噴在他的臉頰上，都要把他融化了，而周行的手還深埋在女人的裙底，已是癱軟得像一朵棉花了。這一瞬間，周行覺得面前的女人具備了令人目眩的完美無瑕，而他的身體還在作最後的餘波抽動，竟然比真正的做愛還要亢奮。周行也臉紅了。

這時，他看看四周，不禁吃吃笑起來。好幾對男女都脫光了衣服，站立着正在性交，完成着一種當下姿勢的正確性。他們發出了動物似的吭哧吭哧聲，這種聲音，在周行聽來，像教堂裡的唱詩一般美妙悅耳。

這時，周行又復感到了極度的飢餓。他試圖理解為這是站立射精之後的一種必然的沮喪。

九、命運的懸崖

到了第六節車廂，攀岩者小寂覺得這裡更加奇怪，整個車廂空空的，毫不凌亂，竟然連一個人也沒有。乘客像是全部蒸發了。這卻難以解釋。也許，是從始發站起，便不曾允許上人吧？是啊，難道不也可以理解為，是為了甚麼神秘的意圖而預留的空車麼？小寂卻不能知悉其究竟。

緊跟着又是一節全空的車廂，這種空，其實是超越尋常認識意義

上的真正的空。小寂的心情更緊張了。他彷彿看見，車廂裡有一股淡藍色的煙霧在輕輕泳動，這正好加劇了空的茂密，使之在局部的解脫中無限幽陷了下去。

小寂聽見窗玻璃在格格顫響，就像是戰慄不止的上下排牙齒在用力打架，隱約之間，又透出一種如若斷續的呻吟，攜帶着看不見的巨大能量，像要從鐵籠中奮力掙出。

小寂明白，這是因為內在空的強大逼迫。空，構築了某種形而上般的東西。但很快連任何的動靜也皆消失了。列車一派寂寥幽微，澹然恍惚。

然而，不妙的是，攀岩者猛然間又想到了此刻本不該去想的老套鬼故事，而他以前是從不相信有鬼的。這使他沮喪地意識到，他仍然是個俗人，擺脫不了自古相隨的陰影，因此大概並無資格重新進入具備了全新意境的車廂，去開始另一種生命。他對自己感到失望，覺得某些東西早已注定了，心緒茫然，頭皮發麻，手鬆了鬆，差點掉下飛馳的列車。

還好，他畢竟具有攀岩者穩定的心理素質和敏捷的身手，在墜向死亡的瞬間，迅疾地把握住了，十指快速地勾住了車窗。他咬緊牙關，含住淚水，重新攀回了命運的懸崖，並加快了移動的速度。這時，他感到十分累乏和飢渴，他拚命忍住。更可怕的是不斷加重的寒冷，千萬根銀針一樣釘滿他的每一個毛孔，直要令他的身體瓦解。他只能堅持往前。他默默對自己說：「沒有別人可以幫你，你得自己挺住哇！」

在下一節車廂，他又看到了滿滿的人。仔細一看，嚇得一哆嗦。原來，乘客們正擠在一起埋頭吃東西。他們拿着的，是人手、人腿和

人肝一類。大家吃得滿嘴鮮血淋漓。

十、變老了

　　周行和面前的女人已經性交了兩次。他們不再不好意思，而是覺得這正是他們在此刻一定要幹的。他們再不做，就甚麼也來不及了。而周圍的人也都在忙碌着同樣的事情。

　　女人用雙手輕柔地托舉着周行的臉頰，懶散地憧憬着他濡濕的雙瞳，好像周行是一個美麗而唯一的果凍。她久久地凝視着，忽然，像是發現了甚麼，臉色驟變，失聲叫道：「瞧你的臉，怎麼這麼難看！」

　　周行摸摸臉。他摸到了滿臉密林般的大鬍子。他記得很清楚，今天早上出門前他才刮過臉啊。以前，他曾經嘗試過留鬍，有意兩個月不刮鬍子，也沒有長得這麼厲害的。面對女人的驚詫和不解，他狼狽而惶惑了。她會因此而拒絕他甚至拋棄他麼？他覺得，此時要是沒有女人，他說不定會立即垮掉的。

　　他定睛去看女人，發現她的頭髮間，生出了大把的銀絲，彷彿霜打的冬樹；眼角綻出了火星裂谷似的深黑色皺紋；口紅和容妝正在雪崩般脫落；她的臉孔已然變化成了某種迷彩掩映下的冰地鬼魅。

　　周行這才好像放心了，不懷好意地咳咳笑起來，彷彿贏得了畢生最滿足的報復。他不禁有了伸手去撫摸或拔除女人白髮的衝動，但又猶豫着停下了。

　　他看看錶，發現已到了晚上十時，距他上車，十幾個小時過去了。熱戀期真正如同白駒過隙呀。深懷厭惡的周行不願再看女人一

眼，把目光移開。他看到邊上的人們，也都在老了下去。

他暗自驚詫，難道，現在的一分鐘竟相當於一小時、一個月⋯⋯一年？是甚麼樣的物理學法則，能使時間的流程變快呢？而這全車的乘客恐怕正是兇猛的時間在進食後所消化出的垃圾，正被搬運向一個秘密的焚化場所。

「亂看甚麼！我又餓了。老公，你得給我找東西吃！」女人狠狠地掐周行的手臂。

這人瘋了！天下最愚蠢者，難道不正是女人麼？周行恐懼地試圖掙開她，卻發現根本不可能。不管怎樣動彈，他都在女人的掌握範圍內。如同剛上車時一樣，他仍沒有騰挪處。這原是車廂這種存在所表現出來的真實啊。更何況，他已經老了！

周行停止了掙扎，努力想像自己是列車上的一顆迅速鏽去的螺絲釘。

「太可怕了。我們很快就會死去的。」一個頭髮掉光的老頭兒說。他上車時還是個黑髮茂密的中年人。

「誰來幫幫我啊！」一個十幾分鐘前才完成性交的女人叫起來，「孩子，我的孩子就要出生了！」

頃刻間，從角落裡傳來了嬰兒的哇哇啼哭聲。周行面前的女人猛地睜大眼睛，停止了擺佈周行，循聲去尋找，雙目中重又溢滿了溫情、善良與神往。周行通體一震，預感到了未來奇跡發生的可能性。

有人說：「最大的問題是人太多了。殺掉一些人，大家就會過得好一些。」

警察喝道：「誰在說這話？他還想活不想活了？」說罷裝模作樣

地掏出手槍來。

　　然而，連警察也變成一個老人了，他的牙都掉了，說話漏風，只讓人覺得好笑。

十一、更多的變化

　　小寂又來到一節車廂外面，發現裡面的人已經不多了。地板上有一灘灘的碎骨和污血。有幾個老婆子坐在椅子上，顫巍巍地敞開胸懷，露出皺巴巴的奶子，樂呵呵地在給新生兒哺乳。有幾個老頭兒跪在她們身邊，像是眼巴巴地等待着。另外幾個老頭兒在有氣無力地一下一下砸車窗玻璃，卻砸不開。

　　「看來，終於有人產生了聯繫外界的想法！」見此情形，小寂由衷地感到高興。

　　他停下來，朝他們大聲呼喊，並從外面幫忙砸，但玻璃毫不動搖，連一絲裂紋都不再產生。僅僅過了幾個時辰，玻璃就變得金剛石一般堅硬了。這實在是太不可思議了。

　　企圖逃脫樊籠的乘客露出了絕望的神情。有個老頭兒吃力地用筆在玻璃上寫字給小寂看。是方塊字的模樣，但小寂一個也看不懂。另一個老頭兒着急地把寫字的人扒拉到一邊，自己來寫，寫出的也是同樣的奇怪文字。

　　—— 那些字像是西夏文。小寂想，很可能，這裡的人們發展出了新的文字系統，希望以此來達成與外界的溝通。但是，怎麼這麼快呢？為甚麼不是流行的英文呢？

小寂感到了從未有過的恐懼。他想,太遲了,他們已經沒有辦法拯救自己了,甚至,連外部的努力也抵達不到他們這裡了。他們早幹甚麼去了呢?

毫無疑問,列車此刻正在發生某種新的變化。或者,不是列車的變化,而是車廂中的人類社會在變化,也是整個物質世界和環境在加速變化。但誰也不知道這裡面的究竟。

無助的小寂離開無助的人群,淚流滿面,獨自繼續前進。他看到,列車頂部不知甚麼時候漂浮起了一層一尺多厚的白色霧靄,麇集着一股股幽靈般的陰森。白霧中有些小東西在悠動,像是蜘蛛。

藉着這迷霧泛射出的淡淡輝光,他第一次看清了前途:列車一眼望不到頭,哪裡是原來以為的長度!

十二、技術帶來的希望

能吃的東西都吃光了,只是勉強忍住還沒有吃人,這大概要歸功於這節車廂裡還有警察的存在。那起群毆致死農民的案件,已使他很惱火了。他好像並不希望人都死了。他還需要有人來聽他吆喝和支使,需要有人來伺候他。但就連警察也不能阻止人們飛快地衰老下去,不能阻止人們無節制地性交。

像蜈蚣擺動的腿一樣,時間的節拍越來越急促。更多的孩子在呱呱墜地,引起人口爆炸。車廂裡越來越擁擠了,這樣下去,肯定是要撐破的。大家焦急地議論紛紛:

「攀岩的那傢伙怎麼還沒有讓車停下來呀。」

「他其實是想自己逃跑吧，哪裡是要救大家呀。」

「這個騙子！說不定，早掉下去了。」

「也許，讓司機殺死了。呵呵。」

「哪裡呀，餓也餓死了，渴也渴死了。」

這時，響起了一個不太一樣的聲音——

「別說風涼話了。即便是在車廂裡面，也必須要想出法子自救。再無動於衷下去，便真的晚了。」

有些像攀岩者，卻又不同。這帶有蒼涼味兒的言語使乘客們立時安靜下來，默默地想起了心事。大家覺得，彷彿回到了從前的時光，那是一個極其遙遠而幸福的年代，車廂外面永遠有站台不停地出現，引誘人們走進雖然貨架空空卻不見盜賊的商店，或者儘管一貧如洗但恩愛無盡的家室……

剛才說那話的，是縮坐在角落裡的一個乾巴枯瘦、髒兮兮的老頭兒，戴副黑框眼鏡，眼中嘩嘩地冒出一縷縷稀罕的猩黃色亮光，他有點緊張地又說：

「我有一種辦法，大概可以試一試。」

「甚麼辦法，怎麼不早說哩。」

老頭兒結結巴巴地說：「我、我在科學院工作，我們的研究所最近研製成功了一種便攜式能源轉換器，能夠把一種能量轉化成另、另一種能量，比如說，把潮汐的動能轉化為人體能夠直接吸收的化學熱量，用來支持人的新陳代謝。這本來是為了解決吃飯問題而開發的項目。可是，研究成功後，社會上誰也不感興趣，說是無用，因為，溫飽問題不是早已解決了麼？糧食不是年年豐收麼？他們不相信未來還

會有滅頂之災，不相信預言中的大饑荒將要來臨，不相信世界會重新陷入黑暗混亂……我今天恰巧帶了一台，是拿到一個部門去遊說投資的。但是再一次失敗了。而我也大失所望地連自己也不願意相信它了，正準備等列車一到站，就把它扔到垃圾桶裡呢。但是，現在，或許正好派、派得上用場吧。」

一邊說，一邊從提包裡，取出一台熨斗似的綠色金屬機器，上面還附着一個數字盤，有一些旋鈕和插孔。好像太陽從地底出來了，立時，車廂裡熾烈地騷動起來，離老頭兒最近的乘客，都伸出脖頸來圍觀這所謂的高科技帶來的最後一線希望。他們平時並不怎麼關心「科學」或「技術」之類的事物，這時卻都裝出很感興趣的樣子。

「可是，怎麼使用呀？」有人冒失地問。

「是這樣的，這列車不是停不下來麼？這就好了。我們得想辦法把整列火車滾滾向前的動能，轉化為單個人體需要的熱能！」

老頭兒有點兒害羞地解釋，彷彿自己也剛從一場大夢中醒來。雖然能夠支持生存的熱能還沒有真正產生，但車廂裡似乎已復洋溢着了熱情 —— 雖然，它是膚淺的。不知為甚麼，周行忽然覺得，這老頭兒神情中某個地方，有點兒像是離開車廂而去的小寂。他們之間，有甚麼親緣關係嗎？

這回，大家不再拿出對待攀岩者那樣的態度了，而是顯得很諂媚似的，異口同聲地爭相說：「太好了，幸好是在這節車廂裡，遇上你，實在有福氣呀！我們能夠活下去了。我們的孩子也能夠活下去了。還有比這更重要的嗎？」

「廢話少說，趕快開始幹活吧，還需要設計一套連接和傳送裝置

呢。」老頭兒不安地催促。説着，在提包裡摸索了半天，掏出一本《讀書》雜誌，打開來，才知道是能源轉換器的使用手冊。

「這是難得的機遇，要抓緊時間哪。」警察揮舞手槍，在一旁口齒不清地叫嚣，好像扮演起了監工的角色。

老頭兒又向大家解釋了一番操作細節，並挑選了一些人，組織了一個小型的團隊來開展工作。

周行這時卻不願意輕信任何的美好方案了。他想，活下去，就這麼簡單麼？人口越來越多，卻也是一個問題啊，這可不是技術能夠解決得了的。他們想得太容易了。他們在做一件違反規律的事情。根本的東西是無法改變的。另外，整趟車的動能都變作熱能轉移到乘客的身上去了，每個人是好了，但車子卻冷了，這會不會反而造成列車的停滯呢？雖然都期盼着這一時刻的到來，但一旦成真，卻不習慣啊，列車可能會像巨型爬蟲般停留在這黑暗隧道的中途，而站台仍舊遙不可期，到那時，車廂裡這群因為吸取了過多熱量而渾身烘燥得快要爆炸的烏合之眾，能夠把持得住麼？到時候連警察怕也控制不了局面吧。説不定，會出現更大規模混亂的。他們這是在試圖改變地鐵的結構，意想不到的情況隨時都有可能發生，或許連牽引變電站和 UPS 不斷電系統也因此會停止工作吧。而喪失了前進動力的機車，最終也就無法繼續為乘客們提供能量了，結果仍然是崩潰。更要緊的是，活下去是為了甚麼呢？這個問題沒有解決，其他問題統統解決不了。出生在車廂裡的嬰兒們，他們將怎麼面對一個全新而陌生的世界呢？對此大人又能告訴他們一些甚麼呢？這時，周行覺得，乘客們之所以搭上這趟列車，就是因為從前造下了罪孽，而來接受審判的。這個懲罰是

怎麼也逃不過去的，而不管大家怎麼掙扎着努力。

　　周行看到，面前的女人，已經蒼老得像一團皺紙。她似乎等不及了。她整個的人形乾枯得連眼淚也流不出來了，就像千年古樹再也無法分泌樹脂。老婆子像白骨精一般死死地抓住周行的雙臂，把散發着酸腐臭氣的猙獰頭顱貼靠在周行的胸脯上，無牙而流膿的嘴裡嘟囔着甚麼，周行卻一句也聽不清。

　　但是，忽然間，他卻明白了她的心思，那是一個垂死女人所應有的念頭，氣泡一樣掙扎着從枯死的泉眼中翻冒出來，最後一次燃放了對逝去青春的絕望追念。

　　周行立即想到了自己的末日，那分明已不再等同於見不到妻子和孩子的切膚悲傷，而是一種真正意義上的萬念俱空。他嗓子一腥，哇地哭出聲來。

　　這時，有人在叫：「成功了！連接上了！」

　　周行的腦子裡嘩啦一聲湧進了一片片閃亮紛繁的信號，皮層化作了一大堆滴滴答答解凍中的冰雪。他頓然明白，自己也能夠與周圍的所有人進行思想交流了。說話太耗費能量，而讀心術，卻要簡便和省力得多。

　　不知道為甚麼，人類退化的遠古本能，自行恢復了。

十三、新生態

　　小寂繼續前行，他慶幸自己沒有上到車頂，因為，上面的確爬滿了不知從何而來的大群蜘蛛。這是一種十分奇怪的蜘蛛，個頭有越野

車輪胎那麼大，黑色的、長長的腳沿着車壁甩落下來，擺動不停，有的差點碰到小寂的雙手，迫使他快速地閃騰躲讓。他想，這些傢伙的身體上一定有毒吧。

蜘蛛是徹底地不同於人類的生物，它們排列着整齊的一字隊形，正逆着小寂前行的方向朝車尾移動而去，發出咯吱咯吱的機械聲音。小寂覺得它們是從某個車廂裡逃逸出來的。它們一定合力咬破了車頂蒙皮。但它們為甚麼要選擇一條與人類相反的路線呢？它們會不會是這異端的始作俑者？

蜘蛛的出現，使小寂畏怖，卻又興奮，覺得像是遇上了同道。而封閉的列車裡竟會滋生出這樣的帶有叛逆氣質的生物，一定是大出司機預料的。這其中的驚人奧秘，現在已無時間去探究了。剩下的惟有賭博般的行動。

蜘蛛過去後，隧道裡彷彿變得暖和了一些。小寂精神一振，又攀到一節車廂外面，嚇了一跳。

原來，裡面的幾百名乘客排成了好幾層同心圓，人挨人面朝同一個方向站着，每個人都由後向前伸出雙手，用掌心緊緊捂住前面那個人的兩側太陽穴，姿勢都一模一樣，聚抱成了一個大團，牢不可分，那集群構成的整體形象，就像一棵千年大樹的根系。

這是小寂歷經長途旅行，見所未見的奇景。他看了半天，才想起來朝他們招招手，乘客們卻一動不動，就跟植物人似的，除了個別人的眼珠轉上一轉，看不出任何表情。

小寂看到，車廂天花板上安放照明器具的位置被撬開了一個洞，裡面的電線被牽引了出來。靠近此處的一位男乘客，把左手臂高舉着

伸向那兒，五指與電線纏接在了一起，甚至可以說，電線便是五指的延伸了，要不，就是五指是電線的繼續，從外觀上，完全看不出分別了。這個人已然是死了。但是，電流卻從他這裡傳遍了全體人群。似乎，以一種奇妙的方法，他被改造成了一台變壓器。整個車廂裡的乘客，可以說，通過電流，已經與列車牢牢地聯結為一體了，從車體這浩然的塊壘中，吸收着物質世界的微薄養分，維持着最低限度的能量代謝，從而以一種古怪的方式存活了下去。

小寂想，這裡的人類，形成了一種新的生態系統，從而打破了列車的固有規則。退一萬步說，就算是規則並不曾被破壞，那麼，人們也是利用了規則中的漏洞啊。

他不知道他們是怎麼想到並做成這件事的。小寂感到，在危機的關頭，人類的潛能的確很可觀並且也很可怕。

但是，如果這電忽然斷掉了呢？

十四、諸世界

氣溫在繼續回升。小寂又經過了幾節車廂，他看到，有的車廂，乘客死絕了；有的車廂，卻有人類在活動，他們生機勃勃，秩序井然，蟑螂般竄來竄去。他們把車廂裡能吃的東西，包括椅子、紙張、橡膠和廣告顏料，都吃掉了。

有的人在車廂裡用死人骨頭構築了奇形怪狀的小屋子，棲身在其中。他們的身體結構也變化了，總的來說是向小型化和原初態發展，有的看上去像是兩棲類，有的像是魚類。

還有的車廂裡，誕生了新型的社會組織結構，推選出了首領，建立了類似「朝廷」一樣的東西。有的則以車廂中線為分界，乘客分成了兩群，拉開了打仗的架勢，要通過決鬥，產生他們的領袖⋯⋯

小寂根據不同情況，朝車廂裡面的人打招呼，做手勢，卻再也無人回應。他覺得，局勢正在發生新的變化。

此時，他能看見車廂裡的人，但車廂裡的人卻看不見他了。小寂作為唯一能看清乘客境況的人，感到了孤獨。這是深刻而巨大的孤獨。以前經歷過的，比如，為了幾塊錢的加班費而工作得吐血進醫院呀，在單位被領導不分青紅皂白罵得灰溜溜的而回家向父母撒氣呀，因為獎金發放中受到不公正待遇而一氣之下遞交辭職信呀，與女朋友因為一點兒小事而大吵大鬧要分手呀，與現在面對的相比，再也不算甚麼了。説到做人，以前在那樣的環境下，為甚麼不能淡定一些呢。但以前是以前，何況現在回想起來也並不可靠和真實。

小寂對所依附的堅硬車身滿懷感激，卻又產生了極度的憎惡，忽然間，失去了前進的勇氣，寧願一鬆手墜下去，與這世界徹底劃清界限，一了百了。但在關鍵時刻，他又一次咬緊了牙關。

因為，經過三天三夜的攀援，他終於來到了車頭處。小寂為眼前的情形而大吃一驚。

十五、回到出發原點

不知過了多久，疲憊不堪的小寂又爬回了他的出發原點。他此時

已從心底裡知道，無論走了多遠，他最終是要回來的。這正是他作為乘客的宿命。

他看到，在他曾經待過的車廂裡面，乘客們全都赤身裸體，失去了人樣，成了一種奇怪而陌生的生物，類似裸猿，有着櫻桃色的薄薄皮膚，瘦骨嶙峋而纖弱無力，皆四肢着地，緩緩爬行。

初見之下，小寂心中一懍，以為是外星生物入侵了 —— 他曾料想這是實現解救的唯一可能，但很快，他辨認出了為數不多的幾個熟悉面孔，包括警察，才知道就是原來的那幫乘客。他們竟然頑強地活了下來。只有小寂這樣有着去到車廂外面經歷的人，才能理解這其中的不易。

警察僅僅是能夠依稀認出，因為他還戴着一頂破爛污濁的警帽。他鬚髮斑白，老態龍鍾，身上一絲不掛，性器因為使用過度，已經完全萎縮不見了。他盤腿坐在一座用可口可樂空瓶堆疊起來的假山頂上，有一群「裸猿」在恭敬地伺候着他。

小寂目睹這奇妙之景，不禁對自己的存在產生了懷疑，低頭看看軀體，發現還保持着人類正常的形態，才稍微放了心。但是，相較之下，他卻成了少數的異類，未免有些憂慮。如果要發生爭奪遺產之類的事來，他的道統是否足夠勝任？

小寂大着膽子從窗戶上的缺口滑入車廂，聽見腳下傳來慘叫，低頭一看，才發現還有比「裸猿」更小的生物在爬動，也是人類的模樣，但是，個頭只有昆蟲般大小。另外，還有比「裸猿」小卻又比「昆蟲」大的傢伙。

他直覺到這些也都是人類的後代。他的感覺是，由於體型較小

的人類的出現，車廂的空間因此相應地增大了，能源的消耗也隨之而減少了。

乘客們以一種小寂無法理喻的方式，解決了自己的問題。他們適應變化的能耐，顛覆了任何一種想像。人類的後代看見小寂進來，吃驚不已地交頭接耳，但小寂根本聽不懂他們說的話。

他震顫而困惑地向警察走去。警察是這裡的龐然大物。小寂又比又劃，激動地對警察說：

「我去到了車頭處，才發現列車原來正在一個充滿星星的彎曲隧道中前進哩。就在我們的正前方，展開來了由無數新星系誕生而吐蕊的萬丈霞光，美妙極了！我們是在往那裡着急地趕路啊！」

警察用被眼屎糊住的雙目茫然地看着小寂，不耐煩地吐出一長串句子，小寂一個詞也不懂得，卻直覺到，警察好像是在說，晚了，這代價一點也不值得。

小寂疑慮而壯烈地想，他為甚麼必須得回來呢？難道真的沒有別的辦法嗎？

這時，小寂看到，一些長着人頭的螞蟻般的小傢伙正從警察的耳朵、鼻孔和眼眶裡爬出來，它們正把細小的肉粒從裡往外搬運。血絲從警察的竅穴中一縷縷滲出，老人卻似乎毫無知覺。

忽然，小寂感到自己的肝臟和肺葉一陣劇痛，皮下和血管中彷彿有甚麼東西在遊走。他恐懼地轉過身，艱難地朝車窗走去，還沒有到達那裡，便一頭栽倒在地。

四周爬動着的生物飛快地撲上來，頃刻之間便在攀岩者祭品般的頭顱和軀幹上覆蓋了密密麻麻蠕動着的一層。

十六、新起點

站台終於出現了。奔馳了許多光年的列車戛然停住。

這是一個燈火通明而喧囂的站台。候車的億萬生物形態各異，看見車門打開了，便爭先恐後地擠進列車，而車上殘存的人類後代也紛紛下得車來。

他們以蟻的形態，以蟲的形態，以魚的形態，以樹的形態，以草的形態……成群結隊、熙熙攘攘朝不同的中轉口蜂擁而去。

在無數的站台上，一組組的列車，正整裝待命，預備向不同的世界進發。

這些世界，都是從一個不可言狀的大腦裡面，所構想出來的。

（寫於二〇〇二年）

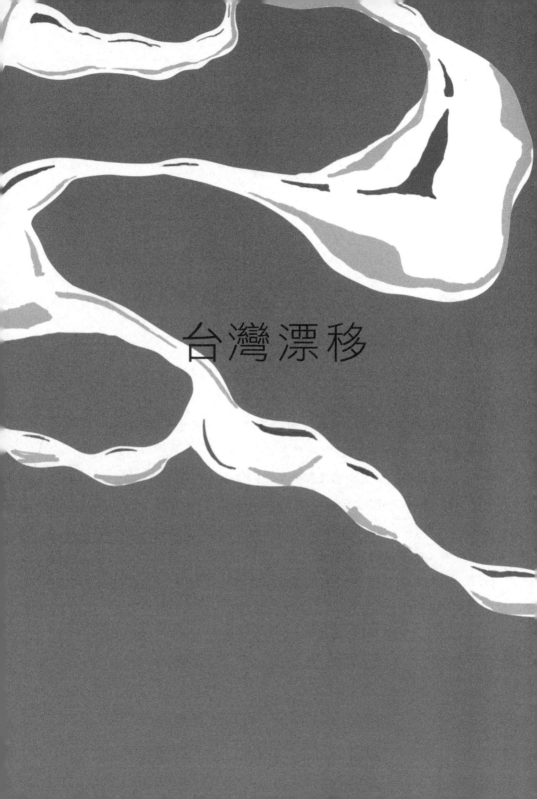

台灣漂移

一

　　台灣島開始漂移的那一刻，我正在睡夢中與表姐做愛。因此直到第二天早上，才知道世界上出了這麼大的一件事情。

　　在早讀課上，語文老師紅着脖子對一臉茫然的同學們說：「你們都已經知道了吧，台灣投奔我們來了！」

　　語出驚人的語文老師其實就是我的媽媽，我在媽媽教課的中學上學。我估計她是剛剛聽到的內部傳達。

　　因為事發突然，有關部門還沒有思考好應對措施，新聞媒體都得到命令不准公開報道此事。

　　報不報道倒在其次。我只是覺得媽媽的「投奔」一詞用得不是很妥，主觀色彩過於強烈。

　　後來才知道，台灣是在半夜忽然起動的，事前毫無徵兆。當時，

花蓮外海海底地殼九點二公里之下發生了一場五點六級地震。然後，台灣便以每天二點八公里的速度朝着大陸漂移過來。

第二天，它達到三點六公里，此後便保持這樣的勻速運動。這個速度説慢也很慢，説快也很快，那要根據兩岸居民不同的心理感受了。

台灣海峽南北長約三百三十三公里，東西平均寬二百三十公里。最窄處的福建平潭島與台灣新竹市，相距僅一百三十公里。因此，按照以上速度測算，一個多月後，台灣就會到達我們福建。

這邊的人都炸了鍋。而我只是為表姐憂心忡忡。她是海軍陸戰隊的一名女兵。最近幾年來，她的部隊一直在為渡海作戰積極做着準備。台灣海峽沒有了，她可怎麼辦呢？她總不能去當空軍吧。

表姐和我一樣，從小就討厭那些在空氣中飛來飛去的小東西。

二

台灣開始漂移後，爸爸便忙碌起來。這裡我交代一下：爸爸在廈門對外宣傳部門工作，為了迎接台灣回歸，他們的部門有大量事情要做。

爸爸的單位向全市市民提出一項倡議，據説也是爸爸單位的上級單位發出的指示。於是，媽媽和我也都忙碌起來。

要忙的事情，簡單來説就是紮帛花呀甚麼的。

上級説，為了迎接台灣回歸，等島一靠岸，就要給每一位台灣同胞的胸前戴上一朵帛花，以體現祖國大家庭的溫暖。

所以這個量是很大的，就像當年鬧非典 ① 那會兒口罩的需求量。

這個時候學校都停課了，師生們每天就坐在操場上紮帛花。

紮呀紮，紮呀紮，紮得大家心裡樂開了花。

媽媽最興奮了，最大那朵花兒通常都是她紮出來的。每次她都要把一朵藏在包包裡帶回家送給爸爸。

爸爸看了也就得意地撇嘴笑了。我記憶中他很久沒有這樣笑過了。

晚上，媽媽做了很多好菜，一家三口圍着餐桌，你一言我一語，有說有笑。我感到爸爸媽媽間早已冷淡的夫妻感情又恢復了。

不僅爸爸媽媽，還有好多叔叔阿姨也在樂呵呵忙個不停。只要有了事情做，大家都是很開心的。

除了紮帛花，要做的事情還有很多，比如，勘定碰撞的邊界啦，找準交匯的海岸啦，設計公路和鐵道的接口啦，重新繪製中國地圖啦，等等。

但我心底仍舊快活不起來，只是惦念表姐。我從五歲起就暗戀她啦。

三

然而我們家紮帛花的工作很快停止了，因為部隊來了。

其實不等部隊來，我也覺得紮帛花挺沒勁。不為甚麼，只是這麼

---

① 非典，對「非典型肺炎」的簡稱，即 SARS 或「沙士」。（編者注）

覺得。總之，大人們的做法就是古怪。你知道台灣人心裡是怎麼想的呢？他們真的願意戴軟塌塌的帛花嗎？

一夜之間，大街上硬梆梆地排起了坦克和裝甲車的長隊，坦克有 99 式和 85III 式，裝甲車是 86 式。

士兵們在地上排隊走，雄糾糾氣昂昂，一律説着北方話，有人肩上亮閃閃扛着飛鷹-6 號或者前衛-2 號便攜式對空導彈，天空中則不斷掠過麻雀一樣的蘇-27。一切就像過節似的。

這場面使我想起了表哥。他是開殲-8 的。這傢伙其實是我的情敵，他一直追我表姐。表姐並不愛他，他也死追。總之，表哥是屬於我最最討厭的人之一。

部隊的到來，是否預示着馬上就要開打了呢？

這樣，表姐就能大顯身手了。想到這個我下身就硬了起來，心裡卻忐忑不安。

表姐有一個男朋友，在一艘 093 型核動力攻擊潛艇上當艇長。他是我的情敵。一想到表姐將和他一起出征我就心頭焦急。這傢伙要是被打死了，那就好了。我不懷好意地這麼想。

部隊來得太多，營房住不下，便被分派住到了居民家裡。

我家也住了一個士兵。

他自稱屬於從西藏來的山地師。啊，看樣子，事情鬧得真是不小。

臉膛曬得醬紅醬紅的小伙子是藏族人，名叫洛桑，他帶來了一門 PP87 式 82 毫米迫擊炮。

洛桑説：「本來是準備跟『三股勢力』打仗的，但是台灣這事兒

更緊迫。嗨，誰能想得到？」

洛桑説：「上級告訴我們，台灣和福建一旦發生接觸，沿岸就會隆起一些小山包。」

洛桑説：「這樣，我軍的迫擊炮就能派上用場了。嗖。」

說着，他用雪人般的手臂做了一個翻山樣的弧形，又噹噹地拍了拍合金鋼鑄的炮身。

「真的要打啦？」我大聲問，斜眼看了一下堆在屋子角落裡的那些廢棄的可憐帛花。

「當然。在台灣問題上，我們從未承諾放棄使用武力，不管它漂移還是不漂移。」

聽到洛桑説出這樣的話來，爸爸就放心地笑了。他説：「我也這麼覺得，萬一他們是以漂移為幌子，來反攻大陸呢？」

「好像來的主要是陸軍嘛。」我裝作懂行地指出。

「噓，軍事機密。」洛桑説。

來自雪域高原的英俊小伙一到我家便猛吃海魚，看來是憋壞了。看到他這麼大口大口吃東西，爸爸媽媽樂得合不攏嘴。

據他們回憶，我小時候吃飯就是這種樣子，但長大一些後就這不吃那不吃了，這讓他們很是為難。

他們因此常常警告我：「沒有過過苦日子的孩子，將來打起仗來怎麼辦？」這下真要打仗了，他們得逞了。

結果洛桑吃得皮膚都過敏了，躺在沙發上呼哧呼哧喘粗氣。

爸爸媽媽便心疼地給他弄來熱毛巾敷肚子。洛桑的肚子長得像塊磁石，顯得他這個人很真實。我卻替這位戰士擔心：這樣如何去打仗呢？

　　而且，我不喜歡他說甚麼台灣和福建發生接觸之後部隊才會開始行動一類的話。那樣一來，表姐的越海登陸作戰訓練就要泡湯了。

　　幸好，這時，中央電視台同一首歌節目組及時趕到了，為軍民獻上一台晚會，我才感到稍許安慰。

四

　　隨着部隊的到來，到處都在傳說一個消息：台灣馬上要獨立了。

　　台灣要趕在漂到大陸來之前獨立出去，這是台灣領導人的意思。因為這個島嶼一旦靠岸後，他們再搞獨立就來不及了。

　　別的不說，強網呀雄風呀天弓呀康定級啦成功級啦還有 S－2T 啦甚麼的都像帛花一樣給廢掉了。

　　哦，我明白了，這正是陸軍來閩的用意。所以帛花也就不紮了。

　　但是，往深了想，就覺得陸軍來得還是有些問題。我和許多同學認為，這時候怎麼着也應該馬上起用海空軍，趁着台灣海峽的水還沒有完全被擠出去，打一場跨海登陸大戰，讓全世界瞧瞧中國的投送和攻堅實力。

　　從長遠看，這也是瞄着日本人。

　　那將是多麼壯觀的一幕呀。

　　東風－11 如暴雨狂瀉，蘇－27、殲－10 和飛豹 FBC－1 呼嘯而過，海面我軍萬船齊發，然後，在 ZTS63A 式水陸坦克的掩護下，頭戴鋼盔、身穿防彈衣的表姐乘坐衝鋒舟搶上灘頭，何等的英姿颯爽。

　　可是，陸軍現在卻要來搶頭功，這多少有些讓人委屈。

不過，我和同學們都不相信台灣真的會獨立。

看看對岸的那個樣子，就知道他們其實是很心虛的。

因為，從邏輯上講，即便台灣獨立了，它也會一天天漂移過來，終於還是要撞上洛桑們以逸待勞的迫擊炮。

我猜，軍方高層大概就是這麼想的。殺雞不必用牛刀。海空軍要留着幹美國人。

只是，跨海大戰看樣子是打不起來嘍。我和同學們都很失望。

五

一些軍事發燒友仍然拒不承認台灣漂移過來的事實，忙前忙後在網絡上發表模擬戰爭小說，描寫解放軍開着航母編隊渡海作戰解放台灣。這個時代的年輕人都有一個夢想，這可以理解。

大概是為了減輕大家的失望，忽然有一天，媽媽學校奉爸爸單位的指示，率領同學們前去參觀軍用機場。

參觀的目的，說白了就是要讓市民們明白，海空軍還是有用的，絕對不是擺設。

我們去的漳州軍用機場離廈門市八十公里，在那裡我看到了表哥，他和戰友們穿着一身挺括的飛行服列隊歡迎我們，彷彿馬上就要登機作戰魂斷藍天似的。

我故意不跟表哥說話，也不看他。他因為知道我知道他心頭有鬼，所以面色尷尬。但表哥很快有了事做。他帶領我們參觀擺放在停機坪上的殲-8。

美國人給殲-8起了個綽號叫做「長鬚鯨」。想像着這種海洋動物腆着大腹噴着水柱在雲彩中撲騰，便着實讓人笑痛肚子。其實不用他們展示，這我知道，殲-8是我國一九六四年着手研製的，也算一把年紀了。

但是，專業一點來講，表哥駕駛的這架飛機還不是殲-8，而是殲-8II，是一九九五年才搞出來的新傢伙，高級得多，具有超視距攻擊能力，能迎面向敵人的飛機發射導彈。

我們這幫孩子於是圍着玩具似的殲-8II轉着圈兒看。

殲-8II機身下的七個掛架掛着銀光閃閃的八枚二百五十公斤炸彈和兩個八百升副油箱，卻沒有掛PL-9格鬥導彈或Kh-31A反艦導彈。我看出一點名堂：真的是要配合陸軍作為對地攻擊使用了。

我歎了口氣。這時表哥對我們説，一旦台灣靠了岸，殲-8II僅用兩三分鐘，便能飛到台北上空。而以前，由於有台灣海峽隔着，至少要花十分鐘呢。

「那台灣的IDF呢？幻影2000呢？F-16呢？」有個同學不知好歹問，「它們是不是兩三分鐘也能飛到廈門、福州或者上海上空呢？」

「好問題！也許我們剛剛起飛便會在空中相錯而過。至少超視距攻擊是沒有甚麼意義了。所以我們的幾千架殲-5、殲-6、殲-7也能發揮作用了。」表哥像一尊菩薩似的苦笑着説，略微不安地看了我一眼。我鄙夷地把臉扭到一邊。

這時，我看到，殲-8II機身下那些炸彈又好像不是真實的。那麼，到底要不要動用空軍呢？這事越來越説不清楚了。

六

我們回到廈門的當天，大街小巷流傳開來又一個重大新聞，説是美國人的航空母艦開到台灣海峽來了。

來的是一個叫做小鷹號的大傢伙，周圍還跟隨着好些個伯克級和提康德羅加級，都屬於牛皮極大的第七艦隊。

爸爸和媽媽都是文化人，沒經過陣仗，一聽説美國航母來了，頓時有些手足無措，好像美國大兵的巡航導彈馬上就要把他們炸開。

我跟他們不一樣，立即亢奮起來，心想該跟老美幹上一架了。朝鮮和越南之後，就沒有好好幹過了。

果然，這天晚上，洛桑開始收拾行李，説要離開福建了。

「你們去幹嘛？」我想他畢竟一彈未發。

「噓，軍事機密。」洛桑嘟嘟囔囔，欲言又止。我心裡暗笑。

藏族小伙待了這麼些天，我們全家都捨不得他走。爸爸親自下櫥，為洛桑做了一鍋黃花魚，陪他喝乾一瓶珍藏的茅台。臨走時，媽媽把一朵本是為台灣紮的帛花佩戴在了洛桑胸前。

洛桑的臉一下紅了，説：「叔叔阿姨，請放心，我還會回來的！」

他離去時，我內心忽然充滿懷念，因為他的憨厚和健康的形象，因為他身上隱約的氂牛糞味兒，也因為他吃魚時的笨拙樣子，這些，都給我們全家帶來了無窮歡樂。

隨着美國人的到來和洛桑的離去，一夜之間，滿街滿巷的坦克、大炮和士兵都不見了。

必然，軍方高層已經考慮到，讓洛桑們用迫擊炮去攻擊美國航母

的效果不大，因此就把部隊撤走了。

最終是要派出中華神盾或者現代級去跟他們搏一搏呢。要有好戲看了。

當然，也可能出動 093 型或者基洛級。但是一想到表姐的男朋友在上面當艇長，我便覺得沮喪。

表姐此時又在哪裡呢？我眼前彷彿浮現出她軍服後面那對勁鼓鼓的小乳房，我對此無比神往。台灣算甚麼啊。

七

然而，陸軍撤走好幾天了，卻也沒有看到海空軍採取聯合作戰行動，這令我又一次失望。

遍地倒是冒出了一群群地震學家。他們來的人實在是太多了，顯然是全國各省區市的地震學家齊聚在了廈門。

賓館和招待所都住不下了，因此，他們又被分派住到了老百姓家裡。

我家也住進一個小伙子，名叫買海買提，來自新疆維吾爾自治區地震局。

與洛桑不同的是，自小在戈壁灘上長大的買海買提吃不慣海魚，因此，媽媽每天都要張羅着四處去給他買羊肉。

美國第七艦隊的出現造成了一些輕度通貨膨脹，羊肉貴到五六十元錢一斤。儘管這樣，我們也像對待洛桑一樣，咬緊牙關照顧好遠道而來的少數民族朋友。

另外還有一件事情挺麻煩，那就是買海買提每天雷打不動的做禮拜，每次禮拜之前還必定洗一遍熱水澡。為了民族團結，這事我們必須堅持做好。

　　洗了澡，拜了神，吃了羊肉，買海買提便高興起來，話也多了。這時，他就向我們透露一些內部機密。

　　他說，我們這邊監聽到，美國派軍艦來台灣海峽，可不是來打仗的，而是來搞人工地震的，目的是要改變台灣的航向，使它朝美國西海岸漂去。

　　「因此上級要求我們搞一場反地震，決不能讓美國人得逞！」買海買提揮動拳頭說，兩眼噴出吐魯番的烈火。我想，原來是這麼一回事哪，部隊撤走了，因為他們在地震專業方面是外行。

　　「這怎麼搞呢？地震還能搞麼？」爸爸和媽媽是徹頭徹尾的科盲，愁眉苦臉問。

　　「怎麼不能搞？往地殼裡面不斷注水啊，那就能搞出一連串小地震，從而抵消美國地震的能量。」

　　「這可是很超前的理論啊。低烈度縱火甚麼的。」我興奮地說。我想到了王晉康先生的科幻小說。

　　買海買提又說，全國最權威的地震專家都來了，不搞則罷，一搞就一定搞它個讓美國人下不了台。

　　第二天晚上，買海買提和他的同事便神情凝重地出發了。據說，正是一艘 093 型潛艇把他們帶到了不斷變窄的台灣海峽裡面去。

　　該不會就是表姐男朋友開的那艘吧？

　　說不定，表姐也會扮作蛙人，在掩護他們呢。想到這裡我又思緒

亂飛。

093 型有四個五三三毫米魚雷管和四個六五零毫米魚雷管，可以水下發射鷹擊型超音速反艦導彈。但是這回沒有裝導彈。反射管空置着，好讓地震學家們通過它們爬到海底去做人工誘發地震的工作。

但是美國人還是搶先了一步，在中國的注水地震發生前，便把他們的地震搞出來了。

這是一場六點二級的地震，發生在海峽中部的海底。作用的應力預計可以使台灣的漂移方向更改一百七十六度半。

然而這畢竟是一項全新的技術，美國人也沒有計算準確，結果先把小鷹號給掀翻在了海峽裡面。

更不妙的是，美國人還犯了一個低級錯誤，把地震波的方向搞反了。結果是，台灣朝大陸這邊漂移的速度更快了，達到了每天四點二公里。

偷雞不着蝕把米，賠了夫人又折兵。美國人很沒有面子，剩下的伯克級和提康德羅加級灰溜溜撤走了。

然而，這卻不是我國地震學家或者表姐或者表姐男朋友搞出來的戰果，而僅僅是美國人自己弄巧成拙，這使我又一次非常失望。

這時我就又想念起洛桑來。但部隊還是沒有重新露面。部隊來無蹤去無影的神秘性讓我生發出無盡遐想。

八

買海買提從海底回來了，面無表情仍舊狂吃媽媽買來的羊肉。

因為來自西部的地震學家實在太多，所以，福建本來不多的羊是倒了大楣。

地震學家雖然沒有搞出甚麼具體的名堂，卻使我們從科學上弄清楚了台灣漂移的原因。

「呃，關於台灣為甚麼會漂移，」一天，買海買提在肉足飯飽洗完澡做了禮拜之後，安穩地坐在沙發裡，一邊看電視裡的海飛絲廣告一邊說，「這是自然界的一個奇跡。」

他說，簡單來講，地殼的厚度不均和矽鋁層的不連續分佈是地殼結構的主要特點，其中海洋地殼只有矽鎂層而缺乏矽鋁層。海底因此總是處於不斷擴張的狀態中。大洋板塊永無止息地俯衝、生長和消亡。

「那又怎樣呢？」爸爸媽媽吃驚地瞪圓眼睛。

「最新的地質研究表明，台灣島正好漂浮在一個軟流層之上。地幔物質熱對流，海底不斷更新和擴張，導致板塊相對運動，因此，台灣島向着大陸方向動起來是遲早的事情。」

「深奧、深奧！」爸爸媽媽雞啄米似的直點頭。

「恰巧，不久前，菲律賓海板塊擠壓歐亞板塊引發了一場地震，台灣便真的動起來了。」買海買提彷彿不好意思地嘿嘿笑起來。

「要不是你說這些，我們還以為這事跟媽祖有關呢。」爸爸謙虛而自卑地陪了一個笑。

別看爸爸是一名黨員，但他私下裡可信神了。他每個月都要去媽祖廟燒香，祈禱自己升官發財。連我們家的櫃子裡面也悄悄供奉着一尊媽祖小銅像。這一點我最清楚了。

「怎麼有這麼一說呢？」買海買提略微皺起眉頭。

「是這樣的，孩子，你看，這幾年，大陸這邊經濟好了，給媽祖進香捐錢的人多了，媽祖一看，心裡高興，説，那就讓台灣也漂過來吧。」當着外人，媽媽吭哧吭哧幫爸爸做解釋。我直替她害臊，在下面輕輕踢她肉唧唧的腿肚子。

「不，不是這樣的。這不符合科學事實。」買海買提的臉有些漲紅。這使他看上去更像個新疆人。

我正以為他要闡述一番宇宙演化和地球劇變的宏偉理論，卻聽他説出了一句我完全意想不到的話：

「這完全是因為真主。」

於是，我們才都明白過來，世界根本不在我們的掌握之中。

九

一天天過去了，眼看台灣都漂過海峽中線了，台灣各界還是沒有在獨立或統一的問題上達成一致。

那段時間裡祖國大陸這邊真是望眼欲穿，度日如年。爸爸、媽媽、買海買提和我都急如熱鍋上的螞蟻。尤其買海買提，這時候，除了吃羊肉，已經沒有甚麼專業工作需要他去做了。

台灣當局遲遲拿不定主意，這在人們的預料之中，又很有些讓人失望。在台灣漂移事件發生後，我們經歷的失望實在是太多了。

這時候又傳來重大消息，説是我軍的主戰派又準備打了，畢竟是千載難逢的機會。

台灣還沒有開始漂移的時候，因為有海峽隔着，國際上都公認這

場仗是不太好打的。

現在，小道消息說，可能會等到台灣漂了一半而又沒有漂完時開打。

但是，等到後來，還是沒有見到洛桑的影子。

這時候，海協會和海基會便談了起來。

他們從一九九二年便開始談了。這是一場真正的馬拉松，談到現在還沒有結果。但台灣目前的移動速度的確非常快，看起來很快就會超過會談的速度。因此連我這樣的孩子都開始替他們着急了。

十

隨着時間推移，一個新情況是，媽媽越來越亢奮了。她整宿整宿失眠，有時會在半夜裡夢遊般一個人爬上房頂，用手搭個涼棚在額頭，瞭望台灣漂到了哪裡。

這時，爸爸和買海買提便不安地走出來，站在樓下，瞪大眼抬頭看她。滿天星斗在媽媽僅穿乳罩的赤裸脊背上閃射出一片璀璨光芒，媽媽活像是一頭忽然失足掉到地球上來的外星動物。兩個男人看傻了。

一九六八年，我的反革命外公也就是媽媽的爸爸也曾這麼常常站在房頂上瞭望大海。他的目標是金門。

有一天，他從現在的廈門大學附近的岸邊下海，朝着金門方向游啊游，一畫夜後，終於靠了岸。濕漉漉的外公一使勁爬上來，站在沙灘上振臂高呼：「我自由了！」

結果，他馬上被人逮了起來。

原來，他游了半天只是又游回了廈門。所以方向感永遠是一個大問題。

外公被槍斃了。

那一年，媽媽才三歲。全家窮得揭不開鍋。

然而，媽媽今天的亢奮究竟意味着甚麼呢？連我也大為迷惑。難道是外公的鬼魂回來了？

只有買海買提顯得十分高興，他大概在新疆待得太久了，從來沒有見過如此戲劇性的場面。媽媽的俏皮樣子讓他撫掌直樂。

有時，爸爸出門上班時，我甚至都有些擔心媽媽和買海買提兩個人在家裡，會不會鬧出甚麼見不得人的事來。這時我就巴望買海買提快些離開。

十一

我正這麼想着，地震學家便接到命令，說要撤走了。

他們要撤到安全的地方去做更重要的研究。

就像洛桑一樣，買海買提也與我家結下了深厚友誼。這時，我又有些不願意讓他走了。

至少，買海買提的存在讓爸爸感到了威脅，因此他對媽媽變得格外的呵護體貼。我的家庭更和諧美滿了。

但買海買提最終還是走了。

地震學家走了後，便來了詩人。

詩人來得太多，據說是全國的每個縣都派出了它們的代表詩人，因此又不得不分派住在市民家裡。

我們家也分到了一位，這回終於是個漢族了，名叫駱二禾。

駱二禾說：「本來，上面是要派記者來的，但又怕他們舌頭長泄漏機密，就不讓他們來了。」

他又補充說：「這充分說明中央對詩人的信任。」

詩人並不像我想像中那樣長得一副排骨，弱不禁風。駱二禾是個彪形大漢，生着一把連吃飯親嘴都很困難的絡腮鬍子和一個能撐開周遭一切障礙物的啤酒肚，好像那裡面裝的都是正在發酵的詩句。

據說詩人早先是學水電工程的，後來才轉行做的詩人。

他說：「用我們詩人的眼光看來，台灣漂移，其重要性並不在於該事件本身，而在於我們如何對待它。態度決定一切。」

過了一些年，當長大成人的我終於不得不面對許多令自己無奈而憤怒的事情時，我才領悟到了駱二禾這句話的深刻含義。

那段時間裡，在每一個月黑風高的夜裡，詩人們都要登上海軍的水轟-5，到台灣漂移的現場去采風。

不久後，他們的詩作都在《人民日報》上發表了。詩人們歌頌和平，也歌頌戰爭，當然，是正義的戰爭。

偉大的祖國在每個關鍵時刻都會湧現出「最可愛的人」，比如抗美援朝的志願軍戰士，抗擊非典的白衣天使，現在就是詩人了。

洛桑的歸來是更加的無望了。而表姐恐怕也會極其失落吧。

這個時候，所有的電視台都停止播放新聞而改成朗誦詩歌了，所有的紙質媒體也都稱自己是「詩刊」，連人們在互聯網上發帖子，也

都是一首一首的詩。

　　每當吃飯，我們一家三口便齊聚桌邊，聆聽駱二禾高吟他那些流芳百世的詩作。

　　由於來到福建的詩人太多，糧食供應出現了緊張，所以，我們都通過聽詩朗誦來轉移注意力，以減少攝食。

　　根據駱二禾在詩中的描述，台灣漂移的場面壯觀無比。

　　從空中看下去，寶島便像一顆墨綠色的巨型鴨蛋，橫着身子劈波斬浪，衝破太平洋上的重重濃霧，駛向它光明的未來。時而電閃雷鳴，時而狂風暴雨，但這些都阻止不了台灣島的奮勇前進。它像金剛一般轟隆轟隆跨越所有障礙，澎湖列島就這樣在它的千鈞重壓下粉碎了。

　　駱二禾淚光閃閃地說：「這使我想起了我初戀時的情形。為了心愛的人真是可以不顧一切呀。」

　　聽了這話我心下立悟，「噢」了一聲，彷彿也飛翔在了空中。身穿緊身迷彩服的表姐彷彿就緊緊跟隨在我身旁，盡情展示她那矯健輕盈的童話般軀體，兩個鴿子一樣的小乳房呼悠呼悠在我腦海裡直晃蕩。

　　我們足踏祥雲，自由飛翔，再也沒有甚麼可以阻擋我們。

　　有時，一輪皓月當空，大海便亮晶晶地銀波泛動，漂移的島嶼如同一枚透明的心臟，溫柔迷人，閃耀着愛情的誘惑。

　　而我也把自己變成了一座台灣島。

　　於是我有些喜歡起詩人來了。台灣真的是在漂移嗎？那不過是幻覺吧。這其實便是一段白駒過隙的熱戀呀，而我們卻一直往不好的方面去琢磨它，這太狹隘了。

　　果真如此，我倒真心希望這樣的漂移永久持續下去。

不過，這樣一來，便應該要求祖國大陸也必須漂移着後撤了。戀人們不應該撞個鼻青臉腫、人仰馬翻，追來追去才更有情趣。但這事要難辦得多，至少需要買海買提們製造出一場特大地震，讓大陸板塊進行新的運動。

　　這樣，我又盼望地震學家快些回來了。

　　聽着催人淚下的詩句，爸爸和媽媽都變得格外的溫情脈脈，老手拉住老手，口水連接口水，順着下巴淌到對方衣領上，就像他們剛談戀愛那會兒。我看了既替他們高興又為他們噁心。

　　從此以後，媽媽就不再爬房樑了。感謝駱二禾。

　　這會兒，很多福建少女都想嫁給這些活蹦亂跳、奇形怪狀、可以拿詩當飯吃而幫助大家達到減肥目的的詩人。

　　而以前，她們曾經相繼想過嫁給工人、解放軍、科學家和大款。看來我們還得感謝台灣。

　　因此，我又矛盾地巴望着駱二禾快些離開，如此才情橫溢而又身高馬大的傢伙，萬一不小心被無仗可打而復員回家的表姐看中了，那便害苦我了。

十二

　　台灣可不管這些，依舊固執地向西漂移。

　　隨着逐漸臨近祖國大陸，它的行進速度卻出人意料減慢下來，而且越來越慢，最後每天僅僅漂移一兩公里，就像一個羞澀的女婿終於來到丈母娘家門前的情形。

更奇怪的是，全島的無線電波靜默了。外界完全不知道島上發生着甚麼事情。

漂移中的島整個像是被一個鎮魔鐘給罩住，任何信息都進不去也出不來。

島上的人們是怎麼談戀愛的？他們的文化人也在做詩嗎？他們的軍隊在幹甚麼？他們的地震學家也忙着嗎？還有，他們的市民也在紮帛花嗎？

這些都是充滿懸念的重要問題。

但就在這時，發生了一件大事：表姐自殺了。

事情發生在金門被逼近的台灣島撞飛的那一天。

同時被撞飛的還有一艘 093 型潛艇。它想用自己的身軀去阻止台灣和大陸相撞。表姐的男朋友就是那艘艇的艇長。表姐也選擇和他一起。

據説，當時的場面十分慘烈。表姐和她的男朋友的屍體仍穿着軍服，但人已經無法辨認。

聽到這個消息，我驚呆了。我不明白表姐為甚麼要這樣做。我對她的了解還太少。

那些天裡，我不吃不喝，只想一頭跳進海裡，找表姐去。

十三

但不容我實施自殺計劃，地震學家們又回來了。見到買海買提，駱二禾像老鼠見了貓，氣急敗壞收拾行李單腳跳着逃走了。這使我們全家感到不可理喻。

雖然我曾期望詩人早些離開，但他真的走了，這又使我鼻子痠痠的。就像洛桑帶走了一把熾烈戰火，駱二禾也帶走了一分濃鬱詩情。

地震學家這回神情肅穆，也不太看媽媽，也不怎麼吃羊肉，只是躲在牆角搗鼓鉛垂儀一類玩意兒，一邊嘴裡喋喋着「安拉，阿利姆」。

有時又有他的同行偷偷摸摸來找他，他們便鬼鬼祟祟避着我們一家三口嘀嘀咕咕。

後來有一天，買海買提吃多了羊肉，才悄悄向媽媽透露了一個消息，說等台灣和大陸碰在一起的時候，就會發生大地震和火山噴發。

不光是福建，整個東南沿海也都要完蛋了。

從廣西一直到山東，沿着海岸線將要聳立起一道像喜瑪拉雅山那樣高的山脈。但説實話也沒有那麼高，但説實話也夠高的了，至少，不是洛桑説的小山包，山地師的迫擊炮是打不過去的了。

買海買提和他的同事們就是為弄清這事而回來的，準確的預測據説昨天剛剛作出。他在描繪這一幕後，便勸慰媽媽：「別太傷心啦。經文説，今世的生活只是騙人的享受。」

媽媽又把這個消息轉告了爸爸和我。

於是，我想，表姐的死未嘗不是一件好事。她一定預感到甚麼了。

但這個結論來得太遲了，還有不到兩天，台灣就要在福建衝灘了。

好心的買海買提在向我們透露了這個重要的情報後便神秘失蹤了，再也沒有露面。大概，他的任務完成了。

後來才知道，台灣的地震學家在大陸的地震學家得出結論半小時

後，也得出了同樣的結論。

據說，他們對大陸地震學家沒有及時通報情況而感到很不滿意。

大陸方面表示，有關部門也曾試圖把預測結果向台灣當局轉達，但電話怎麼也打不進去。

十四

剩下的兩天裡，先是小道消息流傳，隨後是政府正式宣佈，最終便開始了大規模的疏散撤離。

這時候，洛桑他們早就遠遁到青海和內蒙古去了。東風-31可以從那裡打到福建沿海。如今，這一帶已被稱作「閩台地緣體」。

高速公路上擠滿逃難的車輛和人群。只是，有一些內陸兄弟省份不太願意接納來自沿海的難民，居然制定了歧視性政策，設置路障不讓福建人進入。

因此，有許多人乾脆就不走了，留在沿海，等待玉石俱焚。

我也沒有走。

我只是想跟表姐靠近一些。

媽媽也沒有走，她是想給台灣人親手戴帛花。

爸爸也沒有走，他認為媽祖不會坐視不管的。

這時，和尚便來了。出家人自然是不怕死的。他們來自全國各地的叢林，廈門的寺廟都住不下了，只好又安排住進居民家裡。

我家接待的是一位來自五台山的小和尚，名叫慧空。

慧空來後便每天二十四小時埋頭念《金剛經》。

這時，台灣離我們非常近了。用兒童玩具望遠鏡也可以清楚看到台中港。

我天天就這麼朝那邊觀望，看到在港口近水的一處台階上，坐着一個一身白衣白裙的女孩子，癡癡朝大陸這邊凝視，眼淚汪汪的。

乍眼看去，她長得與表姐是那麼相像。

難道，她也有一個表哥在海軍服役麼？

她表哥的軍艦，也為了阻止這場漂移，而葬身海底了麼？

還是大陸表姐的靈魂，附體在了台灣女孩的身上？

我這麼想着，淚水便流了下來。

慧空的念經聲格外響亮：「凡所有相，皆是虛妄。」

十五

又過了一陣，不用望遠鏡，肉眼也能把台灣看個一清二楚了。

這是我此生做夢也沒有想到的事情，現在給你們說起來都很不真實。

反正，那個時候，我便整天坐在海邊入迷觀看迎面漂來的台灣島。

祖國的寶島美麗得猶如海市蜃樓，因此看上去有些像是假的。山巒似雲彩，樹木如大海，高樓大廈間紫霞蒸騰，車輛和行人川流不息，整個島嶼宛若一葉巨型仙槎。入夜以後，燈火通明，繁華無盡，又宛如一座龐大的龍宮浮出海面。

但那白衣女孩卻忽然消失了。這使我悵然若失。

　　我一邊看，一邊靜靜等待洛桑的導彈從天而降，也懷念買海買提的地震和駱二禾的詩歌，這些都是刺破頑空的利器。可惜，他們都對台灣的到來避之不及。

　　我於是又一次想到媽媽。媽媽上課很有風格，她一般不會主動提到孫權將軍鄭成功將軍這些為台灣回歸做出過巨大貢獻的人，她說歷史都不可信。但她會經常給同學們出一些有關台灣的當代語文試題，特點是密切聯繫現實。比如有這樣的經典一題：

　　下列選項中，與原文文意不相符的一項是（　　）：

　　華航飛機墜海失事，讓海內外華人扼腕哀慟。此間主流媒體今天發表社論，嚴厲批評台灣當局遲遲不實現「三通」，讓206名乘客死在這種因政治因素而被迫平白多出來的旅程上，死得尤其冤枉。

　　社論說，機上206名乘客，大多數不是以香港為目的地，而是準備經香港轉機前往祖國大陸各處。如果准許直航，他們或許就不會在這架班機上。

　　社論表示，主張兩岸直航，有許多理由。而其中最重要的理由之一，是維護人權。民航安全的確是一個機會問題，多一次起降，多一段旅程，就多一分風險。每年約有三百萬人次，皆是冒着這種風險，花冤枉錢，花冤枉時間，飛這一趟絕無必要的香港之旅。有人會因此冤枉送命，遲早也是偶然中的必然。這些冤枉之旅上的冤魂，能不能向禁止直航的台灣當局申請賠償？

Ａ. 在作者看來，華航這次飛機失事與台灣當局反對實現「三通」有關。

　　Ｂ. 如果實現了「三通」，華航失事飛機上的 206 名乘客中的大多數不會在這次旅行中乘飛機去香港。

　　Ｃ. 華航失事飛機上的 206 名乘客中沒有以香港為目的地的。

　　Ｄ. 華航飛機失事給我們的啟示之一是，實現「三通」是對人權的維護。

十六

　　媽媽出的試題無疑是對人類智力的極大考驗。我已記不清楚當時我選擇的是答案中的哪一項了。總之，在我看來，每一項都很有些道理。

　　我想，等台灣靠了岸，今後就無所謂甚麼「三通」不「三通」了。我也就可以從媽媽的題海戰術中一勞永逸解放出來了。

　　但就在這時，台灣忽然停下來不動了。

　　台灣是自己停下來的。

　　此時，距離祖國大陸的海岸線，也就僅僅隔了那麼一條小小的水溝。

　　水溝平均兩米見寬，大步也能邁過去。

　　我們仍叫它台灣海峽。

　　雖然兩岸雞犬相聞，但就是沒有人邁過去，最多只是互相打個招呼。

台灣為甚麼會停下來呢？

也許是忽然發現在這水溝的底部，並排躺着表姐和她男朋友的屍體吧。

年復一年，他們也不會腐爛，在灑滿陽光的千百層海水中，珊瑚一樣不斷生長，魅人的海妖一般，散發出紫菜的香氣。

十七

台灣停下後，洛桑便回來了。

他這次搖身一變，加入了海軍。

他整天的任務，便是用無線電遙控滬東船廠最新下水的三條新型驅逐艦，讓它們在台灣海峽裡面游弋。

這種驅逐艦為全塑質材，全長二十二厘米，吃水零點七米，艦上一應火控雷達、對空對海導彈和艦載直升機齊全。

當然了，洛桑的身邊常常會出現另一個影子。我的表哥也用無線電操縱着蒼蠅般大小的一窩蜂殲-8III，指揮它們從廣東的湛江遂溪機場起飛，然後直飛至澄海再出海，在台灣海峽中線以西保持安全距離巡邏，最後返航，全部飛行里程超過一千公里。

這使我回憶起幼兒園時代的美好日子。那時候，我總是與小夥伴們一起昏天黑地玩玩具打群架。

在模型軍艦和飛機的嗡嗡聲中，夾雜着慧空和尚念經和敲木魚的聲音。這傢伙自從在我家住下來後就賴着不走了。

經過這麼一段時間折騰，廈門市每戶人家都變成了寺廟，大街小

巷響徹佛號。

　　而爸爸和媽媽都像變了一個人，雙雙呈現了返老還童的模樣。

　　我忽然覺得，表姐要是能活到這一天，那該多麼好啊。

　　於是，我放聲大哭起來。

　　（這篇小說寫於二〇〇三年四月。三年後，二〇〇六年四月二十四日的《環球時報》報道，台灣島可能在向中國大陸漂移。

　　文章說，台灣與中國大陸之間橫着一道政治裂痕。但從地質學角度講，台灣島似乎正在向中國大陸漂移。這種移動是以一毫米接一毫米的速度推進的。造成這一現象的巨大作用力塑造了台灣的陸峭山脈，也引發了台灣的地震。這股作用力正在使台灣海峽變窄，使台灣島不斷接近大陸。

　　目前，來自美國、日本和台灣的科學家們計劃對這一造山運動進行深入研究。

　　美國康乃狄格大學的地球學家蒂莫西・伯恩表示，台灣海峽部分海域在變淺變窄。眼下尚無法預測板塊作用將造成何種地貌變化，不過，如果目前這種板塊移動繼續下去，幾百萬年之後，「台灣海峽將徹底消失，變為陸地」。）

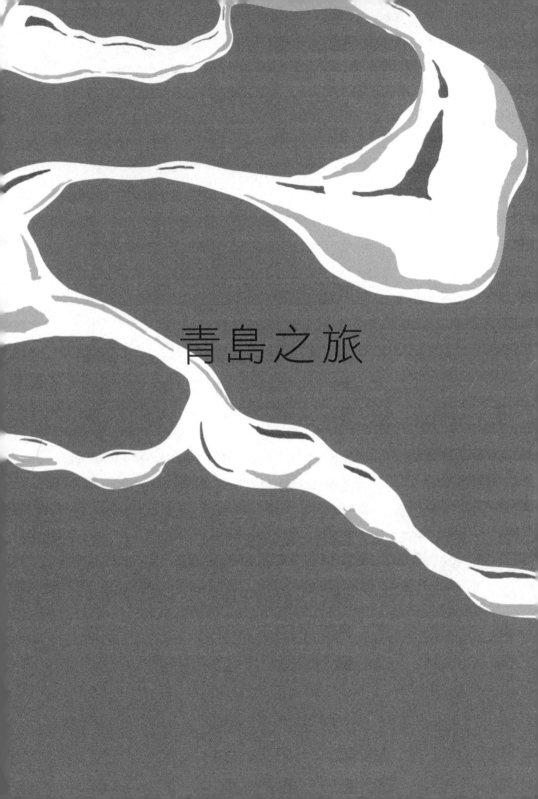

青島之旅

時間：二〇〇三年四月二十四日至二十六日

二十四日二十一時三十分，穿越口罩的海洋

　　二〇〇三年的這個春夜，我穿越北京火車站廣場上口罩的白色海洋。我覺察到四周燃放着一種透亮的妖綠色，彷彿有燒死人的煙霧從腳邊叢叢升起，狀若青紗帳。顱頂罩着一團團黑暈的旅客們一言不發，低頭疾行，憂鬱的眼神直勾勾地落在水泥地上。售票窗口吐出一條條看不到尾的長龍。這便是外電形容的「北京大逃亡」嗎？又好像某個經典的科幻電影場面。我的腦海中不斷地閃回着威爾斯的小說片斷：額頭上射出長長惡臭觸鬚的外星人攻佔了地球人的大城市，死人的油脂把地獄中的烈火點燃。這時一輛急救車停在了入站口處。兩個穿藍灰色太空服式罩衣戴防護面具的人走下來，把一具銀白色的擔架

120

緩緩抬出。但是擔架上沒有病人或者屍體，而是整整齊齊地擱放着幾件行李。這兩個抬擔架者，看姿勢像是年輕的女性，膝關節不打彎地沿着自動樓梯上候車室去了，如入無人之境。

我夢遊一般跟隨她們上去，見候車室裡人山人海。空氣令人作嘔。我被人潮推擁向前，目光茫然搜索那兩個幽靈般的醫護人員，潛意識中是要求乞她們的庇護，她們卻像是蒸發而去了。忽然，人群轟的一聲騷動開來，幾十名男人猿猻一樣翻越座椅和人肩，朝前列衝擠。有的地方發生了鬥毆。警察戴着比尋常人更加龐大和隆起的口罩，石雕一樣默默看着。我跌跌撞撞通過檢票口時，左腳的鞋子幾乎被踩掉了。這時前上方閃爍起了一些紅色的液晶字體，最後面的一處映現出「青島」二字。這讓我鼓起了奮力續前的勇氣。在走下第六站台的剎那間，我鬼使神差一回頭，看見無數口罩正降落傘一般追隨下來。慘白的蝴蝶在撕裂的夜色中飄搖，而它們依附的肉體一類物質，其實已經不存在了。那麼，口罩後面是甚麼？真正所要掩蓋的，又是甚麼呢？於是，在火車起動的瞬間，我抑制住絕望的情緒，撥通了小玫的電話。

二十四日二十二時十分，去青島的理由

鈴聲只響了一遍，她便接聽了。我傷感地告訴她我走了。她關切地問：

「你戴口罩了嗎？」

「沒有。」我看了一眼車廂，除我之外，包括列車員在內，所有

人都戴着口罩。

「你老婆沒有給你買嗎？」

「沒有。」

「她為甚麼不給你買？」

「不知道。」

這是非常時期。老婆知道我要去外地，便竭力阻止。她甚至給我的同事小燕打去電話，讓小燕替她攔阻我。小燕找到我，嚴厲批評了我。「我已經告訴小梅，小寒就是要去，單位也不會批准的！」她說。最近以來，小燕差不多成了我老婆的代理人，連我在外面喝酒，小梅也會打電話來叫小燕管住我不喝。而小燕似乎也對扮演這個角色得心應手。兩個女人之間這種奇異而微妙的關係使我覺得有趣，但一想到小玫的存在我又黯然神傷。我沒有聽從小燕，走了。女人畢竟是女人，她們不知道這個世界已經完了，也不明白男人內心深處的真實想法。

在夜色的掩護之下，在去到車站之前，我懷着依依惜別的心情，來到小玫住的樓下。我有一種一去不復返、再也見不到她的強烈預感。我張望樓上疊疊窗戶中透出的冥黃燈火，試圖猜出她是在哪一間。我幾次想打電話給她，最後卻沒有打。我頹然坐在路邊。北京城在我面前袒露開來一片蕭索。所有餐館門可羅雀。人行道上偶爾有戴口罩的人走過。大街上汽車零星寥落。今天，政府對封城的傳聞進行了闢謠。但疫情看樣子更嚴重了。據目擊者說，某某醫院已經封鎖，一處工地有數百人交叉感染，不少街區已出現針對鹽、醋、副食品和醫藥用品的搶購，大學生紛紛逃離北京。

　　昨夜，小玫發手機短信問我，為何選擇這個不浪漫的時刻去青島？

　　是的，我為甚麼一定要選擇這個時刻去青島？為甚麼要在此時，決意去看看小玫出生和長大的地方？我想了一小會兒，才回覆小玫：浪漫其實只在心裡。我無法等到非典擴散得哪兒都去不了的那一天。萬一我在去青島之前便在北京得非典死了，那便太遺憾了。

　　這樣的回答其實並沒有完全闡明我的心境。我是懷着訣別的意念而去的。既是告別小玫，也是告別這亂世。因為，末日已經來了。即便不是非典，這也是遲早的事情。從小，我就是個悲觀的人，對與死亡有關的一切滿懷憧憬。但迎接我的會是甚麼樣的青島呢？青島又能帶給我甚麼呢？它會否改變我的既定主意？對此我毫無把握。其實我是很希望帶着小玫一起逃離京城的。但是，最近我們已經不像剛開始時那樣親密了。其中的原因，我也說不清楚。今天早上，小玫給我發來電子郵件，說，不要抱太大的希望，或許不會失望。聽之任之，不要去想還沒有發生的事情。

　　這些話或可以有多種解釋，總的來講，這使我的心情更糟了。但在火車上，我仍然笑着對小玫說：「我到了青島，一定要去尋訪你小時候玩過的地方。」小玫說：「我不告訴你。」

二十四日二十二時十一分，末日之花

　　這時，列車正百足蜈蚣一樣拖拖沓沓走出毒霧瀰漫的北京站，我透過繃緊的夜幕偶然張開的縫隙，看見站台上有一樣平時不曾被注意

到的存在。那是擺放在水泥地面上的一溜花蕾。我以前沒有見過這樣的奇花，此刻也說不出它們的名字，只見它們開放的模樣頗有些毛骨悚然，葉片纖細，女人胳肢窩般的嫩枝下面緊附着一串串麻疹一樣的小小的紅豆狀物，形狀鮮血淋漓，像是從喉管深處咳出，也會使我想到櫻桃一類的東西。這是一種末日來臨之際才會橫空出世的生命，張牙舞爪，透露出對萬物的蔑視，連非典彷彿也奈何它不得。病菌的煞星難道就在這裡嗎？我着迷地想多觀望這花蕾幾眼，但是，很快，列車便經過古觀象台了。那是喪失功用的明朝建築，支撐着龐大無邊卻搖搖欲墜的首都夜空。賽特和國際大廈的霓虹慘淡無光。它們怕是也即將成為讓人憑弔的古物了。

二十四日夜至二十五日晨八時許，由疫區前往膠東半島

北京至青島的列車幾乎滿員。人們都在逃離這個他們曾經打破腦袋也要來到的烏托邦巨城。車廂裡的安靜是要讓人發瘋的。沒有人打撲克，沒有人侃大山。口罩都牢繫着而絕不解下。人們好奇而戒懼地看着我這個唯一不採取任何防護措施的人。我忽然間莫名地興奮不已，想故意乾咳一聲，卻終於不敢，怕惹犯眾怒。

早早就熄燈了。這時，好幾處才傳來強忍了許久的低咳聲，如受了月光激勵的編鐘在出土之前哀鳴。列車為了通風而打開多扇窗戶，難聽而走樣的風聲讓人牽腸掛肚。我睡不着，凌晨三時摸下床來，見眾旅客如殭屍長眠。我躡手躡足，揭開他們的口罩，看見嘴巴處，僅剩一個食指尖大小的圓點了。好像是櫻桃呀。有一部分櫻桃正在慢悠

悠地潰爛，流淌出新鮮而好看的彤紅漿液。我興趣盎然逐一檢視他們，發現都是這樣的。我又小心翼翼逐一把他們的口罩還原，這樣，早上便不會看出有人動過的痕跡了。

然後我才昏沉睡去，滿懷顫然的畏懼與欣喜，去夢離我越來越遠的小玫。清晨，車廂裡鬧將起來。有個年輕男人找到列車員投訴，說上鋪有個老頭咳了一夜，好生可怕，害得他一夜未睡着，請列車員趕快採取措施。說這話的人，不僅戴着饅頭樣膨脹的口罩，還錮着潛水員般緊迫的手套，嘴部和手部白煞煞的如同非人類，他受了嚴重委屈似的眼淚汪汪。這時，我才疑心昨夜我的出遊不過是夢境。但這時卻不便把大家的口罩揭下來做證實了。

我正惶惑，剎那間，車窗外漲潮一般，轟然湧現了膠東的平原，天地間映襯着一層我不曾見過的暗紅嵌灰的色調。一望無際的銀色塑膠大棚在鐵道兩側飛馳而過，這景象令我敬畏地肅立。晨輝卻極陰晦，不知道大隊的陽光墜落在了那裡，也不知道集群的海水藏匿在了何處，只在意念中，觸摸它越來越近。小玫便生於斯長於斯，意識到這一點我便心潮起伏，眼眶濕潤，忘記了奪命瘟神在身後緊緊追擊。我在車窗邊久久凝望，想像着小玫赤着小小的腳丫，如一隻潔淨的麋鹿，昂頭噘嘴在寬闊無礙的大地上奔跑而過。

八時許，列車進入青島市區。

疫情還沒有蔓延至此，情形因此與北京大不相同，竟使來自疫區的我有些不太習慣。我一跳下站台，便給小玫寫下短信：我來到了一個沒有口罩的世界。我正要按鍵發送，小玫的電話卻令人喜出望外地到達了。她關心地問我到了嗎？說出站便能看見大海，沿岸往左走，便能找

到我在網上預定的那家叫做「棧橋」的賓館了。我激動得有些語塞。

「這裡有沒有人戴口罩？」她又問。

「沒有。除了剛下火車的。」

來自北京的乘客們仍沒有揭下口罩。怕暴露甚麼嗎？是怕顯露咳血般美麗的櫻桃世界嗎？我想報告小玫我昨夜的驚人發現，卻忍住了，怕把女孩子嚇壞了。這一陣子，大家都過得很不容易，尤其小玫，我卻老犯我行我素、自以為是的錯誤，惹她生氣，使得我們的關係越來越緊張。我想，人與人相處，不管是戀人還是普通人，最首要的是愉快。因此，這卻是我做得不好了。

我隨着人流走出車站，北京來的戴口罩者彷彿都很認道，飛快消失在了青島的大街小巷，就像水滴一樣，詭秘、快捷而清新。這時，我才看見了幾縷玻璃絲狀的陽光，從斜上方浮游過來。空氣中縈流着海水的鹹腥氣味。一群大媽大嬸圍過來，要讓我住她們介紹的旅館。我恍惚覺得她們都像是小玫的親人，心一軟便放棄了預定的棧橋賓館，跟她們而去。不過有的賓館並不讓北京人入住，而我也告訴大媽說我是疫區來的您不必再為我奔忙，要多少回扣我來給您好了，但她們卻立時顯露出沒有盡到職責的強烈慚意，連說「一定要把你這孩子安頓好我才放心」。

二十五日上午：迷失在小玫的故鄉

我最後下榻的賓館叫做國風大酒店。我在客房裡打開窗戶，青島灣便呈現在眼前，像一層塑膠薄膜。上次來青島，也就是第一次來青

島，是十年前。其時我正與一個叫小莉的北京女孩有一搭無一搭地交往。有一天約會後，我便不打招呼地忽然消失了。我來到嶗山上，看見一角大海從天空的底部透明地浮出來。天地顛倒了，而我成了憑空無依的鳥。但我周圍全是老人。那次是老人才能來休假的，我是特例。他們中有許多人後來都已去世，因此沒能趕上今朝的非典狂歡。我回京後，小莉很不高興，問我去了甚麼地方，怎麼可以不告訴她？你將來會是對家庭負責任的人嗎？這時，又有人給我介紹了另一位女朋友，也就是我現在的老婆小梅。國慶節我去小莉家做客。十一月我與小梅結婚了。

現在，我又來到青島，這座城市予我的感覺，卻分外特別了。當世界開始崩潰時，我彷彿懂得了真正的愛，遇到了我覺得真正可以去負責的人，墜入了我以為的真正意義上的初戀，可一切都太晚了，太晚了。我欲哭無淚。那麼，小玫留下的足跡在哪裡呢？我沿着棧橋一帶的堤岸由西向東孑然而行，很快便陷入一座建築藝術的露天展覽館。青島市民穿戴整齊，精神抖擻。女孩子的形象都很灑脫和來勁，而模樣竟有許多與小玫相似。我偷偷跟在後面，聽她們說青島話，覺得有趣至極。我坐巴士來到海軍博物館。這裡僅三五位遊客。我看到了著名的南充艦和鷹潭艦，兩艦都參加過南沙海戰，擊沉過外國軍艦，如今休息了，艦橋上還殘留着死亡的光環。這一定不是小玫童年時代喜愛光顧的場所。灰色的鋼鐵是具有自虐性的，如果這裡有女性的溫柔，那也是一種假象。炮口，都不再噴吐火舌了。吐出的，會是花朵嗎？或者，櫻桃？滿天的櫻桃正如節日禮花，我隔了海，伸手到天空中去捉它們，卻都又彌散了，但青島卻作為一個整體，末日審

判台一般浮出在了太平洋的西岸：紅瓦，綠樹，碧海，藍天，高低錯落，盤互綿延。

隨後我來到美輪美奂的八大關，此處又像是避難所了。正如旅遊手冊上所説，高大的雪松和舒展的法國梧桐遮成濃濃的綠蔭，蜿蜒曲折的馬路交錯於波濤般起伏的坡脊，幢幢精巧的別墅似建築掩映於花木之叢。災難的魔頭在這裡戛然止步。這時小燕的電話追了過來。她説：「你到底跑到哪裡去了？你真的是出去了嗎？天哪。」我像被當場捉獲的小偷，不好意思地説：「是，到外地去散散心了。」但我沒有告訴她我去哪裡了。小燕也是山東人，家卻在威海。

然後，我下到海邊，坐在大礁石上。這時我看見天空像剝開的野獸皮一樣嗡嗡地匍伏在頭頂。海面懶散倦怠而情慾熾烈地奔馳在最不可知的遼遠處。浪花拍擊海岸線，它不驚不慌，有進有退，無處不在，處處逢緣，不像養育我的長江，只認着一個狹窄的死理，急沖沖一頭奔向唯一的一個終點，從不為自己留下後路。我才終於覺出我與小玫的差異，也覺出我的失敗。我的婚姻已是失敗的了——這在我認識小玫以前並不覺得，只是略感有某些方面不對頭；而我與小玫的結局，很難説不是悲劇。我是一位身陷困境的科幻小説家，充滿無力感，而小玫的男朋友——也是青島人——此時正在抗擊非典的第一線，在中科院北京基因組研究所裡，分離着病毒的基因，試製着挽救生命的疫苗。他深愛着小玫，要與她廝守一生。小玫對他，也充滿信心和期盼。我自卑而嫉妒。我祈望自己死去，卻沒有張國榮的勇氣和才氣，我不戴口罩，希望能染上非典，但以我的實踐看，卻不像傳説中那麼容易。

　　我歎了一口氣，給小玫發了一條短信，説，我喜歡這裡。她沒有回。我又失魂落魄，有了縱身跳入海中、以明心跡的衝動，卻終於沒跳。坐久了，我才離去。無人打攪，我在八大關超現實主義油畫般的大道上繼續着我無助的孤旅。我看見十幾位身披婚紗的漂亮姑娘和她們的如意郎君在歡愉地拍照。潔白的婚紗，如同層層的口罩綴連而成。我看了心裡一陣刺痛。這時，小玫的電話來了。

　　「看見櫻花了嗎？」

　　「沒有。」我想起了北京火車站盛開的花蕾。

　　「這時，八大關應該有櫻花的。」

　　「沒有櫻花。」

　　「豬頭，你好好找一找。」

　　也許，是小玫心中有花，而我眼中卻沒有。本來，這都因人而異，何況，我們的年齡相差這麼多。也許，美麗的櫻花本是愛情短暫的象徵，在我來之前，其實已經凋謝了，我這笨蛋總是晚這一步。可是，還有櫻桃呢？它能否於事有補？櫻桃的事，小玫你也知道嗎？我想這樣問她，最後卻決定不問。我觸碰自己的嘴唇，感覺到它的形狀還是正常的。忽然空氣中一陣清香襲來，卻不知是甚麼淵源，大概是我此生中不曾聞到過的天外之香了。刹那間世界上僅剩下我一個人了。婚紗女郎都不見了。車輛和行人也消失了。遠方的樹叢間濃霧一般飄動着一些石林似的崢嶸別墅，細看卻不對。銀光如鱗，卻像是鐵道邊的塑膠大棚了。這就是小玫的故鄉。我完全醉了。

　　「我迷路了。」我求助地對小玫説。

　　「笨蛋，你迷失在這裡好了。」她這麼説，聲音好近，彷彿其人

正隱身跟隨在我身邊。

二十五日十一時五十分，乘上一輛出租車

此時，一輛出租車幽靈般出現了，吱地一聲停在我面前。司機招手，讓我上去。他問我去哪裡。我說隨便。他說隨便是哪裡？我便拿出私下裡從小玫電腦中打印出來的青島旅行指南 —— 她為別的同事寫下的，隨手指着上面一個叫做「陽光佳日」的飯店說，那就請你帶我去這裡吃午飯吧。

司機只瞥了一眼，便說：「那裡也挺不錯，但海鮮還不是最新鮮的。我帶你去吃最新鮮的海鮮吧。」

「去哪裡？」

「嶗山。」

我本沒有去嶗山的打算。但我說：「那就去嶗山吧。」

汽車走上了去嶗山的公路。我又像是回到了十年前，眼前浮出從虛空中看到的茫茫翻飛如薄雲的海水，波濤也像盛開的鮮花了。虛度的歲月都電影般反芻回來。忽然心裡便有了一些歸宿的消息。

「你是第一次來青島吧。」司機問。

「嗯……」

「你是從哪裡來的？

「重慶。」我撒了個謊，卻不明白有甚麼必要一定要這樣說。

「你們那裡非典怎樣了？」

「還好。」

130

「青島連疑似也沒有，你儘管放心吧。但來旅遊的人少了，害得我的生意也不好做。衛生部門這回辦事太蠢了。」

「對。」

「這是春瘟。要我說，是人間的怨氣太盛。」

「啊。」

「老天爺看不下去，隔些年，便來收一次人。」

司機是四五十歲的中年人，身材高大，有些謝頂，一說話就咧嘴笑，說辭去公職開車已有七年。他為我當起導遊，說這是青島的新區，看看是不是比大連強多了？這是青島的城雕，看看大連有這些嗎？青島的海都是藍的，政府為防止污染，禁止海水養殖，大連可不是這樣。青島好啊，下次來玩，帶着女朋友一起來吧。

汽車在防水鏡面一樣的大道上飛馳，青島的景色果然勾魂攝魄，令我想起郁達夫的遊記。這時，藍天白雲之下，綠樹碧海之間，再次水彩般蕩漾出一層層洋紅的屋頂。我的心情才好轉了一些，慢慢變作一頂風箏開始往上飛。

「是漁村哩。」司機說。

但漁村的盛景，也就僅在這片刻，浮現於汽車掠過的幾秒之間。我感受到的卻是一片億萬光年之外星球的陰翳。漁村彷彿與銀河系的中心具有着不同尋常的聯繫。早在金濤老師的小說《月光島》中，天狼星人便化裝為漁民，隱居在小小漁村中，在最後的關鍵時刻帶走了災難深重的地球人。一時我懷疑青島也不能倖免，非典正在入侵小玫的家鄉，漁村早已是空宅了，居民們也都被外星人拐跑了。而我與小玫的關係，在這非常的時期，就像基本粒子一樣易於衰變，從而暴露

出其虛空花蕾的本質。這時，銀色的大棚又若隱若現了。司機瞥我一眼，像是漫不經心地問：

「你怎麼來青島的？從四川到這裡，有火車直達嗎？」

「我、我是經由北京來的。」我結結巴巴的回答中終於還是捎帶出了「北京」二字。

他吱唔了一聲，便不說話了。死亡或者外星人的光影又在我面前閃動出來，即便，這是在一塵不染的青島。我又回想起北京站那兩個膝蓋不會打彎的女人。她們來自哪家醫院呢？是否是犧牲在一線的白衣戰士的鬼魂？我聽說，得非典死去的人都很可怕，肺部已不完整，胸腔中溢滿污血，氣管千瘡百孔。而在非典專門醫院裡，病人一進去，便再難與家人見面了，一旦死掉，便馬上送去燒成一把灰，孩子見不到父母，妻子見不到丈夫。

二十五日中午，提到了櫻桃

且不管它們了，至少，災難的光錐目前還沒有被確證落到青島。司機把車停在了一處漁村前的飯館門口。鮑魚、黃花魚、蛤蜊、海腸子都出海不久，現場收拾，又加上青啤，的確是人生的盛餐。我這才為自己遠離京城的決定暗自慶幸，重新體味到活着便須盡歡這句箴言的大義。小玫不能同行，又能怎樣呢？鮑魚，我一定要與司機共享，他不好意思，臉都紅了。我挾起放在他的碟裡。他又必定給我挾回來。我又挾回去。他又用筷子剔下黃花魚身上好肉，往我這邊撥攏。旁邊的席上，是一年輕女子，與一年輕男子，一邊吃一邊聊得火熱。

我的司機吃到興起處，也與他們打起招呼。那邊也是遊客與司機，女客人來自西安。我不由得多看了兩眼，感受到一種華清池畔春花的怒放。女客人對我説：「這位先生從哪裡來呢？」他是四川的呢，我的司機搶着應答。女人説，還是鄰居呢，待會兒到了山上，興許還能結伴同行。我的司機説：「我曾在西安當兵哩。」女人説，在這個非常時期，大家還有興致出來遊山玩水，在這裡相聚，也是緣份。我有些受寵若驚，便又憧憬着甚麼了，但一想到小玫，馬上又心灰意冷下來。

酒足飯飽，秉受着漸漸發熱的海風的撫愛，便暫時忘記了不快，繼續進山。車才開了幾分鐘，司機便提到了櫻桃。

「不知你能不能待上個一月。那就可以吃到櫻桃了。你們那裡也叫櫻桃嗎？」

「也叫櫻桃。」

「你要真能待上一個月便好了。是嶗山上的櫻桃啊。」

「你肯定是櫻桃嗎？」

「當然。味道極好，是青島的一絕。」

我努力回憶，記得小玫以前真的沒有説起過甚麼櫻桃。我的右眼跳了一下，一種不好的預感從心中漲起。我張望着四處去找櫻桃，知道分明是不存在的。但空中已有無數櫻桃結隊飛馳而過的哨聲了。我彷彿看到，不久後的某一天，當人們都匿身於地下生活之後，在中國九百六十萬平方公里的國土表面之上，從喜瑪拉雅山到長江三角洲，都覆蓋着血色般嬌豔的櫻桃森林，那是由十三億張紅唇作為生長培養基而繁殖出來的。

司機有時會從我身邊消失，僅剩方向盤自己在轉動。對此我毫不

驚異。我已習慣於我自製的幻境了，這大概是在北京站開始的吧？但這並不是瘟疫發作的典型徵兆。不過，也許是病毒的一種突變呢？這的確也說不定。

我懷疑自己其實早已染上非典了。

但不容我多想，嶗山便呈現了，是錚錚的純正石山，鑌鐵似的可以作響。峰巒盤踞，精瘦沉鬱，襞褶層層，山肌叢叢，光影閃耀，黑白分明，而綠樹卻能淋漓盡致地從石縫中生長出來。這時我又看見了黃海，在懸崖下橫鋪直紋，白浪滾滾，如小玫所說，是所有海中最正宗的。此處是否便是郁達夫提起過的大嶗觀靛缸灣一帶的青溪石壁呢？卻並不平平。礁石如同被核試驗驚醒的海底怪獸哥斯拉，身披甲冑，神情緊張，探頭縮腦，青光四射，撲朔迷離。我覺得這裡已不太像是人類的棲居之地了。它與北京站白色的海洋，形成銳利的衝突，但又暗含着某種說不清的同構。我隱隱覺得這世界在共謀着甚麼。三千年的北京與一百年的青島在共謀着甚麼。我期望着會有海市蜃樓出現。但是，根本沒有。剎那間，我心中倒是佈滿了萬重迷宮似的海市蜃樓，猶如冠狀病毒那華美得讓人難以置信的構造，而經歷了五百萬年進化的人類軀體與之一比，真是相形見絀了。

司機帶我去的地方，是一個無法思議的所在。我預感到，那便是我生命的終點了。

二十五日十三時四十分，茶室裡的少女

但我已無十年前的體力，人也發虛了，又怕把自己弄得渾身是

汗，便沒有攀爬嶗山，而是做出儒士狀，步入山腳下一處茶室。司機說這裡有道士算命很準，這使得我低落的情緒中頓然佈滿殷殷的企盼。

茶室裡負責接待的女孩子滿面春風對我說，你有緣，師傅今天剛好下山了，但他現在正在給另一位施主打卦呢。你得稍等一會兒，先喝些茶。

我坐下的一剎那，忽然感到自己的前半生其實都被緊張與疲憊壓榨着，此時，竟稀哩嘩啦一下子如囚犯大釋了。茶是有名的嶗山茶，用上好的嶗山泉水泡開。面前排開了四個薄鐵罐子，分裝不同茶品。沏茶的女孩一邊熟練操作，一邊柔聲問：

「先生在家喝甚麼茶？」

「綠茶。」

「那就喝這種吧。」她一指左數第二個茶罐，並說出一種我未曾聽過的茶名。

我心一動，那與我所想的正好一致。我抬眼看她，不到二十歲的樣子，穿着緊身而閃耀微光的黛藍色旗袍，熟桃似的胸部有型地襯托出來，臉龐彷彿清溪，又新月般鮮明，無邪地笑起有些小玫的模樣。她告訴我，她家便在嶗山下，學的旅遊中專，工作不好找，便來這裡了。做茶道也要經過專門的培訓。說來慚愧，長這麼大，連青島也還沒有出去過，是不曾見過世面的人。但在這裡也很好，可以時時照顧父母，盡一份孝心。

「先生是從哪裡來的呢？」她語氣誠摯。

「北京。」這回我卻說不出謊來。我略微緊張地注視她的眼睛。她卻沒有絲毫慌亂。

「北京的非典鬧得可厲害啊，先生還到處亂跑。」她沏上茶，大大方方呈到我手中。

「你不怕嗎？」

「有甚麼怕的。」她嫣然一笑。

我不知怎麼便想說聲謝謝，卻沒有說，臉倒是發熱了。在清絕的嶗山之麓，我看到了一幅青春與死亡近距離接觸的動人圖畫。女孩與一個或許明天就會死掉的人，僅相隔了不到一米的距離。而我攜帶病菌的可能性至少有百分之五十，她不會天真得連這也不知道吧。她尚未離開過青島，今後怕也是難以出去了。就算我不傳播，過不了多久，病毒的大軍也將征伐至此，毀滅她的青春、夢想和家庭。但少女卻是一派坦然，與我這來自首都的逃亡者一比，其勇氣不是很可嘉麼？我從她身上看到了青島的本真，也覺察出了中年男人的卑瑣和自私，這卻是我在毒霧籠罩的北京城不能覺悟到的。我的胸中復又燃起幾近熄滅的生命火苗。我不禁想，啊，她有男朋友了嗎？

「那麼，先生是做甚麼工作的呢？」

「你倒猜猜。」

她沉吟一小會兒，說：「看着像是學校老師吧。」臉略紅了。

這時，師傅為先來的那位客人算完了。那廂招呼我過去。我再次深深打量了沏茶的女孩一眼，便走進算命的房間。

二十五日十四時，嶗山道士

這是一間幽暗的小屋，差不多也就僅夠橫陳一張短促的木桌，斑

駁的牆上張貼着筆調幼稚的張天師畫像，桌上奄奄地焚着幾枝香，已若燃若滅了，桌後蠶蛹般蜷坐着一位青袍的中年道士，並不強壯，鬍鬚垂胸，整個人縮進黑暗深處，又活像是從古墓碑上拓出來的一個篆字。道士讓我先焚香、頂禮，又讓我用三個銅錢分六次搖出八卦。然後問我要測甚麼？我略思忖，說就請指示一下婚姻和前途吧。

他伏首在一小片廢紙上細細排完四柱，又對比卦相，認真看完了，抬起下巴，一字一句說：「施主是佛燈火命，時辰好，走的地方多，見的貴人多，全國各地都走到了，有出國運，因為相中有馬星呢。你常跟大官打交道，是文運之相，智慧有餘，但是過於迂直，易得罪人。猛一看脾氣暴躁，其實心腸挺好。相命最後是當官的命。官場上，機遇多，但你掌握不好，你都是走馬觀花，要注意鞏固關係啊，要交到知己才行，才能助你一把。做事要有恆心。你發展機遇多。辦事需要更細心才好。你辦事能力行，但在小事上需要更細心周到。今年，事業大概會有轉機呢。」

我做出虔誠的表情，文靜地聆聽這宏篇大論，覺得他說得倒是有些像我，卻又暗想，世道已經分崩離析，這一切又有何意義？何況官場、事業一類，也不是我這種人所能潛心而為的，故心忖道士大概也是俗人。我便忐忑地期待他往下說，生怕浪費了時間。接下來，我才聽到了我想聽的話題。

「你的婚姻，是晚婚型。如果是早婚，則有二次婚姻，命中說，你有個老婆，但外面還有人跟着。」

他說到這裡，我才坐不住了，進而有些莫名的心存感激。我的兩隻手，在桌下不住地搓揉，腿也開始不停搖晃。道士又說：

「你這一生，是要在感情上出問題的。家庭方面，外面易出現爭議。家庭方面出問題會影響到你的事業。你的女朋友會給你的事業發展帶來阻力。要處理好這裡面的關係。我們道家講究以忍成大事，勸和不勸散，以和為貴。」

道士的話使我驚詫，也有些失望。我想畢竟是出家人，又怎能理解感情的事呢？沒有實際體驗，又如何明白愛得銘心刻骨是一番甚麼滋味？因此，終是不能站在客人的立場上去着想。而在我看來，隨着時代的進步，離散不也是一種道德、是一種負責麼？而我現在所從事的所謂事業與我所體驗到的率真感情一比，又算得了甚麼呢？但道士仍重彈着千年前的老調，不知與時俱進。然而，轉念我又警覺到，這麼說也不一定公平。設想小玫在這裡，她一定會與我爭論：「你怎麼知道他就沒有切身感受呢？也許，正是年輕時尋死覓活、傷心欲碎過，才促使他下定了出家的決心！」要說起來，每次，我都辯不過通曉人心、冰雪聰明的小玫，只得甘敗下風。那麼，我是否也要考慮出家？啊，我遠離北京，所要尋找的那個結局，竟然就在這裡嗎？

這時，道士彷彿覺出了我的激動和局促，言語也有些小心了起來，回到了他熟悉的安全路徑。我又正襟危坐了。

「你有這個命，總的格局可以，八字很好，貴人多，事業發展機遇多，但道家講，還應該奮鬥。最近三年，是人生大轉機的三年，要紮實幹工作，看大局，不顧小節。小節該忍則忍。內有涵養，外有功德，才能成其大事。」

他說：「送你八個字：為而不害，利而不爭。」

我的心情又起了微妙的變化，忽然產生了幾分對這道士的親近

感。畢竟，在這瘟疫讓國家和民族陷入危機的時刻，我卻躲在這僻遠的陋室裡盤算我一己的命程，這多少讓我覺得自己還算保留着一些真摯。我或許並沒有遠遁於災難，卻的確已游離了中心，整個的精神專注於人所不知的隱情私慾，並把這視作人生中最要緊的追求，不也是很好的麼。

我不想走了，想就地滯留在這個邊緣而別緻的角落，使自己也成為一名洞悉所有命程的道士，在嶗山腳下結束我無望的人生旅程。這樣一想，非典不就是早就注定也即早可以看淡的嗎？我便放鬆下來，與道士無拘暢談。道士其實是有修養與學問的，他談道教在現代社會的生存發展，談道教與儒釋二教的瓜葛糾纏，談道教思想與中央政策的共理同源。

我則對道士說，世界進入了新的時代。由於非典的出現，在知識分子中，發生了圍繞着是否還要以經濟建設為中心的爭論。甚麼都是 GDP 和 FDI，那怎麼行。但另一個中心，是以某某原則為中心呢，還是以人民生命財產為中心呢，現在還說不定。無趣。還是待在道觀中好，眼不見，心不煩。

「山中方七日，世上已千年。」道士微笑着指出。

我猛然一懍，額上沁出汗水。

道士繼續謙和地笑着，像是看透了我的心思，說，不知怎麼的，便覺得與施主有緣。你叫甚麼名字？在哪裡工作？能否留下聯繫方法？

我留下了，而他也留下了。他法號喚做全真子。

他說，到了北京的白雲觀，一定會來拜訪施主。

全真子說得言之鑿鑿，彷彿毫不知曉北京正在瘟疫中沉淪。我吃

了一驚。我心中的那個問題仍懸而未決。我們真的還能回到北京嗎？我疑心北京為了逃避災難，也正像個怯場的男人，在獨自退行，以光的速度，脫離中國和地球，行向銀河系之外，最後，變成一顆矮星自我坍塌掉。道士即便具備公孫勝般的法術，也是趕不上去白雲觀的了。我才後悔不迭，昨夜在小玫的樓下，竟沒有勇氣撥打電話，其實，我最應該做的，是不顧一切衝上樓去，把一層層一間間的房門都敲開，直到找到她，一把抱緊她，至死也不分開。唉，我這個懦夫和笨蛋。於是，我對是否要做道士，又猶豫了。

　　我對全真子說：「你算得很準。我有一位各方面都很不錯、對我死心塌地的愛人，但我又發瘋似的喜歡上了一位極有個性、年齡比我小許多的女孩。我想用全部的生命去愛她，但我卻沒有珍惜住她給我的機會。她是青島人。這次我來青島，就是為了最後看一看她出生和長大的地方。」

　　全真子略微一愣，又苦口婆心勸起我來。有時候我覺得他是一個熱心而笨拙的心理諮詢醫生。聽多了他的話，我甚至會疑心，我經歷的這番痛苦，該不會是由於沒有遵循道家的處世方針，而受到的懲罰吧？這瘟疫，大概，也是由於社會上氾濫着像我和小玫這樣不計後果、偏離常軌的慾情，才發生的吧？與艾滋病有異曲同工之妙。上下配合，相得益彰，艾滋病使做愛成為恐懼，非典使接吻成為禁區。這疾病摧毀的是一個物種進化的根本啊。我們所習慣了的秩序正在崩壞。其實很多事是無法挽回的，比如，宇宙終究有一天要熱寂，世界到頭來注定將毀滅，而我與小玫的關係確然會走向瓦解。

　　我在想，非典的出現，正證明了熱力學第二定律的顛撲不破。天

下沒有不散的宴席，中國人早就總結出了熵增的道理。我把我的感觸向全真子說明。

但全真子仍然不接非典的話茬，只淡然一笑：「八字也不是恆定不變的。變化才是宇宙的真諦。道家講命，也講奮鬥。好的可以變成壞，壞的也可以變成好。這裡面總能找到方便。你活着便能看到。」

這番話使我拾回了一半信心，如同落水者撿到一根救命稻草，彷彿又看到了我與小玫前途的希望，以及人類憑藉道家天人合一的主張，戰勝非典並安度末世的理想。如果是這樣，卻又不必留在嶗山了。我拿出一百元錢給全真子，他堅辭不受。告別道士出來，看見恰才給我沏茶的女孩，正與同伴坐在一條長凳上，嘰嘰喳喳又說又笑，見了我，略欠身，懷有好感地微微點頭。我也客氣地對她笑笑。這時，我感到心中少有地踏實起來，對於返回北京，也平添了一些勇氣。人生之路尚沒有走完，在沒有看到最後的結局之前，又怎麼能夠中途停下來呢？我忽然變得害怕：由於我天生悲觀的稟性，我或許低估了小玫對我的一往情深，無意中作出了令她傷心的決定。

在路邊，司機拿着一個瓶子，又噴又灑，正在對整車進行消毒。我笑了笑，甚麼也沒有說。我上了車，回望嶗山，覺得它的鋼筋鐵骨已然化作了一張宣紙。這時，我發現少了一樣甚麼。我沒有見到那個西安來的女子。看起來這世界並不願意湊合。

二十五日十四時四十分，前往另一景點

司機似乎滿腹心事，與來時不一樣了，話也少了。

他說：「你回四川，還要經由北京走嗎？」

「是的。我牽掛不下京城的一位朋友。」

他囁嚅半天，說：「是這樣的，剛才我聽了收音機，北京怕是回不去了。河北挖斷了至北京的高速公路。山西不再往北京發長途汽車了。京滬線已經停運。青島進京的列車是否還在開，也很難說。以上海牽頭的十幾個省市準備修築一道長城，把北京包圍起來。任何人任何物資都進不了京。北京正在變成一座待死的孤城。還有更厲害的呢，美國人和台灣人正在共同計劃製造一個大玻璃罩子，要把北京覆蓋住，斷絕它與世界、與宇宙的一切聯繫。」

我聽後一驚，不知該說甚麼，剛才好不容易積聚起來的希冀，頓然化作空茫。司機便有些慌張，安慰我說：「實在回不去也沒有關係，就待在我們青島好了。青島是天底下最好的地方，絕不會讓你受苦受罪的。」

我的眼淚流下來。我心裡說，你那麼肯定？

「只是可憐了你那位朋友，是甚麼樣的人啊？肯定在死等着你回去麼？」

我的哭聲一下便放出來了。

司機趕緊說：「是男人啊，就不要哭，你的朋友會沒事的。這樣吧，我再帶你去一個景點。你看後會開心的。」

他把車開得像風，沿盤山路梭下。黃海又一次出現了，風疾浪高，聲若巨雷。千峰萬壑之間，麇集着一大片雲霞般的飛檐尖閣。司機說：「這便是著名的太清宮，來過的人都說不錯，你可前往參觀，我在海邊停車場等你。」

　　四野裡闃無人跡，時空似乎停滯了。我背着剛烈的海風，一個人往太清宮走，漸見一片竹影婆娑，又有茶園青鬱，棕櫚、玉蘭、紅楠迷離交織，偉岸的古柏參天而起，海風卻小了下去。我暫時又把能否返回北京的難題拋在了腦後。道觀的模樣遠遠看去很古老了，據說，有兩千餘年歷史，走近了才發現作過現代工民建技術的處置，與我十年前所見，已有不同。忽然，我看到山門前掛着一塊嶄新的匾牌，上書「中國科學院北京基因組研究所青島實驗室」一行字。這卻十分古怪。我心頭一顫，疑慮叢生，停下腳步。

　　「喂，喂，過來過來，要買票的。」有個七八歲的男孩衝出來，用青島話對着我喊。

　　「請問，這是太清宮麼？」我戒懼地問。

　　「不錯，正是太清宮。買票買票。」

　　「可是，我剛才已買了嶗山的通票呀。五十塊一張呢。」

　　「但是，太清宮是不同的，它是唯一的。」孩子堅決地說，「只要十元錢。」

　　我又看了一眼那面研究所的牌子，心裡怦然意會到了甚麼，明白男人在此並無退路，便鼓足勇氣，買了票，大步走入，卻吃了一驚。本是三官殿的三進院落中，單檐硬山式磚石結構的殿宇，不知甚麼時候已經傾圯了，蛛網繞樑，四處散發着撲人的霉灰冷氣，黑色板瓦和筒瓦撒落一地。雷神和真武的神像，殘肢斷臂。兩千年的圓柏、一千年的銀杏和六百年的山茶，盡皆枯萎。俯仰之間，一切已成陳跡。不過十年，竟破敗至此，卻仍要購票參觀，道理何在？而我恰才與全真子的一席暢談，是夢是真？卻見瓦礫之間，低矮地匐伏着一叢叢塑膠

大棚。我走近了看，見有的地方破了口子，隱隱地窺見內裡擠滿紅色的植株。我好奇地觀察，覺得似曾相識。

「你或可叫它櫻桃，但它實際上不是櫻桃。」我身後響起一個清涼平淡的聲音。

二十五日十五時十分，新世界的模型

我回頭一看，見是一個漂亮、修長、年紀與小玟相仿的男孩，面色冷峻，表情純潔。他精精神神地穿着一身牛仔服，大概經常進行體育鍛煉，因而身體十分結實。他用帶青島口音的普通話説：

「由我來帶你參觀吧。」

「謝謝你。」

我體會到了一種無法拒絕的誘惑。其實我很想全身退出這詭秘怕人的道觀，行動上卻是遲疑地跟隨他而行，眼睛死死盯着他優雅挺拔的背影，就像被鋼絲繩套牢。他之於我，產生了一種熟悉的感覺，卻不知在哪裡見過，而實際上，我在現實中卻是根本沒有見過他。

「因為非典的影響，遊客都不來了。你是我見到的第一位。是從北京來的嗎？」他説話時，頭也不回。

「是。」

「我一看便是。這正是從前北京人必來之地。」

他帶我出三官殿西門，走過那些頹敗的黃楊樹和糙葉樹，來到三清殿，這裡卻破壞得不如三官殿那麼嚴重。他按下牆上的電鈕，大棚上的塑膠覆層便捲揚起來，層層疊疊的花蕾便熊熊火焰般坍入我的眼

簾。這正是我在北京站見到過的那些奇異花卉，遠不能稱作繁茂的枝葉下面，危險地懸掛着猩紅的一粒粒櫻桃，小巧而精緻，只是有的竟然略具人形，使人想到微雕大師的工藝。對此我有一種預感成真的悲戚，卻沒有太過吃驚。從全真子那裡出來後，我就對一切變化有所思想準備了。

「有時，我們也把這叫做植菌體。」容貌好看的年輕男人深情注視花蕾，語調一下變得格外柔和。

「植菌體？」

「也就是低等植物與微生物基因重組形成的新型生命。」

「哦，原來如此。」其實我根本沒有聽懂。

「我們把北京來的客人，都種植在這裡了。」

「是、是怎麼一回事呢？」我已面無血色。

「說來話長。在非典病毒出現第五十六個變種之前，我們其實已經度過了最初的幾次危機，在北京城外燕山之麓的巨型洞窟中生存了下來，唔，就像犰狳一樣。我們把一座空城留給了得意忘形的病毒們。但後來便有了病毒的第五十六個變種，這次的變異是毀滅性的。新傢伙的基因序列與以前的根本不同。預言中的最為致命的傳染病病毒出現了。依靠純氧生活在地下的人們，每個人一夜間都成了超級傳播者。每一個空氣分子、每一顆土粒和每一滴水都變作了瘟疫的淵藪。疫苗的研製根本趕不上變異的速度。看上去那麼強大的基礎，轉瞬間崩塌了。僅僅過了幾代人，病毒就取代了我們的族類，還滅絕了與我們相依為命的大部分生物，成了這塊土地的統治者。不過，它們還是容忍了少數生命的存在，唔，包括這櫻桃，病毒似乎樂意與它共

生，因為要通過它進行能量的轉換。」

　　我默默地聽着，心想，他所說的「我們的族類」，而不是「人類」，是指那個像老鼠一樣大量繁殖、空耗地球資源、破壞生態環境、對同類比對異類更加狠毒的群體麼？他卻沒有提及在這場災難中，其他族類的命運。

　　這時，他從花蕾上捋下一粒紅色顆粒，平舉着伸向我的眼瞼。我嚇得退後一步。他孩子氣地歪着頭，好奇打量我，神情彷彿說，怎麼樣？你決定了嗎？我搖搖頭。他又語重心長說：

　　「你須認識到它是我們民族最後的傑作，在這一點上我們與恐龍不同。科學家也曾考慮過，在世界毀滅之前，把國民縮微得像病毒般大小，讓這樣的生命去與病毒競爭。但最後我們放棄了這個努力，因為時間來不及了。道理很簡單：病毒的能耗比我們高出百萬倍，病毒的變異速度是我們的千萬倍，病毒的數量比我們多出億萬倍，最重要的是，病毒是世界上最安靜、最簡單的生命。總之它們更符合宇宙進化的終極目的。因此它是最美的，令人肅然起敬。所以我們最後決定，還是把民族的部分精神，暫時寄存在人工製造的櫻桃結構裡吧。」

　　「部分？暫時？寄存？」

　　他不回答我，只柔美一笑，輕輕一捏手中的櫻桃。它破損了，發出嘤嘤的聲音，不仔細聽，聽不出來。幾縷慘淡的鮮紅漿液順着他的指縫往下淌流。這時，他給我的感覺是一個飽經風霜的老人，與他的年紀不相稱。

　　「並不是所有的北京人都這般幸運，只有精英才被篩選出來。絕

大部分醜陋的，則被剔除。」他的神情又變得冷酷，「不過，一切都是自願的。」

　　看着這萬物有靈的方壺世界，我有些興奮而恐懼，我想我也會被種植在這裡嗎？我會被認為是醜陋的嗎？而美麗的小玫已經是此地的當然居民了吧？紅豔而鮮嫩的櫻桃，與小玫那韻味無窮的肉身和至純至善的心靈是何關係？我不敢往下想，也不敢詢問。不是擔心小玫不屬於精英階層，也不是憂慮這神秘的年輕人不知道小玫是誰，反倒是覺得他分明十分熟悉小玫，並已為她無私奉獻了一切，而小玫最後也便捨棄了自己的任性，心甘情願為了他而被種植在了這裡。我這笨蛋又來晚了。這時，年輕人正坦蕩大度地凝視我，兩眼灼灼如炬，彷彿一切在他的把握之中，只等待我做出決定。這使我覺得太清宮是個圈套。那麼他到底是誰呢？

　　我一陣慌張，拿不定主意，瑟縮地保持沉默。見我不說話，他有些無奈，又把我帶到另一處大殿，這是一個有着許多儀器的房子，卻沒有別人。他讓我透過電鏡，觀察櫻桃切片更細微的結構。我才發現這的確不是普通的櫻桃，甚至，它並非甚麼植物與細菌的雜交品種。沒有細胞核、線粒體和核糖體。不含氨基酸和蛋白質。這種生物體在本應是細胞的層次上再沒有次單位。它由一系列的十二面體結構而成。直觀上看，它應該是無生命的。但它怎麼能夠儲存人類的思想呢？它憑藉甚麼本事誘惑了超級病毒呢？我才意識到，此事更為複雜，山門處基因組研究所的招牌，大概也是掩人耳目的了。

　　見我不為所動，年輕人又拿出幾張照片讓我過目。那上面是由超短波激光拍攝到的一些若有若無的光點，每一幀畫面都是在幾百

個阿秒內拍到的，一阿秒是一億分之一秒的一百億分之一。我想，他是要告訴我，這便是人類精神活動在櫻桃宇宙中拖曳出來的航跡嗎？

他說：「在二〇〇三年的春天，人們普遍以為非典很快就會成為過去，但事實上它僅僅是一個開始。就連你，」他一指我，「也早被感染了，而你自己並不知道。冠狀病毒已在你的身體中紮根，但你卻不會像別人那樣發病，只是成為了病毒的健康的宿主，以及，一個潛在的超級傳播者。還是留下來吧，啊？」

這人是否便是小玫的男朋友呢？他是否知道我是誰，並了解我與小玫的關係？我覺得他有着來自未來的特徵。我只能作如下推測：就在我來青島的一夜間，北京的確發生了重大變故，存活下來的少數人裡面，也應該包括了小玫男朋友這樣的科技精英吧？外界的時間真的已經過去千年了，人類習得了長生不老術。這只是一種理論上的極大可能。但我內心深處其實又是拒絕接受這個結論的，我想，又怎麼能夠肯定，這不是我自設的又一重幻幕？潛意識深處，我其實害怕回到北京，害怕再見小玫，也害怕見到小玫和她的男朋友親密無間，害怕他們共枕同眠、遠走高飛。愛情就是這般自私和矛盾。於是，那寄居在我身體之中、控制了我大腦的聰明病毒，為了防備我採取自殺的行為而致使這肉體失去利用價值，便細緻周到地為我安排了這齣逃離疫都的遊戲，以作為另一種可以被我接受的結局。所謂以幻修幻，亦即如此。它們早認清我本是着相逐境之人了。

「可是，民族的精英們就這樣在嶗山腳下躲藏着，又有甚麼用處呢？」我再也忍不住，試探着問了一句，試圖戳穿這遊戲中明

顯的漏洞。

「是啊，不能再創造甚麼豐功偉績了，那些未來的宏圖，現在說起來都很可笑，連男女做愛也是一種奢望。」年輕人瞬間也變得有些迷惑，但又笑了，可憐地看着我：「然而，卻可以沉浸入綿長的回憶。」

「你也是從北京逃出來的吧。」我同情地打量着他。

「噢……」

「你孤身一人，還是……」

他不說話了，眼裡噙着淚。

「那麼，順便問一下，這些櫻桃，可以出售麼？」這句話問得我也好生奇怪。

「她們，是無價之寶，普通人是無法擁有的。」

他又恢復了常態，帶着一絲驕傲的表情。我心中又一次泛起強烈的自卑和失敗感，意識到這一切並非遊戲，而全是真的了。外面的世界的確完結了。我想問，為甚麼選擇青島作這實驗的場地？怎麼確定我被種植的資格？我還能見到小玫嗎？就在這時，小伙子的手機響了，他防備地看了我一眼，避開我跑到外面去接聽。我的第一個念頭便是，那一定是小玫打來的吧。我滿懷醋意地看着他離去，這時卻覺得，我所目擊到的，還應該是亙古往事吧？連這男子分明也形銷骸散了，不，他並不是來自未來，他只是死亡文明留存在博物館中的一個影像，在這裡堅貞不移地等待小玫的到來，此刻，由我頭腦中的病毒激活了——甚至，就是它們精心製作的。但他最後苦苦等來的卻是我的出現，這使他失望了。那麼我又是誰呢？

二十五日十五時三十分，進化樹

又剩下我一個人了。我想證實小玫是否已被種植，便在太清宮裡四處亂走。很快我就注意到，除了塑膠大棚外，殘垣斷壁上還掛着一些圖表和文字說明，大都很模糊了，但還能看出大意。我便逐一閱觀。

其中有一幅表現生物間關係的圖幅，文字說明是這麼寫的：較大型的生物終將被較小型的生物取代，這正是宇宙進化的法則。個體較大的物種具有很低的生育率，而個體較小的物種則恰恰相反。前者如人類，承受不起高的死亡率，但昆蟲則可以，而微生物則更加不在話下。比如單個的大腸桿菌，在二十四小時內，便能產生出四千七百二十二乘以十的二十一次方個後代，也就是說，這些後代如果平鋪在大地上，可以把整個地球的表面覆蓋。

另一處文字引用了美國科普和科幻作家阿西莫夫在一九七九年的預言：顯而易見，對於人類的生存，傳染病潛在的危險比任何動物可能具有的危險都更大。我們甚至有理由懷疑，在下一次冰川有可能來臨之前，自然更是在太陽開始一點一點地進入紅巨星階段之前，傳染病也許就會導致一場使我們人類完蛋的災變。

還有這樣的記載：二〇〇二年，美國國家科學院下屬醫學院完成了《微生物對健康的威脅：興起、偵察及反應》的報告，將傳染病肆虐的成因歸納為十三個因素：微生物變種及適應力增強，人類變得更易受感染，天氣及氣候的轉變，生態系統的演化，人口激增及人類行為，經濟發展及土地耗用，國際旅遊及貿易迅速發展，科技及工業發

展，公眾健康政策措施失效，貧窮及社會不平等，戰爭及饑荒，惡意的生化破壞。

文字又寫道：在過去的十年裡，全球不但出現了不少新的病原體，一些一度被視為已經受到控制的傳染病，如肺結核、登革熱、霍亂及瘧疾等又再度活躍。世界衛生組織公佈的資料顯示，僅在二〇〇一年，全球死於呼吸道感染、艾滋病、痢疾、肺結核、瘧疾、麻疹、百日咳、破傷風、腦膜炎、梅毒等十種傳染病的人數已超過了一千二百萬。

有的話語更像是生活在未來的人們留下的，使我大驚失色：新型的病毒具有了超強的生命力。通常，細菌的外殼比較堅硬，因此可以在無生命的環境裡存活幾個月，病毒的外膜則柔軟多脂，強度要差得多，只能存活幾小時。但是，在二〇〇三年非典大流行時期，卻發現了在無生命物體上存活時間超過二十四小時的病毒。後來出現的新型病毒，在常溫下的存活時間超過了三十天。新病毒的基因序列與過去的病毒大不一樣。再到後來，超級病毒便現身了。它很快被證明是獨立進化來的，在自然界中已存在了二十五億年。但它仍是比較原始的品種，在進化線路上相當於人類族譜裡的南猿。而病毒在自然史中所能進化到的高端，超出了人類智商所能理解的範疇。最後，當它們以某種非典型的方式發展出智力的時候，宇宙中存在了上百億年的典型文明便逐次謝幕了。

看到這裡，我顫抖了。我所擁有的那一點微薄的生物學知識全被顛覆。在我閱讀過的有關書籍中，微生物被定義為生物學上進化地位極低的簡單存在，像病毒這樣的傢伙，連細胞結構也沒

有，而類病毒甚至不具備蛋白質或不具備核酸，它們怎麼可能進化出智力呢？在我的心目中，智力，特別是人類這樣的高等的智力，是與千億個神經元、複雜的皮層、重達一公斤的大腦相聯繫的產物。

我又看到了一張進化樹圖。圖的最下方是原始的冠狀病毒家族，往上走，便出現了分岔和不同的路徑，如同枝葉的攀伸。各種彈狀、線狀、鞘狀和球狀的小東西，引領着各自的族群，向着四面八方，向着確定和不確定的目標，開始了沒有回頭路的長征。樹幹長得越來越大，枝葉越來越繁茂。在最上方相當於樹冠的部位，出現了一個展開來的類似於星系或者腦幹的多褶團狀結構，其內部具有確定的秩序感，給我的直觀，這大概便是一種超級文明的形象化表達了。退後幾步看，整個畫面便是一樹完美的櫻桃花，其繁殖的背景近似於大海和群星。這花蕾燃燒着，向彷彿是太空的畫面空白處噴灑着蛛絲狀的分泌物。沒有廟宇，沒有城市，沒有宇宙飛船，也沒有語言文字，一切都簡單到了極致。

我感到頭暈和噁心，便掉頭而去。我出了救苦殿後門，循山坡上行。在這裡我看到了巨型摩崖刻石，以及一串串的像是新開鑿的洞穴，還有尚未完工的多座宮殿，附着腳手架一類的玩意兒。在一處凌亂的工地上，我發現了隨地而棄的白色口罩，同時嗅到了一股特殊的氣味。我戰慄而好奇地走進一座大殿，便在水泥地上看到了人類的屍體。層層疊疊的屍體，總有上千具，許多腐爛了。屍體的唇部，幾乎看不到，萎縮成了一顆顆櫻桃。原來年輕人也在說謊啊，我並不是唯一來到的遊客。

二十五日十六時至十七時，康有為故居

那奇怪的男青年再沒有現身，就像電子遊戲中的一個人物，被刪除掉了，這樣我也便不用為要不要留下來而拿主意了。我因為惦記着小玫的生死下落，再次抑制住了厭世輕生的情緒，獨自沿來路返回。大海還如原樣，司機仍在等我。我沒有告訴他我看到的。他也彷彿心照不宣，不加追問。車起動時，我一回頭，看見太清宮分明片瓦不存，櫻桃的鮮花樹也不知所往。我卻記不起道教經典裡也有空花無實的説法。

「還回城嗎？」司機古怪地問。

「當然！」我無比堅決地説。

這時我向司機提出，回城時要去看看康有為故居。

「你怎麼想到去那裡？沒有幾個人會去那裡的。」他大惑不解。

我自己也不知道為甚麼要去那裡。但從旅遊地圖上第一眼看到這個名字的時候，便覺得是此行中必去之處了。在遊歷了太清宮之後，這種想法更強烈了。

歸途中，司機的情緒又高漲起來，話語又多了。他一定要帶我走香港路 —— 青島城市現代化的標誌之一。他又一次自豪地介紹起車窗外一閃而過的建築物：市政府新大樓、青島大學、世貿中心……他説，青島曾經與重慶比拚看誰能成為中央直轄市，後來説要搞三峽工程，把直轄市給了重慶。但是，青島最終還會成為中央直轄市的。

我説：「那麼，這是它命定的必然。」

這座城市從來就是一個避難、復活和死亡的最佳地點，因此充

滿政治家與文化人的靈感與生動。秦始皇在嶗山下與安期生談論永生。德國人和日本人都相中了此處的山水，前來繁衍其族類。清朝滅亡後，大批王公貴族寄寓青島，恭親王溥偉更把此地作為復辟的基地。戰亂期間，文人們紛至沓來，沈從文在青島醞釀了《邊城》，蕭紅寫出《生死場》，蕭軍創作了《八月的鄉村》，老舍也寫下了《駱駝祥子》，而康有為呢，更是選擇青島安度晚年，最後葬身於此。可以說，青島既是邊緣，又是中心。小玫在這樣的環境中長大，自然性靈聰穎，敏感過人，在簡單中複雜，在複雜中簡單，我實在有些嫉妒她了。

我來到康有為故居時，已是晚霞初綻。工作人員正在準備關門。但見有遊客至，又熱情相迎。我讓司機在外面等我。這是一幢三層樓的洋房，早年為德國提督樓。庭院幽幽，磚木森森，「康有為故居」的匾額，為康之弟子劉海粟所題。不知為甚麼，一見之下，便又一次有了似曾相識感。我才稍感寬慰，知道已從驚恐的幻境中回到了可親的現實。

一位中年婦女陪我，為我做講解，這使我很過意不去。她說：「康有為晚年選擇青島寓居，既在於青島與他的變法事業有緣，也在於他對青島山水的鍾愛。」

早在一八九七年德國人武力強佔膠州灣時，康有為便為此第五次上書光緒皇帝，要求變法救亡。一九一七年，康有為來到日本人佔領下的青島遊覽，為青島海天一色的風光和宜人的氣候迷住。一九二二年青島被中國政府收回，一九二三年康有為再次來到青島，購得這一處房產作養老之寓。

聽着女人的講解，我不知所措地微微點頭。在陳列室的一面牆上，我看到了康有為對青島的讚譽：青山綠樹，碧海藍天，中國第一。

講解員說，康有為一生鬱鬱不得志，但在青島，他度過了人生最輕鬆愜意的四年。一九二七年三月三十一日，他在這座樓裡去世。曾經風雲激蕩，終於諸幻滅盡。

故居裡設有一小資料室，兼對外售書。我急切詢問：「有詳細介紹康有為與青島關係的書嗎？」

一男一女也正準備下班，頗有學者風度的年輕男人說：「你說的這個，我們正在撰寫中呢。」

「啊，甚麼時候可以完成？」

「快了。這位先生也是做康有為研究的嗎？」

「不，僅是感興趣。或許，將來我也要來青島定居呢，正為此做準備。」

這麼說時，我覺得有把自己與康有為相提並論之嫌，實在是不害臊，但人家並不計較，熱情洋溢地說：

「那就太好了。這樣吧，我給你推薦另外幾本書吧，裡面也都記載了康有為與青島的關係。」

他便在書架上一本本地搜尋，取下一大摞書遞給我。我買下了其中的兩冊：《青島文博論叢》及《青島名人遊蹤》。

「請你留下名字和聯絡方式吧，等有了新書，一定通知你。」他又一次認真地說。

我便寫下了。

「北京？」他略帶驚異地看着我。那神態彷彿說，那不是一座早已經滅亡的類似於古羅馬的遺址城市嗎？

「是的。」我十分肯定地點頭。

他猶豫一下，也寫下他的聯繫方式。

「你有沒有聽說過櫻桃的故事？」我謝過他，轉身欲走，忍不住回頭又問。

「櫻桃？」

「不是自然界裡普通的櫻桃。」

「你聽說過嗎？」他問身邊的女子。

女子說：「哦，聽說過，是青島海洋大學正在研究的一種新的基因工程產品呢，是利用深海植物和菌類培育出來的一種兩棲生物，形狀像是櫻桃，卻又不是櫻桃，有很好的養生效用，市場前景不錯。」

「你說甚麼？青島海洋大學？」我詫異地問。

「是的。」

「可是，沒有外地的合作單位嗎？」

「我男朋友就在那裡啊，完全是本地獨立研究的成果。市政府已立項，是要作為今後出口創匯的拳頭產品的。」

我心下釋然，卻又悵然若失，走出樓房。夕陽的光影蝸牛般走來，浸透薄雲，漫漫細雨一樣澆落在城市周身。海和山都微生物一般金色地悸動着。我又想起了文人們對於青島的種種讚美之詞。這的確是精英們最後的歸宿地呢。康有為的選擇，具有一種先知般的英勇與徹悟，卻是芸芸眾生們所不能知曉的。由於精英們的來到，死亡在這裡，是一種美了。但康有為究竟為何選擇青島呢？我覺得這裡面還有

更深一層的隱秘。我看到和聽到的，又僅是表面了。

二十五日十七時半至二十時半，青島的世俗生活

我讓司機把我放在市中心著名的天主教堂前，付了一百二十元車資，放他回去了。教堂已過了接待遊客的時段，我便乾脆在大街上閒逛起來。這的確是一座沒有非典病例報告的海濱城市。空氣清新，海風和煦。但非典的恐懼，也已瀰漫至此了。沿街店舖的玻璃上，貼着「本店已經消毒」、「本店的八條防非典措施」等招貼。新華書店則打出了防治非典書籍的廣告。報攤上的大字標題也都突出着當地政府採取的防病舉措。我聽見不少人用當地話談論着「發燒」、「咳嗽」。他們要是知道我是北京來客，恐怕也要側目相向了吧。

是學生們放學的時候。孩子們穿着校服，跑跳笑鬧而行。我試圖從中找出小玫童年的影子，但過去的都永遠過去了。

這時，我想到了那些下火車的北京人。滿大街卻已看不到一個戴口罩的了。我估計他們都被嶗山吸引去了，在那裡褪掉了無用的軀殼。而我因為沒有戴口罩，缺少了可供辨認的標識，才免於一死。但也極可能，那本是一場解脫呢？我卻因一念之差，錯失了這機會。今天下午，我其實已來到了人生的目的地，卻又一次膽怯逃開了。

我心裡計算着，我這一路上，已感染了多少個人。我極想當街立住，大聲警告青島市民，趕快逃難吧，危險正在降臨，那是你們前所不知的巨大災難，而最可怕的病人，就在這裡呢。要不相信，就去你們引以為自豪的嶗山腳下看看吧！但我最後甚麼也沒有說。

我沿着海邊走，看到了人間的無窮樂趣。人們樂呵呵又搬桌子又搬椅，在堤岸上架起溫馨的爐火，鋪陳出連蹑的排檔。青啤和燒烤的香味，混和着海風鑽入鼻孔。除了賣吃食的，還有出售貝殼、玩具、手飾、衣服、舊書……的攤位。誰也不去在乎迫在眉睫的災難。我興致勃勃，購得舊書數冊，包括一九八五年版的松本清張的《霧之旗》和一九七九年版的童恩正的《雪山魔笛》，前者是偵探小說，後者是科幻小說。我才明白自己對青島的戀戀不捨，這卻並不是因為她的精英，而是在於她的世俗。

　　這時電話響了，卻是小燕。「你到底在哪裡呢？我聽到你周圍好鬧。」我遲疑了一下告訴她，就在你們山東。她有些不高興：「山東哪裡？」我不知為甚麼便毅然起來，說是青島。她說：「小寒，你真夠可以的。」我說就想找個有海的地方。「你一個人嗎？」我說就我一個人。「你莫不是想不開吧？」我心一驚，說你想哪裡去了。當然不會。也許，還會去你們威海玩呢。她說：「那就讓我妹妹開車來接你。」

　　我掛斷電話，耳邊老迴響着她「你莫不是想不開」的問題，才覺得這事態的嚴重，又想到忘記問她北京究竟怎樣了。不過無所謂了。我繼續前行，看到擺攤的人們，都如同幾個世紀前的死人復活，從他們的身上，還彷彿看出了出租車司機、茶室少女、道士和康有為研究者的綽綽影像。生如死，死如生，既然生着，又何必去死呢？我才覺出了自己久有的執着與虛妄。走着走着，面前出現了「陽光佳日」幾個大字，正是小玫介紹的那家飯店，裡面卻空無一人。我才感到一些害怕，匆匆便往人多的地方走。我有意在海邊的露天排檔處喝酒，又覺得有些冷。有一種青島正在脫離中國大陸，向南極洲浮去的感覺。

我便拐進一個小飯館，要了海鮮、青啤和泡酒。年輕嬌美的老闆娘微笑着看我這個外地人。眉目之間，約莫又有了小玫的影子。

這時，同事李青打來電話，説被監控了，下週不能來上班，因為我部門王剛的孩子被確診了，王家被隔離，而李的孩子與王的孩子有過接觸。這是第一次知道同事中也出現了非典。我覺得可笑，想問，你們是否知道，連北京也已被整體隔離？卻又憐憫着對方而不敢問。這樣的事實，只在離開北京之後才能看得最清楚。

二十五日夜至二十六日上午，大海

我回到賓館，給小玫發短信，説同事中有人被隔離監控了，你得多加小心啊。我又一次沒有敢問北京是否已經滅亡，害怕她説出實情。她回信，説早知道是誰了。她又問我玩得很爽吧。我説青島為甚麼是你的而不是我的？她問，你現在在哪裡？我説，賓館，想你。

這時我直覺到，小玫一定還活在她凡世的肉身中，她並沒有變成櫻桃。我又一次要落淚了。

過了一會兒，她把電話直接打了過來。我剛接，便斷了。我又打過去。我激動地向小玫講了道士作出的判斷。我説，他説我婚姻有問題，但道家勸和不勸散。她説，他後一句説得很對。我沒有提我在太清宮的所見所聞，只説到最後造訪了康有為故居。

「那正是我小時候混的地方！」小玫説，「你畢竟找到了。」

我的心中頓然充滿了感激和歡樂之情。忽然覺得，我與小玫還是有默契的。我於是急切地盼望着快些回到北京，就讓青島成為一個難

以言説的記憶吧。

　　凌晨三點鐘，我醒來。窗外傳來一種節律分明、撼人心腑的劇烈聲音，很快，我便明白那是海浪在拍擊灘岸，才又一次意識到自己的確已來到了海邊。我聽着海，情緒亢奮，再無法入睡，便坐起來讀書。我讀到了康有為為嶗山所題七絕：「青山碧海海波平，汗漫重遊到太清。白果耐冬多閱劫，嶗山花鬧紫薇明。」我慨然抬頭，這時，看到一些灑藥的飛機正在向北京城飛去，飛蝗一樣排列出濃雲樣的陣形，又像是二戰時轟炸德累斯頓、東京和重慶的復現。灰白色的機身像是屍床，負着似有若無的花影般月光。來到京城，大鳥們忽然下降，收攏翅膀縮身潑喇喇從窗戶中鑽入千家萬戶，如哈利波特電影一樣，把市民的孩子直接從床上就叼走了。滿天陰霾之下都是飛騰踢踏的小胳膊小腿，摜下來一片逐漸遠去的哭叫聲。孩子們被帶到了堆積着試管和燒瓶的巨大宮殿裡，進行着為了未來的轉換。

　　然後，便下雨了。濃烈的藥雨是稠黃色的。故宮被淹沒了，天安門被淹沒了，京廣中心和長城飯店也被淹沒了。大人們最後都微笑着消失了。為甚麼會是這樣的呢？這是因為，我想，作為噴灑農藥的飛機，完全是為了植菌體一類東西的順利成長而存在着的吧。而另一些人則活躍起來，包括青島的出租車司機、茶室少女、道士和康有為研究者。他們興奮不已，把玩着手中的新式權力。而小玫的男朋友，卻流着眼淚在到處尋找自己的至愛。我忽然覺得與他心有靈犀了。

　　接下來我睡得很死。清晨六時許，我走出賓館，來到棧橋，看到大海邊的生活十分的平凡和正常。青島市民舞劍、跳操、打太極拳。有人放起風箏，有人在沙灘上圍成圈打排球，還有人在水邊遛狗，也

有人在十幾度的氣溫下，跳進海裡游泳。這裡的民眾看來與這個國家其他地方的人們都不太一樣，倒有些像是韓國人，他們無不保持着健康的體魄和堅韌的精神，瘟疫怎麼會侵入呢？只是我一個人在那裡胡思亂想、杞人憂天罷。我也看見了，少女們三三兩兩，説笑生動，在海灘上漫步。她們有時也並肩坐下來，托腮看大海，竊竊私語，把美妙的背影朝向我。

於是，我也坐在了面海的台階上，學着她們的樣子，悵悵張望。我看見大海只對自己的感情認真負責，並不去理會陸地的柔軟或堅固，只是不捨地撲向她，絕不輕言放棄，卻又從不抱有奢望，永遠只為着襯托她的美麗。這時我想起了沈從文居住在青島期間，所寫下的文字：「我的住處已由乾燥的北京移到一個明朗華麗的海邊。海既那麼寬泛，無涯無際，我對人生遠景凝眸的機會便較多了些。海邊既那麼寂寞，它培養了我的孤獨心情，海放大了我的感情與希望，且放大了我的人格。」

雖然我永遠不會成為沈從文，但我又一次醉了。隨之而來我看見的是一個熟悉而陌生的身影，那正是穿得很少的小玫，她不知甚麼時候已回到了故鄉，正在明亮如超新星爆炸的海灘上奔跑而過，雙手向前虔誠地伸出，托舉着一粒赤色的櫻桃，她圓潤豐滿的青春之軀整個地融化在了一道初升的氫火幕簾之中。

二十六日九時五十九分，乘列車返京

我在無疫的海濱城市青島流連了整整一天，又乘上午的列車返

京。這證明我的確不夠酷，小玫最終不要我了，正是有理由的。只是，所謂青島至北京的列車已經停開的消息，真的不過是謠言。我由列車來，又由列車回，就像這篇文章一樣，竭力而可笑地要做到首尾一致。但這回，幾乎成了我的專列，整個車廂，加我僅有五六名旅客。

「這還是多的！有幾趟，完全是空的。」臉上身上都裹得嚴嚴實實的列車員説。「喂，你這人怎麼不戴口罩？」他説，現在，他們都是提着腦袋在跑這趟車。

列車上有四十多個乘務員，現在，已不讓回家，安排住了鐵道賓館，佔了兩層樓的房間。列車每天進行消毒。車上還配備了專門的醫務人員。「但我們仍很緊張不安。」這位列車員説。前天，該車有一位乘務員被緊急隔離。今天，才查明是肺結核。大家才鬆了一口氣。

事實上，與此有關的一條消息，在我回京數天之後，仍在網上公告着。消息説，請某某日乘坐了某某次列車的所有乘客，速到當地醫院就診。這正是我坐的這一列。我想，他們怎麼不查我呢？可見阻止非典的努力很可能是要失敗的。

我又進一步認為，那些其實沒有感染上非典的乘客蜂擁到醫院，其實只會造成國家稀缺資源的又一次巨大浪費。但這種浪費，看上去又是十分必要的。感染我們的，分明已不是傳統意義上的瘟疫了。

列車員向我打聽，北京的情況究竟怎樣？死了多少人？是不是快要封城？是不是每夜都在用飛機噴灑消毒藥？我告訴他，都是謠言。事實上，大多是自己恐慌，不必如此緊張。要相信中央的決策和

科技的進步。

「人多了，便要死。恐龍多了，便要滅絕。都是這樣的。」這名二十二歲的青島年輕人悲哀地說。

我因為看過太清宮的實情，便心中竊笑，連連搖頭，說，過度的緊張和恐懼，反而會降低免疫力，會使病毒趁虛而入。你切不可如此。

他說：「不，據說，現在，只有一種辦法可以避免染病。那便是吃一種特殊的櫻桃。」

「吃一種櫻桃？」

「是今後唯一能被人體吸收的食物。以前，以為在青島吃海鮮，便不會得非典，但是，後來發現那種簡單的想法大錯特錯了。」

「你說得不對吧？那櫻桃好像不是用來吃的。」

「是用來吃的。」他固執地說。這時我便懷疑他與出租車司機、茶室少女、道士和康有為研究者同屬於一個劫後重建組織。然而我心中還是沒有有關小玫男朋友下落的確定答案。我對於沒有在青島結束自己的生命而最終決定返京的事實，又一次疑惑了。

車窗外又閃現了連綿不斷的大棚，它們成壟成畝，晶瑩剔透，無邊無際，充塞了天地之間所有的剩餘空間。我和列車員剎那間都看得癡迷了。

我與列車員互留了聯繫方法，商定有一天，我再來青島，他帶我去吃海鮮，以及，櫻桃。

一次，我在去餐車吃飯的路上，不經意翻看了一下旅客意見簿，見裡面是一張張的人類基因重組自願登記表。

二十六日夜，回到北京

　　我回到北京，正是傍晚。出了火車站，回頭一看，卻哪裡有候車大樓、站台和列車的片影？夜空是墨綠色的。我每走一步，腳下都要踩出一片鬼哭狼嚎，救護車的笛聲劃破陶缶似的空凹夜空。但我連一個人一輛車也看不見。我知道這不過是慣性的留存，是博物館的文物，如同太清宮中我之所見。但這文物僅是聲音卻無影像，用一種刺耳的方式，提醒我發生在過去的事件。

　　北京沒有人了，沒有樓房和馬路了，月光之下，是廣袤得讓人心驚肉跳的田園風光，又清晰得讓人頓覺生命毫無意義，看過去，都能看到地平線從極遠處彎曲着向下沉沒。

　　這是花團錦簇的大棚世界。才一天麼？這才明白，整整一天，我並沒有見過小玫。那些電話和短信，她是怎麼傳遞過來的呢？她一個人做出了多大的努力呢？為了我玩得快樂，為了我遠離瘟疫，她是怎麼克制自己的情感需求的呢？而我逃避了，沒有勇敢地和她一起堅守到最後的時刻。她一定失望至極。

　　種植櫻桃已成為我們這些剩下的中國人的唯一的產業。肉身已不再適合華夏民族了。在由病毒文明主宰的世界裡 —— 其實早就該由它們來主宰了，我們正在以另一種方式生存。這正是一種方便，也是一種邊緣。

　　我看到藥液的潮水早已經退盡，到處鮮花綻放。我用心靈與可愛的櫻桃們交流。我聽見她們在說：

　　「會有別的生物來吃掉我們嗎？」

「啊，説不定呢。」

「放心，我主病毒會保佑我們的。」

「如果它們也滅絕了呢？」

「我倒是覺得我們會被宇宙人收購走的。」

「舉着尖尖鐮刀、長着長長惡臭觸鬚的宇宙人啊。」

「多麼的英俊！」

「那一天，何時到來呢？想死他們了。」

在這花兒常開不敗的苗圃裡，我急切地滿城尋找小玫。但觸目皆是海洋一般的櫻桃。究竟誰是小玫，我已經分辨不出來了。她留給我的唯一念物，是那份從她電腦裡打印出來的青島旅行指南。

附：小玫的青島旅行指南

A、景點：沿海岸線自西向東

火車站—棧橋：附近有貝殼類飾物。建議：部分是假劣貨，砍價餘地很大。

魯迅公園、海軍博物館—水族館：可登附近小魚山眺望沿海岸線（第一海水浴場）風光。

第一海水浴場：有設施比較齊全的更衣室 —— 部分早上六點左右就開門，晚上可持續到九、十點鐘，怕曬的選擇。

匯泉廣場、中山公園：適合散步，離八大關不遠。

八大關風景區：新華社招待所所在地，各國風格建築匯集，附近有第二海水浴場（人少，更衣設施少）。

東海路—香港路：東部新城區的主幹道，集新市政府、商務寫字樓、

高檔住宅、購物（家樂福、家世客），也可乘三一七路觀光車達最東部較大的石老人浴場（即黃金海岸）。

嶗山：有三條不同線路。北九水線山水風光較好（黑龍潭、潮音瀑），建議從此線去（但應注意是否有山洪），到達嶗山仰口後可到附近農家吃特有的野菜和海鮮，從沿海岸線一路返回，經過海爾科技館可駐足一覽。

城區還有天主教堂（近中山路）、基督教堂、森林公園（用鋼鐵和麻繩製作的遊樂設施，挺好玩刺激，特別適合孩子及年輕情侶，但要穿運動鞋）、湛山寺等。

B、購物

中山地下商城：位於老城區商業街——中山路上，以新潮、流行服飾為主，有的店鋪可砍價到要價的三分之一，有的則不講價，以質為準。

龍山地下商業街：與上面的相似，離中山商城不太遠。

中山路：建議大店不要浪費太多時間，岔路上的小店偶爾會有不錯的發現。

海濱食品店：主要經營乾海貨，質量有保證，價格還合理，是選擇送禮特產的地方，也在中山路上。

C、飲食

陽光佳日（東海路附近海邊），怡情樓（汕頭路上近香港東路）價位適中，味道好。週末座位緊張。

雲霄路（近香港路）餐飲一條街，有海鮮及各地風味菜，但價格偏貴。

普通沿街的排檔均有炒蛤蜊、青啤、肉串等。

中山路附近有一四方路，可吃烤羊肉等，價格便宜，但要注意衛生。逛街累了可去。

補記：從青島返回北京半個月後，我因為與非典患者密切接觸而被隔離。

（寫於二〇〇三年）

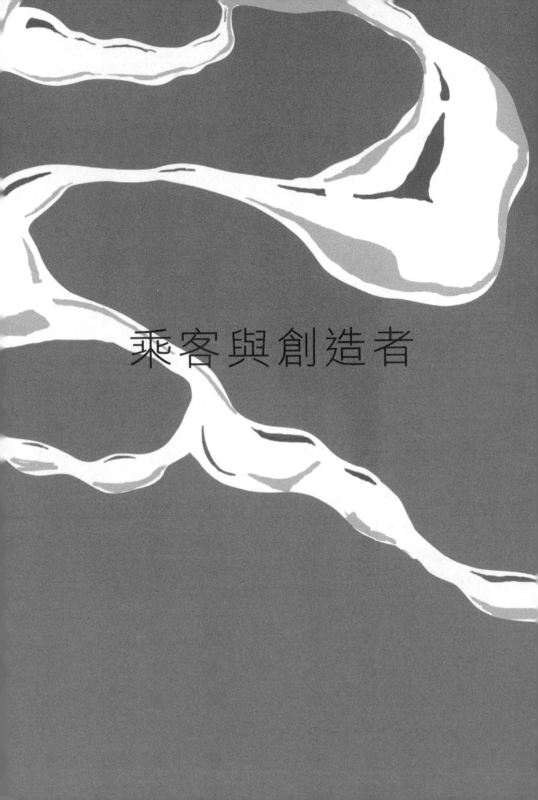

乘客與創造者

一、客艙

屁股下面一陣晃動。「乘客們請注意,我們遭遇了氣流,有一些顛簸,請在座位上坐好,繫上安全帶,衛生間將關閉。」頭頂上方,客艙廣播傳出一把啞噪的女聲。

我趕緊繫好安全帶,又側過頭來,驚惶地看看窗外。一派黑暗。傳說中的可怕氣流常來常往,卻不見它們的真形。捱了很久,讓人噁心的顛簸才停下來,可貴的穩定與平衡得到恢復。這時候,空氣分佈系統就送出微微的暖流,以驅散大家心底的疑懼。

我的座位是 31A。我伸伸腿,看到它們斜支着,像一對糜爛的食指和中指。

旁邊 31B 的乘客睡着了。全世界三百多人,絕大部分已被深度睡眠控制。一路上,睡眠如狗般,是人類的忠實伴侶。

　　燈火懸垂着藥黃色的鬚斑，我也開始犯困。入睡前我強迫自己站起來，跨過一動不動的 31B，沿通道往後走，好像踏上做夢時才見過的山間崎嶇小徑。

　　我一個人走，客艙裡都是人，卻彷彿無一人。我顫慄着把目光移開那一張張深嵌在亂石般座椅上的、開花似的人臉，去看連續不斷的一排排橢圓形銀色邊條舷窗。

　　—— 黑暗。我們的背景只是黑暗。

　　衛生間門口站着幾個孤獨而焦灼的身影。他們是等候者。裡面的傢伙可能正在大便，也或許在擦澡（衛生間也充當浴室）。

　　過了好半天，門開了，出來兩個形容焦枯的中年男人，臉蛋汗涔涔、紅撲撲的。門口的人難為情地低下頭。是兩個同性戀。難怪時間這麼長，一點公共道德都不講。

　　輪到我了。嘩嘩地撒了一回尿，再放水沖走。看到水我便舌頭發苦。在這個金屬的世界上，人類無法知道水的確切來源。這是一個可疑的問題。但無所謂。

　　撒尿時，我盯着壁上的標誌看：

禁止吸煙。

更多的是一些塗鴉，但在我印象中，很久不曾更新了：

我喜歡你，35G。
22A 到此一遊。

18C 是豬頭。

……

然後，我沿着通道慢吞吞走回座位，眼前一大片烏沉沉一動不動
的後腦勺。

座位—通道—衛生間—通道—座位，這便是生活的全部路徑。我
們一生都要這樣度過。

黑暗，永遠是黑暗。有個被安全帶綁得死死的男孩啼哭起來。但
睡着的依然睡着。

二、乘客

31B 的睡姿有些奇怪。

我碰碰他。他呼吸微弱，嘴角流出腥濃的白涎。心臟病或腦血
栓？一隻乾瘦的蟑螂正警覺地伏在他肉乎乎的後脖頸處。

我伸手按了呼叫鈕。一個苗條的身影飄蕩過來。乘務員由經濟艙
的女乘客輪流擔任。她淡淡看了一眼 31B，又叫來另一個乘務員。兩
人交換一個冷靜的眼色，就架上 31B 走掉了。

這時，那隻蟑螂失足掉下來，它彷彿有些寥落，從通道上孤零零
爬開。我目不轉睛看着這生物黯然鑽到一大堆毫無光澤的皮鞋下面，
在它們構成的曲徑間走不見了，才似乎鬆了一口氣。

乘務員吃力扶持着病人，三個人攝成一堆，像一架零時拼湊而成
的組合玩具，徑直去了後艙。個別乘客抬起眼皮看了一下，但大多數

人沒有注意他們。對於怎麼處置 31B，大家不感興趣。

空出來的座位立時散發出一股爛瘡味。它將由新人來填充。這意味着經濟艙有一個婦女將有幸被賦予生育權。

但被定位於 31B 的並不必然就是那個還沒有出生的嬰兒。座位需要重新分配。這是有規矩的 —— 不能讓兩個乘客長時間為鄰，太熟識了，一旦形成交流，便容易出問題。

誰坐哪兒，由公務艙的人討論，再由頭等艙的人決定。全人類的花名冊在他們那裡。頭等艙、公務艙與經濟艙之間，永遠張掛着一道棗紅色的絲絨布簾，雖然柔軟，卻如鐵門。我等經濟艙的乘客無法跨入，也不能窺見後面的實情。

廣播中的女聲又一次刺耳響起。被叫到座位號的乘客木偶一樣緩緩起身，臉上掛着似乎可以理解為如釋重負的笑容，打太極拳似的一點點揭開灰不溜秋的行李架，取下自己從不曾使用也永不會使用的包袱和皮箱，攜着它們夢遊般來到新座位，一屁股坐下就又睡過去了。

我被分配到 18G。我旁邊的 18H 已經坐穩一個男人，他對我說：「嗨。」

這世界上是沒有人會主動打招呼的。我的心臟青蛙般突跳一下。我的新鄰座二十六七歲模樣，五官夜色般俊朗，泛着一片青玉的炫光。我差點兒看呆了。時間長了，經濟艙的人彼此掛相，而這個人卻看着陌生。

但這無所謂，這世界上甚麼都無所謂。

三、系統

舷窗外面的空間也會出現精細而可觀的變化。黑暗並不統一而均勻，顯然，就在它那裡，存在着一些我們無法弄明白的裂隙。

有時，繁星展呈；有時，電閃雷鳴；有時，浮出一輪金黃色明盤，清柔的輝光下隱約躍升着鋸齒狀的重障烏雲，好像虛空的舞台上一群群演大戲的妖魔。

這一切奇妙的事物，就這樣在我們這個世界之外幻化。但乘客隔了一層蒙皮，只能通過舷窗看見，實際上與之彼此屏蔽，互不熟悉。

有時，在外部空間下方的更為晦冥處，會縈動出另一類似若輝耀的星群，成簇聚集，自成體系，環構成棋盤或迷宮的模樣，有的也像芒刺，內部呈現長短不一的迴路般格式，在幽暗下陷的深淵底部熒惑。

但它們只是一個個暫時的斑塊或補丁，停留在視野中的時間本來就不長，隨即滑片似的悠然漂流向了後方，快速變小下去，最後悉數隱入無際黑暗，甚麼也看不見了。那麼，它們是否像我們一樣，也曾在氣流中顛簸呢？

顯然，在我們的世界之外，有一個巨系統，那裡或存在着一些不同的、獨立的世界。但實相究竟是怎樣的呢？解釋是有的。但總有一種懸念，偶爾翻湧起不清不白的血漿，回湧至嘈雜的心頭。

四、7X7

出生在經濟艙中的孩子們，會漸漸長大。朽爛椅背上的電視屏幕會不定時閃亮起來。專業課程教育開始了。

我似乎記得，我也是接受這樣的教育長大的。但這不能十分確定。

常識課的內容包括如何繫安全帶和置換座位。政治課講的，則主要是禁止吸煙和不得塗鴉。

比較重要的是自然課。電視畫面上的 3D 虛擬老師宣講完畢，就會留下作業，那是一種用純粹機器模擬聲演繹出來的剛性提問，由於長年不斷反覆播放，已損耗得磕磕絆絆不怎麼清晰了：

「我們這、世、界、叫甚、麼來來來來來着？」

正確的回答是：

「7X7。」

7X7，這便是我們這個世界的稱謂。有的孩子會回答錯，說成「七」，或「七一」，或「七六」，或「七八」，這時，便要被怨婦般的乘務員用小鋼勺打手心。

是的，這便是我們的世界，寬敞的艙室，看過去總好像浸在一層起伏不定的淡紫色薄霧中；磨得坑坑窪窪的灰暗雙通道，翻皮的碳纖維複合材料地板上，固定着一個緊挨一個的陳舊座位，蒙皮都翻出來了，露出裡面的腐敗海綿；以及，透過舷窗看出去，無邊無際的黑暗裡面，由世界中部位置伸出的長長的、隱約沉浮的雙翼。而 X 只是一個符號，它用來代表不確定性。

3D 虛擬老師是一個沒有表情的乾枯女人，穿着傳統的民族類服

裝，看不出多大年紀，她也兼任客艙廣播員。她説，世界創生於 7X7 年前，然後時間便停滯了。這是故事的核心。

而我們，被創造者放逐到這個閉合體系中，該體系又懸浮於一個據説是中空的、圍繞 7X7 旋轉的巨大氣囊內部。我們以植物似的坐姿為常態，木雕般面朝同一個方向。我們偶然看到的一切外部明亮體，那些幽暗的星星，不過是氣囊腔壁上顫動的小氣泡，或者被稱作「幻影」的存在。

只有 7X7 是恆穩不動、滿載活物的自洽生態系統，看上去，正肩負這氣囊宇宙中的唯一意義。

五、正餐

定時的睡眠，然後是定時的攝食。乘務員一律板着面孔，毫無笑容，嘩啦啦推來四軲轆金屬小車，一份份遞上正餐。錫紙包中的雞肉麵或牛肉米飯，熱氣騰騰，只是定量太少，永遠吃不飽。與主食搭配的有橙汁、咖啡或綠茶。偶爾，也會供應帶餿味的兌水排骨湯，這卻是要額外收費的。

吃飯前，乘客要做祈禱：

「波音，保佑我們。阿彌陀佛。」

一邊説，一邊用左手食指在胸前畫一個等邊五角星。波音，是對從未識面的創造者的尊稱，而阿彌陀佛則是加強敬語的綴詞。

食物和飲料會像變魔術一樣變出來，源源不絕。必然，若説到根本，它們是由創造者波音提供的。

可以舉一個實例來證明他的存在。有時，舷窗外面的黑暗深淵之中，會忽然冒出一道水鬼般的深色長影，也伸展着如同我們世界一樣的薄削雙翼。它低聲吼叫着靠近，從頭部的位置吐出一條細長的柔軟管子，與我們的世界發生對接。

通常，我們管它叫「供應者 7X7」。它自然是創造者簽派來的——「簽派」是一個約定的有關存在意義的任務術語。不過，如果創造者只造出了一個實體的 7X7，則供應者也可以理解為我們的鏡像。鏡像世界為我們注入物質和能量——但沒有信息，然後它就像所有的平行宇宙一般優雅，芭蕾舞演員一樣飄擺着沒入蒼茫黑暗，回到從不曾顯形的創造者身邊去了。

供應者 7X7 的存在，確證了造物的精密與邏輯。

待到碳水化合物開始在胃部發生劇烈的化學反應，注視着小桌板上那些錚錚閃亮而無法摺疊的精緻刀叉，以及難以思議的可以用來透視他物的玻璃杯子，你就不能不感歎世界本身就是一個奇跡。

啊，波音。

阿彌陀佛。

六、質疑

一切很正常，只有我的新鄰座有些異樣。

別人入睡時，他總是醒着；別人攝食時，他常常自言自語；他去衛生間花費的時間比別人要長，有時，使我懷疑他正是還不曾被當場抓住過的塗鴉愛好者。

177

「創造者為甚麼要放逐我們呢？」一次，他穩然坐着，又開始獨自念叨，把我嚇得差點從位子上彈跳起來。

但我很快恢復了鎮定，稍微考慮一下，決定把這歸屬於一個低級問題，於是，大着膽子試着答了一句：

「因為我們犯了錯誤。」

「但是，是一種甚麼樣的錯誤呢？」聽我竟然回答了，他似乎有些興奮。

「是原罪。但知道了又能怎樣呢？這無所謂。」我的心在狂跳。交流。是可怕的交流嗎？我怎麼會這樣呢？

「你有沒有想過，被放逐之前，我們在哪裡？」

我感到某種悲戚般的可笑，便故作老成地搖搖頭。這時，心中浮出一層警覺，好像麻疹或水泡。我活了這麼大，又受了這麼多年教育，竟然不知道，全體人類的三百多個成員當中，可有誰像他這般說話的？此人實在太奇怪了，又有些危險性。我便哆嗦着說：

「這同樣是無意義的問題。」

「有沒有思考過舷窗外面的閃爍物？」

「那些幻影？」

「萬一它們不是幻影，而是實實在在的、也有生命居住的另一些世界呢？」

不可思議。我使勁屏住呼吸，扭頭去看舷窗外的星星。我們頭頂上方的星星都太小太暗，而且幾乎凝固不動，看不出它們的究竟。但正從下方緩慢掠過的幾塊閃爍的棋盤或迷宮狀星群則不太相同。它們內部的分岔和徑道約略分明。它們就像食物盒中的晶瑩果凍，細看之

下卻有疑是人工的痕跡。難道，那裡果然有人居住嗎？他們與創造者是何關係？我不安地收回目光。

「想沒想過，他們可能是被赦免的？」18H 說。

我擔心而好奇地又看了一遍這人。與經濟艙中任何一個乘客相比，他的穿着打扮並沒有特別之處，但他身上不知甚麼地方，散發出一種說不出的詭異。

我決定閉口不語，死魚一樣合上眼睛，周身的血液卻運行得更迅猛了。

不久，在 18H 的提示下，我才注意到，下方掠行的星群，往往呈週期性出現，也就是說，我們先期觀察到的存在，過一陣它還會原樣回來，再次從眼皮下大搖大擺浮過，重新耀閃一番，又再度投身入黑暗。通過數心跳，完全印證了這種過程具有確定的週期。

閉合的世界之外，為甚麼會存在週期？3D 老師的解釋是氣囊在圍繞我們不停旋轉。但是，氣囊為甚麼要旋轉？為甚麼頭頂上方的星光卻又不動？氣囊的外面又是甚麼呢？難道還有一個更大的氣囊？這樣的問題想下去，就沒完沒了，讓人腦門發痠。坦白來講，以前我是沒有想過這些問題的。

18H 提示的另一個問題是：「為甚麼背景總是黑暗？」

是的，他說的是背景的問題。

七、飛行

肚子裡的食物和水積存多了，我又一次去衛生間。我遇到了以前

的鄰座們，大家淡淡點了一下頭。

我們不會有甚麼交談，倒不是因為言多必失。一般來講，在這一生中，就經濟艙的情況而言，乘客們不會發展出深厚的關係，我們基本上不存在互助的需求。

包括對於女人，當然也不會有非分之想。程序早已明確：她們中的年輕者，會定期被公務艙召喚過去；而年輕漂亮者，會定期被頭等艙召喚過去。待她們回來後，再捱上一段時間，一些人的肚子便會漸漸膨大起來，像個難看的腫瘤，末了連安全帶都繫不上。

經濟艙的女人都老老實實集中坐在一起，與男人保持規定的間隔。除了送餐食來的乘務員，男人其實很難接近她們。男人萬一滋生了衝動，便找鄰座男人幹那事，把手探過去，在褲襠下面，摸一摸，捏一捏，或者，到衛生間插一插，都是允許的。但是找女人，那絕對不行，這是經濟艙中的禁忌。

曾有個別人破壞了風俗，趁大家睡着了，去誘惑女乘務員，到客艙後部的衛生間裡亂搞（他大概以為自己是公務艙或頭等艙的乘客呢，但人家怎麼會去齷齪的後部衛生間呢）。這種事情，一旦被發現，男人的下場通常都很糟糕。按照這個世界的風俗，他要被閹割，這由奶奶級乘務員操刀。她們一點都不客氣。

女人懷孕了，如果這時沒有多餘的座位騰出來，也就是說有人尚未由於害病或其他甚麼問題而被處置掉，那也會相當糟糕。孩子就會被流產。這也是風俗。

總之，在經濟艙中，由於對風俗的普遍尊重，一般不會有嚴重的事態發生。男人們總體來講還算安分守己，沒有誰故意想到要去

破壞章程。

但為甚麼會是這樣的呢？ ⌒

這一回，我在衛生間裡看到了新的塗鴉文字：

飛到哪裡算個完？

「飛」是甚麼意思？無疑，它很特別，3D 老師沒有教過這種說法。我愣愣看了好半天，心裡像打翻一杯滾燙的咖啡，把全身的血都燒熱了。很少有地，下面那玩意兒自動硬了起來。

八、巡航

「你看到了甚麼？」

目迎我回來，18H 像甚麼都知道了，卻裝作無事人地這麼問，臉上略帶藍蓮花般的和藹笑靨，又彷彿透出譏諷。

似乎有某種東西在我的體內甦醒。可憐的是，下面卻再也無法軟下去，面頰塗了火藥一般，從細胞表皮處開始猛烈燃燒和噴發。我只好結結巴巴地，把看到新塗鴉的事情告訴了 18H。他半掩着嘴，像被食物嗆着似的使勁尖笑了一聲。是的，只是一聲，眼神一邊靈活地飄向我那古怪地撐起來的褲襠，說：

「有沒有想過，如果飛得快一些，會怎樣呢？」

「甚麼意思？」我試圖趕緊在我的座位上坐下。

「如果是 7X7 在動，而不是氣囊在動呢？」

「請不要再説了。」

恐懼沿着長條形的白色脊髓，蛇一樣爬進亂泥潭似的黑黢黢丘腦。怪話啊，甚麼叫飛？甚麼叫飛得快一些？這時，我極希望再來一次座位大調整，離開這讓人害怕的 18H；但我又矛盾着 —— 其實捨不得就這麼離開 18H，我很想聽他講述新奇的宇宙論。

而年輕的 18H 其實又是那樣的一個漂亮男人呀。

我努力掩飾住下體的動靜，汗水大滴地從額上摔落下來，把褲子都打濕了。滑膩膩的，這真難受。我想我可能也得了甚麼病。我會死掉嗎？那樣倒是好了。

九、行李艙

某個角落裡又有人死了。新的座位調整於是開始。我想終於可以離開 18H 了，嘴裡噓噓吐出氣來，但沒想到，才在新的位子上落座，他卻像個幽靈，也跟了過來，一屁股坐到我的身旁。這事異乎尋常 —— 除非，他是得到了頭等艙的特許嗎？沒有比這更讓人憚畏的了。但奇怪的是，這回，我卻暗暗喜上心頭。

隨後，我發現，18H，不，現在該叫他 25E 了，開始跟蹤我上衛生間。

他是不是對我也有了意思呢？

我每次從衛生間出來，都看到 25E 倚在骯髒的門口，半掩着嘴，衝我羞澀一笑。我腿都軟了。

「你，有甚麼事嗎？」

　　我怦怦心跳着問，一邊想着自己的年齡，感到自卑。我擔心地看了看別的乘客，但誰也沒有注意我們。坐太久了，人類失去了觀察同類的衝動。

　　「想帶你去見識一些事物，有這興趣嗎？」25E 柔聲細語，充滿大男孩的溫情。

　　我受寵若驚，使勁點點頭，好像自己又變回了年輕人。於是，25E 執着我的手，引領我去到世界的尾部。他的手軟軟和和，涼涼爽爽，像初春一樣沁心而刺激。我的心臟在舌頭上走着芭蕾。我從來沒有到過世界尾部，一般只有乘務員才能來此處。這是廚房和儲藏室的分佈點，女人們也在這裡處理從鏡像 7X7 上轉移來的物資。

　　有兩個女孩正在忙碌，看見 25E，像是稔熟的樣子，會心一笑。我的臉一定紅了。我狐疑並嫉妒，一驚之下把 25E 的手鬆開了，又覺得對不起。乘務員忙完就走了，這時，25E 老練地掀起腳下的一塊頂板。我看到下面顯露出一處寬敞的空間。

　　25E 壓低聲音，神秘地説：「行李艙。」

　　沒有想到，他只是帶我來看這個的。我有些怔住，沸騰的血液頓時有所降溫。但行李艙還是吸引了我 —— 它僅存在於傳說中呢，而現在，居然呈現在面前了，它的內部有一簇閃射綠光的玩意兒正在攢動。仔細一看，是密密麻麻、針頭一般的人眼。嗬，行李艙中原來還住着人，這我以前一點也不知道。

　　有人抬起頭，衝 25E 打招呼：「嗨！」

　　25E 笑嘻嘻回應：「嗨！」

　　25E 讓我也打個招呼，以示禮貌。我呆呆看了他一眼，怯聲説：

「嗨。」

　　行李艙中擠住着三四十人，卻沒有固定座位。其風俗明顯與經濟艙不同。這裡有老人，也有孩子。孩子們正在同老鼠和蟑螂玩耍。有一個光身的男人正把一個光身的女人壓倒在地板上（這是我第一次在這個世界上目睹異性交配）。還有兩個男人正合力推動一個微形塑膠磨具，下部碾出紅彤彤的汁來，沿着一道鋁製溝槽流進一個可口可樂瓶子的嘴裡，旁邊站着一名面容醜陋的中年婦女，把一注注黏稠而帶塊的黃色粥狀物澆進磨孔。

　　作為粥狀物的原材料，是從躺在地板上的一具發暗腐臭的屍體上取下來的。有幾個精壯後生正在興致勃勃做着剔筋割肉的工作。映入眼簾的屍體總共有五六具。其中，我看到了 31B，僅剩一副滑溜光禿的骨架，但腦袋還原封不動保留在頸椎上，使他很像巨頭嬰。

十、乘務員

　　不知從甚麼時候開始，行李艙、經濟艙與公務艙和頭等艙之間的貿易就一直在悄然進行，但這是屬於少數人的秘密。

　　乘務員把死人或瀕死者出售給居住在行李艙中的乘客，後者負責加工，再把製成品交給乘務員帶入頭等艙。排骨湯（世界上唯一自產的高級滋補品）就這樣在頭等艙中大肆出售起來 —— 不知為甚麼，頭等艙的乘客有着永遠也花不完的銀子。然後，乘務員便把這筆收入與行李艙的居民分配，一般是三七開，行李艙拿大頭。不過，當向經濟艙購買屍體時，行李艙的夥計們又要付回一些錢，所以最後結算下

來，乘務員從整個交易鏈中大約能分到四五成利潤，她們於是成了經濟艙中的富人。

這一切，我們都被蒙在了鼓裡。

在經濟艙中，每個女人都有機會擔任乘務員。女人的經濟地位因此比男人高許多，這大概就是我們只能規規矩矩、服服帖帖的原因吧。

有時，屍體供應過量，而頭等艙也吃膩了，富餘的產品便在公務艙中減價出售。如果再多一些呢，經濟艙的乘客也就可以沾上光了。

我是否也曾分過一杯羹呢？我回憶着兌水排骨湯的滋味。

行李艙，是 25E 帶我參觀的第一個隱秘世界。7X7 是一個連環套世界，這已然成了定論。但讓我疑心的是，眼前的一切確實是真的嗎？要不，就是我從前看到的都是假的？

十一、起落架

待到我與 25E 之間的信任感進一步加強後，他便向我吐露了他的真實來歷。他來自起落架世界 —— 7X7 中另一個不為人知的夾層。

要到達起落架世界，就要先通過行李艙。只有在 25E 的帶領下，我才敢於穿過那些與蛆蟲為伍的臭烘烘人群和屍體，仍不免膽戰心驚。然後就要手足並用俯身爬過液壓艙。艙壁上蛛網似的管路和瘡疤般的零件讓人大開眼界，世界的結構竟是如此錯綜複雜，整個就是一架精密的大機器嘛，不親眼見到又怎麼知道呢。

到了。25E 哐啷打開一個金屬艙門，下方便顯露出他出來混之前

的生活環境。

　　一股冷氣撲面而來。離群索居在狹小起落架艙中的居民，穿着層層疊疊的禦寒衣服，人口稀少，卻是這連環套世界中的精英。他們自稱為探索者。不願受人打擾，大家便躲進起落架艙中做起了秘密工作。但我有一種感覺，那便是，還在創世之初，他們就自主選擇寄居在起落架艙中了。他們原本不是這世界的正常乘客。

　　但甚麼是起落架呢？—— 這是一個讓人心悸的問題。甦醒的感覺又一次襲來，我全身漲滿試圖回憶的潮水。但真失敗，甚麼也沒有回憶起來。而 25E 歪着頭，滿懷興趣瞧着我。但他為甚麼要帶我來看這些呢？我到底是甚麼人？

　　起落架艙中的居民不對我說「嗨」。他們正忙着做大量的閱讀，沒有時間搭理訪客。資料都來自行李艙，那裡，早先有大堆的箱包，後來被起落架艙中的居民拆開了。從中發現了一些有價值的書寫文字，與經濟艙中的電視教育節目內容並不相同。

　　探索者們根據文字的描述做起實驗，又從世界的各個角落竊來物質材料，比如，氧氣瓶和燃油，研製並裝配出一種叫做火箭助推器的玩意兒，人負其於背上，綁緊了，點燃後，就能離開 7X7 世界，去到外面的那個大氣囊中遨遊。

　　—— 「飛」的概念便是如此產生的吧？但如果說整個 7X7 其實也是在飛，而氣囊宇宙卻保持不動，那畢竟是對人類理解力的巨大挑戰。

　　作為同樣是乘客的我，不禁嫉妒起行李艙和起落架艙中的乘客。

　　「頭等艙的乘客，知道你們的存在嗎？」我小心翼翼問。

　　「他們知道了，也會裝作不知道的。」25E 弔詭地回答。

作為由隱秘的起落架世界簽派而來的使者，25E 進入經濟艙生活，並能根據自己的自由意志調換座位，這本身是一個謎，因為 7X7 實行嚴格的人口控制，包括花名冊制度，一般人想都不敢去想。

我問他是怎麼做到的。他說，很簡單，設法搞定公務艙和頭等艙的乘客。

於是我第一次知道了這世界上有一樣事情叫做賄賂。

火箭助推器起動的時刻，正是讓人心情微妙的一瞬。探索者裹在臃腫的冬衣裡，戴上從客艙中偷來的氧氣面罩，背部負着一個半米來長的金屬罐子，罐子尾部伸出兩個短細的噴管，如同脊柱傾斜凝成的多餘骨錐，朝後滋出一股尿水一樣的煙火，身體便通過起落架艙下部的開口，射離 7X7 的龐大軀幹，嗖地一聲鑽入沉甸甸的黑暗，好像與幻滅中的群星匯合去了。這時，我的五臟六腑便不由得統統向內抓緊起來，一隻隻打起擺子。

遨遊回來的人說，看到了「光明」。

十二、三面圖

「光明，那是一種難以形容的觀感，我只能試着為你言說。」25E 説，「你要轉身向後飛行，或者加速向前飛行，才能夠最終看到一些跡象。此時探索者已把 7X7 甩得好遠好遠了。貌似不具備方向性的黑暗於是開始失衡，局部慢慢褪色。宇宙邊緣咨齒地綻出一溜緋色火焰。它女人臉蛋一般變化不定，彤紅而赤黑，隨後世界就被七彩光線分割，深深淺淺，孕育出脂肪般的厚度。你會覺得自己的眼睛以前簡

直白長了。這時你會很害怕，想趕快回到黑暗中來。」

對此我難以置信。3D 虛擬老師從未提起過光明。道理很簡單，創造者既然把我們置於永恆的黑暗，他為何又要昭顯光明呢？探索者自稱看到的，如何才能確定不是更為強大的幻影呢？

25E 說，因為火箭助推器航程有限，迄今還沒有哪位探索者真正全身進入光明之境，人們無法知道，光明離我們的世界究竟還有多遠。總之，只能遠遠眺望。

「那，除了向前和向後，有沒有人往下方運動呢？你們有沒有試圖下降到深淵底部那些游移的棋盤或迷宮狀星群上？—— 你說過，它們不是幻影。」

我提出的問題令自己也心悸，更讓 25E 面色有變，生病孩子般讓人愛憐。他勉力解釋：「這是兩個不同的問題。往下方運動，涉及更為複雜和精尖的技術。絕大部分墜毀發生在起落過程中。這個問題的解決，在探索者那裡也還沒有形成清晰的方案。」

這時，他吁歎一聲，停下來，用迷離而哀傷的眼神直視我，同時降低了語速：「是的，我們曾有人下去，但與平飛不同，他們一去便不復返了。在垂直方向上，創造者顯然設計了一種不均衡的物理效應。我們暫且稱之為引力。」

隨後，是可怕的靜默。我們的目光久久交接，又緩緩逃開。我從他的瞳中，看到一片敬畏與絕望的明火。我暗暗「哎呀」一聲。

「不管怎樣，如此的艱難也罷，只是在出去之後，才終於以客觀的心情和角度，看清了我們世界的真實形態。」25E 很快調整了情緒，勇毅地接着往下說，「它像大件行李一樣飄浮在無以名狀的浩瀚

空間，舷窗裡隱約透出桔皮似的點點燈火。它滔滔不絕發出電閃雷鳴的聲響，噴出撕裂一切無機物的火熱氣流。它有着極其雄渾而優越的移動感，所以我們說它是在飛行，而氣囊壁上的閃爍物是固定不動的，它們是真資格的背景。我們究竟要飛多久？我們要飛到哪裡？甚麼樣的創造者才能設計出如此完美而綿延的航程？波音，他究竟是誰？」

但這還不是最讓人驚奇的發現。根據探索者的觀察，暗黑空間之中，存在着無數的 7X7，一個個飄浮的凝聚塊，幾何形態與我們的世界一模一樣，只是略有大小之分，都在堅韌而沉默地與我們同向飛行。探索者背負火箭助推器游走，便能逐一清晰看到它們的宏偉陣列。那場面驚心動魄。

「我們曾做計數，在火箭助推器的航程半徑內，至少觀察到了五千個 7X7 世界。氣囊宇宙中迴蕩着它們永不停息的喘振。如水的星光澆落在它們的灰色軀體上，使它們像是夢境中才見過的洄游鯨群。」

探索者曾試圖與那些世界取得聯繫，後來他們也的確成功進入了對方的起落架艙和行李艙。結果發現，僅僅是我們這個 7X7 世界的居民，發明了火箭助推器。而其餘的世界，還停留在史前蒙昧時期。

「這使我們感到了責任——啟蒙的使命。而最重要的是，畢竟證明了，我們並不孤獨。如果說是創造者的放逐，那麼，可能是一個族類作為整體都被放逐了。」25E 說，「因為很難相信這是一種巧合：乘客們雖然彼此分離，但大家都說同一種語言，連衛生間裡的塗鴉文字都長得一模一樣。」

十三、機長

我第一次明白了，我們的 7X7 並不是全世界，而三百多位乘客也並不是全人類。

25E 越來越使我嗅到一種危險。其實，從一開始，這種危險就存在着，而這來自於他對我的有意識接近，以及對我持有的濃厚興趣。他或許懷抱某種我無法理喻的目的，卻不是我一廂情願渴望着的純真感情。一個陰謀或陷阱？

那段時間裡，我時而沮喪，時而興奮；時而慚愧，時而期盼。我想向 25E 提出，能不能借用他們的火箭助推器，親身飛到外面去看一看，以證實他説的情形（其實是想滿足我的好奇心）？卻又怕遭到難堪的拒絕，就把請求嚥回了肚子。

逐漸地，我預感到，與我有着重大關係的某件事情就要發生。

終於，有一次，我剛進衛生間，25E 便擠了進來。他反扣上廁所門，耐心地觀察我一點一滴撒完尿，才鄭重其事對我説：

「經過歷久的考察，已經確定你就是我們要找的那個人。這一點，現在，可以正式向你宣佈了。」

「你們一直在找我？我，是甚麼人？」

我感到一道濕滑而尖鋭的陰影迎面襲來，彷彿要在我那化石般的腦殼上鑽個洞，探頭進去把腦漿重新攪拌一番，再打撈起一樣古舊的東西來。從洗手台上的鏡子中看到，我的臉色一片蒼白。我狗熊一般緊張而期待地舔舔舌頭，繫皮帶的手也停住了。

「機長。」25E 鎮靜地吐出兩個奇怪的單字。

該音節在我的全身，激起一股氣旋般的恐慌與興奮，似乎有些熟悉，卻又格外陌生。我正要好好思量一番，它卻泥鰍般很快滑脫出去，根本抓不住。

「創造者創造了你來操縱這個世界。你不是普通乘客。只有你能引領 7X7 飛向光明。我進入經濟艙，就是為了找到你。」

25E 鼓勵我：「繫上褲子，把手洗乾淨，隨我再走一趟吧。」

十四、頭等艙

在公務艙前，我本能地止步不前。這是管制區。但 25E 泰然自若，熟門熟路，牽着我的手走了進去。

我目睹了以前從未謀面卻生活在同一世界裡的一群特殊乘客。他們都有着偽善的面容，穿着上好質地的服裝，集體保持緘默，彷彿心事重重。

25E 衝他們打招呼，他們也對 25E 微笑點頭。我想，25E 到底用甚麼賄賂他們的呢？

後來才知道，是香煙 —— 7X7 世界中的違禁品。

通過公務艙，便開始向頭等艙進近 —— 如同「簽派」一樣，「進近」是另一個用來描述世界特徵的約定任務術語。頭等艙並沒有我想像中的豪華與森嚴，僅僅座位寬敞一些。乘客們長得也與我們一樣，並沒有多出一個鼻子或一個耳朵，只是，年齡普遍偏大，道貌更為岸然，服飾更加高尚，神情更加莊嚴，且一律都是男人。

與經濟艙不同的另一點是，這裡散發出更加強烈的異味。確切來

講，是死人味。我注意到，有的座位上的乘客，用安全帶把自己綁得妥妥的，已經高度腐爛，半空的腔子裡伸出一茬茬白骨。

但在這裡，沒有人把屍體清理掉，並做成排骨湯。我猜測這大概是頭等艙的風俗。座位就是棺槨，人死後也不願離開。

不禁想到，這樣「飛」下去其實相當可怕。如果頭等艙的最後一個人也死了，而他們又不騰出座位給別人，難道就要由幽靈來決定經濟艙的出生率麼？混亂就該爆發了。

我於是意識到 25E 的重要性 —— 以及我可能會肩負的某種使命。我頗感狼狽而不是興奮。實際上，如果不是 25E，我哪裡可能知曉這些讓人渾身冒汗的秘密呢？而生活還將按部就班進行下去。這的確是多麼的危險啊。但我究竟又能對此做些甚麼呢？

是的，我一無所知。公務艙、頭等艙與經濟艙是隔絕的，除了秘而不宣的異性服務和人肉買賣，就沒有別的往來。而從那裡出來的女人都三緘其口 —— 她們肯定收了小費。

但 25E 沒有在頭等艙多作停留，而是徑直帶我進近到前部，用不知哪來的鑰匙打開一道艙門。

十五、駕駛艙

門後面是又一個艙室。我再一次驚異，表面上完整統一的世界竟被分割成了如此多的次元空間，各有其妙，創造者的設計，包藏着甚麼意圖呢？

眼前這個艙室空無一人。25E 稱其為「駕駛艙」。窗戶不再是橢

圓形的，而是不規則的矩形，在前方和兩側展開，視野空前良好。窗戶下面有兩個皮質座椅，椅前有六台液晶顯示器，屏幕上跳動着閃光的綠色數字和線條。上下左右僅燈泡、儀錶和開關就有幾百個。這些條理分明的事物大大方方走入我的眼簾，在我心中激發出更為動盪的回憶衝動。但我還是記不起我到底是誰，而那個嚴峻的問題又浮升出來：身為「機長」，究竟要做些甚麼？

25E 指指左邊那把椅子，嚴正地說：「這才是你本來的位置。」他的臉上忽然透露出某種像是恭敬的神情。這使我難過。

25E 在他的上衣口袋裡摸索半天，掏出一份發黃的證件（飛行執照）給我看。上面有我的照片，頭戴一頂古怪的大檐帽，照片下方標注的文字是：

姓名：王明。職務：機長。

在 7X7 中，我們從來都以座位序號來彼此稱呼。第一次知道自己有名有姓，我羞愧得說不出話來。

「你也有名字嗎？」過了半晌，我遲疑着問 25E。

「叫我 Something 吧。」

名叫 Something 的、來自起落架艙的年輕男人，這時又拿出另外一些證件，它們分別屬於「副駕駛」、「領航員」、「飛行機械員」、「飛行通信員」和「乘務員」。照片上的人其實我本認識，皆是經濟艙的乘客。原來他們也都有着名字，分別是「國航」、「驅鳥」、「V1」、「帶桿」……等等。這究竟是怎麼一回事？

「一個飛行機組。」Something 説。證件，是不久前才從一個行李箱中搜出來的，這是最新的突破，形成了有力的證據。探索者正在努力與機組的其他成員取得聯繫。

「飛行機組？」

「我們推測，這世界早先是由一個小組來操縱的，而你是頭兒，是你，主宰着所有人。」

所有人？主宰？包括那三百多名乘客嗎？我又看看座椅、儀錶和開關。有一種遙遠的親切感油然而生，但又很快飄離而去了。這樣的獨立空間，真的屬於我嗎？很久以來，我都與眾人昏噩擠坐在經濟艙裡，每過一段時間輪換一次座位。但現在忽然有了一個空白艙室，而它據説竟曾由我來掌控，於是，我便更不自信起來。另外，我們的名字，聽起來都很拗口而生硬，感覺上，怎麼也不像是創造者給起的。這未免讓人忐忑。一陣恐懼襲來，我便問：

「這裡，就是世界之首嗎？」

「是的。它現在空閒着，這是一個問題。」

「世界，難道不是全自動的嗎？」

「從技術上講，創造者也許最終實現了世界的自動化操作。但我們並不希望繼續這樣下去。」

「為甚麼？」

「因為不自然。」

「難道，是為了光明？」

「是的……也許……」

Something 的臉色一下煞白了，在黑暗中螢光四射，淋漓地透出

媚人的清秀。我壯了壯膽，把手伸過去，繞過他的腰，摟住他。不管怎麼說，危險也罷，我倒是喜歡駕駛艙的寧靜。

然後，我們坐下來。黑暗混雜着稀疏的星光從前方的窗戶中滾滾湧入。我和 Something 沉默良久。他的臉龐像一粒牙雕，從裡向外燃放着透明的緋紅。我猛地把手掌擱入他的手心，感到那兒是一片融化的寒冰，並打字機一樣地顫抖。

十六、速度與航向

「我們無法飛出黑暗，是因為速度和航向的存在。」Something 認真地看着我說，眼裡閃爍出霧藍色的智慧之光。

最初引起探索者注意的，是所有的 7X7 世界都以同一速度朝同一方向飛行。7X7 作為一種左右對稱的物理系統，前後佈局卻並不一致，這顯然與航向有着重大關係。聯繫到經常遭遇氣流顛簸的情況，這樣的設計也符合空氣動力學原理（而這究竟又是甚麼呢）。

Something 說，通過研究週期率，推測 7X7 一直在圍繞下方的一個球形巨物兜圈子，永不停息，只有這樣，乘客才能看到深淵中特定景觀的周而復始。

但為甚麼永遠到達不了探索者窺見的光明之境呢？理論上講，這是因為那個球形物也在同時旋進，而我們必然飛得還不夠快，或者飛得還不夠慢，也就是說，7X7 的角速度，正好與球形物自轉的角速度一致，這裡面彷彿有着刻意的安排。

如此一來，創造者便使 7X7 永遠置身於黑暗一側了。換句話說，

我們永遠追趕着黑暗在飛行，卻永遠撞不上不停移行的晝夜分界線。

但問題又來了：為甚麼一定要把我們放逐在黑暗中呢？探尋乘客的原罪，不再是沒有意義的課題。

「不管怎麼說，只有引領 7X7 飛出黑暗，才能找到最終的答案。」Something 悲壯地說，「畢竟，探索者已經一睹光明。而據我們推測，只有你，機長先生，才知道怎麼打破世界的勻速。也許，我們終能研製出速度更快、航程更遠的火箭助推器，但不能不考慮，僅我們的 7X7 上就有三百多位乘客，而前後左右、上上下下還飛行着更多 7X7 呢。所有這些世界一起飛向光明，才有意義。王明，你得掌舵啊，就由你做起吧！」

「但這會違背創造者的意願嗎？」

「不妨做一個逆向思維吧。或許，這正是創造者期待的呢？我們有可能並不是被他放逐，而僅僅是自我放逐，明白？但大家卻不自知。現在，是向真正的目的地前進的時候了。」

忽然，我大夢初醒一般，似乎領悟了起落架的意義。

十七、機組

接下來，在 Something 的幫助下，我很快與機組的其他成員建立起聯繫。加上我總共有十四人，四男十女。

是的，四男十女，形成了固定組合，這樣一種男人與女人間的非常關係，必然建立於非常時期，其程式與模型，說起來均使人尷尬，但又促進了暗自的亢奮。我們需要努力克服心理上的不適。這個世界

上還不曾有過「集體」的概念，而就我而言，迫切需要找回的，是所謂的領導者的經驗。

真正的工作於是開始了。根據中央電子監視器以及飛行檢查單的線索，大家努力回憶傳說中的「駕駛技術」。據 Something 講，這裡面包括如何使 7X7 加速或減速，或者拐彎向其他方向飛行，或者下降高度從而朝下方的棋盤或迷宮群星世界進近。

但是，很快發現，恢復駕駛艙資源管理的一切努力皆是徒勞。毫無疑問，某種類似於洗腦的過程確曾發生。然後，機組成員被當作普通乘客，悉數被驅逐到經濟艙，在那兒接受政治課、常識課和自然課教育。而與此同時，全能的創造者已然成功引入自動駕駛技術，或者這麼說吧，他本人接管了駕駛艙，躲在某個地方進行遙控操縱。也許，當時 7X7 正處於一種極其危險的境地？不這樣做它就要解體？創造者對我們不再信任。

—— Something 是這麼解釋的。而他和他的夥伴要做的，是讓創造者相信，人機對話可以重新建立，7X7 可以由它內部孕育的「生命件」來操縱。

但，Something 說的這些，要都不是真實的呢？沒有第三者來作裁定。也有可能是創造者正在導演一齣戲劇。劇名就叫「可笑的光明」之類吧。Something 和他的同伴們擔當了道具的角色，怕是連他們自己也不知情。從異教般的起落架底層文化的自私需求出發，他們無恥地偽造了我們和我們的飛行執照。其實並不存在所謂的機長和機組吧。

—— 機組成員裡面，有人就是這麼想的。

「本來，我們的世界是安定的，一切安排得很周詳，也不用我們操心，而這不正是我們畢生追隨創造者的目的嗎？一直待在黑暗中又怎樣呢？我看不出有甚麼不好。」機組中那個副駕駛，名叫「國航」的年輕男人說，「但現在，既然簡單的事情被搞複雜了，那大概也只好將錯就錯囉。」

這話說得彷彿別有深意。我憂慮地看了他一眼。而頭等艙的腐臭味兒已經越來越濃烈了。

十八、監控

針對頭等艙的叛亂爆發在一次強氣流顛簸之時。

發起者，正是國航。他暗中籠絡了除我之外的機組其餘成員，用鋒利的餐具作武器，突襲了頭等艙。

一場搏鬥。頭等艙早已衰老腐朽，失利正是必然，結局是，那裡的乘客統統被趕入經濟艙，國航坐上了頭等艙的席位，而公務艙對此結果一致表示認同。

國航沒有邀請我參與叛亂，暗示出他對我們之間關係的質疑。這必然與我的機長身份有關。我們以前在一起做過甚麼呢？建立不久的集體便這樣發生了蛻變。

此後，我和 Something 就再也沒有機會進入駕駛艙了。那裡且做了停屍房，裝滿從頭等艙裡清理出來的老年人腐敗屍體。門上也被國航貼上封條，成了真正的管制區。

副駕駛開始扮演他在世界上的新角色：監控者。

而 Something 嗅到了更大的危險。這段時間裡，他帶着我，偷偷搜集「救生衣」。那奇異的物件原來就塞在每個人的座椅下方，看來用途早已確定。然後，把救生衣交給起落架艙中的居民。探索者把它們拆解開來，進行重新的連接與組裝，製作成「降落傘」。

很快，就造出了十頂降落傘。Something 把降落傘疊成的背心，強制性地圈圈套在我的身上。他又在經濟艙中挑選了九名乘客，把降落傘分發給他們。這個世界上有三百多人，但只有這麼一些人得到了降落傘。我忽然憂懼不已：探索者是否已放棄了讓所有人飛向光明的計劃？

Something 慚愧地解釋：「這是在萬不得已的情況下，逃離黑暗的最後選擇。而你們沒有受過專業訓練，還不能使用火箭助推器。」

危機將要來臨，這從國航發動叛亂的那一刻起，就彷彿已被喻示。我看到，Something 眼圈有些發紅，第一次，像是面對生離死別。他說：

「既然不能恢復對世界的操縱，使之成功飛向光明，那麼就讓它墜落好了。」Something 語調絕望，我心裡一沉。他補充道：「反正，它這樣飛下去總是要墜落的。已經發現，創造者創造的這個世界是有壽命的。7X7 的電纜、插頭、電路的絕緣性能已經變差。客艙中已發生了三次火警虛警。引擎部件也接近磨損，一旦抱軸將無法挽回。根據分析，最後的大限很快就要來臨。沒有時間了。如果不能讓所有乘客得救，則只能挑選一些代表逃生了。」

兩股涓涓細流從我的面頰上淌下來。

「那到時，你們這十個人就使用降落傘去到下方的那些星座中，

告訴他們，這裡曾發生過甚麼事情。」他諄諄叮囑，努力做出一個微笑，輕柔地抬手替我擦掉眼淚。

「那麼，你呢？」我動情地看着他。

「首先要照顧乘客，你們才是災難的真正見證。火箭助推器數量有限，連探索者也不是都能逃離的。」

十九、管制移交

國航很快建立了新秩序。他把機組遣散了，又在經濟艙裡挑選了一隊男孩做乘務員，對全客艙實行最嚴密的監控。孩子們做這種事情原來很在行，於是，衛生間裡令人啼笑皆非而心驚膽戰的塗鴉，從此徹底絕跡了。

然後便開始了清洗。孩子們咿啊叫着衝入行李艙和起落架艙，逮捕下層居民。絕大部分人沒有來得及藉助火箭助推器逃離，便被帶了上來。乘務員用安全帶勒頸的辦法，對他們執行極刑。罪名是：無票偷乘者破壞了世界的配平。

非法貿易被鏟除了，賄賂也便沒有了存在的基礎，女人們回歸了正常位置。一個好世界似乎就要誕生。

新的這批屍體由公務艙的乘客義務加工，不分經濟艙、公務艙和頭等艙，每人都可以平均分到一匙免費排骨湯嘗嘗。以後也要這麼做，這世界本沒有特權，公平正義是國航倡導的最高準則。

繳獲的火箭助推器，作為違禁品，由孩子們高舉着，在公共區展示。這是顛覆 7X7 的工具，也差點動搖了波音的合法性。

二十、逃逸機動

Something 死後，我的下身再也硬不起來。

我沒有被殺害，但被軟禁，上衛生間，也有乘務員跟着。我無法與那九名通過秘密方式獲得了降落傘的乘客建立聯繫。所幸，國航還沒有注意到降落傘的存在。

我越來越多地思考「墜落」的問題。

「你們就使用降落傘去到下方的那些星座中，告訴他們，這裡發生了甚麼事情。」

Something 的遺言迴響在耳畔。「他們」——是些甚麼人呢？我從來沒有像現在這樣，期望早一些見到那些陌生的、不是生活在 7X7 世界中的居民。

監視我的乘務員也有了名字，喚做「尾流」，很早以前曾有一次與我是鄰座。

「王明，你到底做錯了甚麼事情？是不是搞了他們的女人？」

「尾流，你這樣認為嗎？」

「嗯，她們好嗎？」

「啊，你要這麼說，那還真是不錯，與經濟艙的女人不一樣。可惜，都被你們弄死了。」

「成了排骨湯嗎？那是有些可惜了。」

尾流咯咯笑起來。我忽然意識到世界正在發生極為深刻的變化——經濟艙中的平民孩子開始對異性感興趣了。

每次，尾流都纏住我，要我講下層女人的故事。我便把在行李艙

中目睹的情色場面，有選擇地向他講述一些。他聽得氣都喘不過來，海帶般的脖頸上泛出一層紫色痱子。他終於當着我的面脫下褲子。

「你來。」他説。

「不是這樣的啊……」

我大失所望。這早熟的傢伙於是飛快轉身，惡狠狠做出要揍我的姿勢。但他並沒有真的打，而是又扭回去，吃吃笑着扶在洗臉池上，把琴弦一樣的屁股高高舉起，衝着我的鼻子。

這是我們這一代人的積習，在孩子們的身上得到了最後的傳襲。尾流本已獲得了袪除的機會，以徹底與我們決裂，去找尋真正屬於他的那一半，但現在沒有辦法了。這是一個充滿遺憾的世界。

於是我用一把不鏽鋼餐叉殺了他，我盡力想像着，是為 Something 報了仇。

二十一、損毀

我看了一眼「禁止吸煙」的標誌。這時我卻猶豫起來。

這，不管怎麼説，正是養育我的唯一世界。我從來沒有想過，竟要破壞它的秩序。而不同於我們的、對異性有了興趣的，並且有了真名實姓的新一代，畢竟已經成長起來了。

外面的世界，真的值得一去嗎？

但 Something 的臉在鏡子上浮現了。確切來講那面孔就是一副飛行儀錶，正從自動駕駛儀的夾縫中一寸寸漏出來。

「你是誰？」Something 悲戚地詢問。

「我是誰？」我不示弱，對着鏡子裡那張血淋淋的人臉大喝一聲。他便霧靄一樣可憐地消失了。

我確定不能再耽擱了，於是哆嗦着從口袋裡掏出三樣物品。這是 Something 留給我的：香煙、打火機和瓶裝酒精。我抽出一支香煙，用打火機點燃，吸了一口，擱在死掉的尾流的頭髮裡，又在他腦袋和身上澆潑了酒精。然後，我仔細洗乾淨臉，慢慢走出衛生間，回到我的座位。

過了一會兒，警報哇哇響了，濃煙從後艙瀰漫出來。一群乘務員抱着滅火瓶噢噢叫着衝過通道。這是 7X7 創生以來，世界上的第一把火。孩子們並不顯得驚慌，只是做遊戲一般相當快意。

混亂中，我呼喚那九位乘客的座位號。他們中有五人朝我跑了過來，缺血的臉蛋上撲閃着粉白的渴盼。我帶領他們閃進一個廚房，在這裡，給他們佈置了任務。有的人，要去到客艙，找到特殊的紅色標識處，撬動緊急艙門；有的人，要潛入液壓艙，破壞對於平衡起着關鍵作用的管路；還有的人，要爬進翼部地帶，在油箱上鑿出窟窿來。

我則一人朝駕駛艙方向邁開腳步。我並不能確定自己要去幹甚麼，只是覺得彷彿應該這麼做。這時，忽然看見，一隻渾身着火的蟑螂也在往同一個方向吃力爬行。我頓然淚流滿面。

客艙中佈滿噼噼的爆破聲。火光、黑煙和碎片迸射。乘客們在不歇地驚叫。這是大家從未經歷的場面。我把哆嗦的雙手揣進褲兜，不成曲調地吹起口哨，這時我記起這首歌好像叫做《嚮往神鷹》。我一步步緊跟着勇敢而不屈的蟑螂前行。世界邊緣的蒙皮吱呀呀翻捲開來，出現了一些不曾見識過的裂口，翻鍋的星光嘩啦啦溢入。氧氣面

罩從座位上方吧嗒嗒地一個個掉下。寒風捲着煙焰嗚嗖嗖亂躥。我喘不過氣。我不知道即將要發生甚麼。

這時，7X7 開始仰俯振蕩。

二十二、決斷

是的，最為寶貴的穩定和平衡都失去了。

Something 預言的「墜落」開始發生。

在失壓、窒息和寒冷中，我對自己喊叫：「不能昏迷！」

這時，我在煙霧和氣浪中看到了國航，正影影綽綽、歪歪扭扭迎面走來，一副困惑並疲倦的神情。

「你這時還要去駕駛艙？」他像是關心地問。

「我……」

「你做了你最不該做的事情。」他悲傷地説，「作為機長，你沒有盡到保障世界安全的責任。」他無精打采地一邊説着，一邊用腳狠狠碾碎了正在努力前行的蟑螂。那東西響亮地哀鳴一聲，身體裡滋出一股濃黑的汁液。

剎那間，我感到自己的一捧混濁腦漿也被擠壓出來，就此污染了這個世界。我才一懍，好像從長夢中醒轉。是的，我究竟做了甚麼呢？這真的是我應該做的嗎？我於是產生了負罪感，並失去了向駕駛艙進近的意志。我向側旁看了一眼洶湧擴大的裂口，猶豫一下，便朝它移動過去。國航慌張地向我伸出爪子。

高度在快速下降。

決斷的時刻到了。我朝外縱身跳去。

但我沒能飛起來，而是立即下墜。我隱約覺察到，似乎還有人跟着跳了下來。是那五名乘客，還是國航？

黑暗，無際的黑暗。無依無靠的外部世界像是一個謊言。我聽見頭頂傳來滾雷般的隆隆聲音，擺脫了拘束而清晰地震響，似乎要把宇宙連根掀翻。五千個，不，一萬個，可能有十萬個 7X7 世界，正在上方列隊整齊通過。我猛一抬頭，看到了億萬閃爍的舷窗，撒開來的粒粒珍珠一樣，正耀武揚威佈滿天穹。

我不禁深深可憐起它們來。

7X7 們仍在預定的軌道上與黑暗同行，而我作為「機長」，則自甘墜落了。

這是一個從未經歷過的漫長歷程。我看到了下面的星群，也夢見了遠方的光明。

不知過了多久，忽然，身體一輕，我好像被一隻大手拎住，往上升騰而去。

二十三、着陸

我醒來時，發現自己正掛在甚麼物體上，身上還纏繞着救生衣做的降落傘。

掛着我的是一些枝條狀的綠色柔軟物，而在下方十幾米處，朦朧地鋪展着彷彿是堅硬而廣延的黃褐色實體，與習慣了的 7X7 世界的雙通道完全不同，也沒有一個接一個緊挨着的座位。

這就是我曾通過舷窗看到的棋盤或迷宮狀群星世界嗎？

但它並不是預言中的球形。

第一次，與生俱來的黑暗在飛快消逝。有一種微亮的色調在遠方輕輕浮動。記憶急速甦醒。我終於意識到那便是「天際」。我嚇了一跳。一切正是 Something 形容過的異域。

絨毛般的紫紅光線，濕漉漉透過深厚的水汽，彌散在我的周遭。的確是另外一個世界。它出奇的平穩，毫無氣流的顛簸，卻孕育着磅礴的活力。

從前向後，世界正變得越來越鮮豔，但不是 7X7 中的那種人造燈火。

—— 這便是光明吧？

一個渾身閃爍的紅色滾圓物體，從那或可稱作光明的深淵裡，搖搖擺擺跳將出來，很快就亮堂得讓我不能直視。這一剎那，我聽見時間的箭頭，日地一聲，擦過我的耳邊射走了。

我慚愧地低下頭，看到水漬一樣的光雲中，浮出了破碎的人類屍體。隨我跳下的幾名乘客，身上還綁着桔紅色的、未能打開的降落傘。

隔了一些距離，匍匐着一大堆金屬碎片，在噼啪地用力燃燒。人的斷肢殘臂四散。在一塊較大的梯形殘體上，我看到了一個「X」字母。我記起了，那是我曾經生活的世界，而 X 代表不確定 —— 確切來講，我現在才明白了，在時間的方向上，它其實代表未來。

剎那間，我的每一個細胞中都充滿了世界已被破壞的痛惜。一個尚未誕生的新世界，就這樣被我破壞掉了。

而 Something，真的存在過或將會存在着嗎？

然而，擺脫了速度與航向的束縛，而將要墜落下來的，只是這個世界。其他的千萬個世界呢？我那些仍將在黑暗中飛行着的同族呢？

二十四、波音

下一步，要去弄清楚那些個根本的問題：

—— 究竟是誰把我們放逐在黑暗中飛行？真的是我們自己嗎？而誰又是創造者波音？

我着急地要把自己解放出來。我試着從降落傘中掙脫，準備下到那堅實而廣延的黃褐色地面。

就在這時，四面八方響起了刺耳的笛聲。很快我就看到了一大群飛轉着四個圓軸轆的、蟑螂似的黑色金屬殼體，正朝我高速進近。它們停下，環着我圍成一道散兵線，金屬殼裡跳出許多頭髮金黃、皮膚錫白的人類來，哇哇説着我聽不懂的語言。

是「他們」嗎？

他們把一種金屬棍子模樣的玩意兒舉起來，對着我，瞄準。

保佑我吧，波音。

阿彌陀佛。

（寫於二〇〇五年）

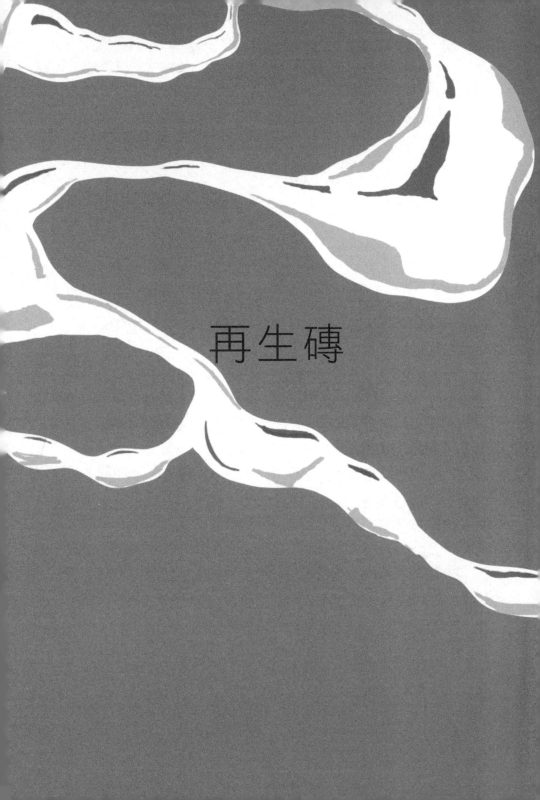

再生磚

一

　　一天，建築師來到村裡。他是一個年輕人，三十歲出頭。他帶着兩名助手，都是他的事務所的。他們在空地上搭了一個簡易帳篷住下來，然後，就急不可耐地，到處去巡看廢墟。他又到受災較輕的外圍地帶，去尋找還能製磚的作坊。他後來寫下了一系列《打磚日記》，記敍了這段經歷。從中可以看出，最初的工作，開展得並不十分順利或稱心。比如，他這麼寫道：

　　……

　　六月十三號：在作坊的席棚子裡敲定數目，說好十四號十五號做材料準備，並打幾塊樣品為準，十六號開始生產，二十六號交貨。但對方不報價，說要打一打才知道。定金沒交出去，有點懸。

六月十六號：下雨。據說淹了場地。

六月十七號：據說停電。

六月十八號：據說粉碎機機械故障。也許是想把時間壓到沒有餘地再報價吧。多了個心眼，又去接洽了一家大廠，回過頭來給作坊打電話，催報價，並提到了「那邊廠」。

……

儘管如此，建築師還是堅持了下來，給人的感覺，好像是為了甚麼不可名狀的理想，才一定要這麼做的；而那些磚，則是這理想的承載物。

實際上，從一開始，就有人說，他做的這個東西，是沒有用場的。人們不會感興趣。但建築師總是強調：「它是會有用處的。我已經看到了未來。」人們搖頭，不相信他說的。在這個年代裡，連下一分鐘會發生甚麼，都說不好。剛剛過去的那場災難即是證明。

二

六月十七日，在一個離災區比較遠的地方 —— 上海市，舉行了歐洲某藝術雙年展中國館新聞發佈會，策展人介紹了「普通建築」的策展主題和參展建築師的作品。建築師本人因為還待在災區，不能到會，於是，通過視頻介紹了他的作品。

作品被取名為《再生磚》。因為樣品還在製作中，所以，磚的模樣，就暫時先用電腦三維製圖方式畫了出來，從畫面上看，是一種空

心的四方磚，有些像普通磚，但顏色更為深黯，內部雜有紅色、黃色的不純物質，以及斷續的植物荏頭，就形狀而言，頗顯得笨拙醜陋。再生磚沒有肉感，也難見骨感，只是，它是堅硬的，隱隱具有比大地更為實在的某種結構，使人驀然驚覺，再生之魂莫不然真的就寓居於這樣一種樸素的腔體裡面？

從顯示屏上，觀眾們看到了用動畫形式表現出來的製磚過程：先是將水泥和碎磚骨料拌勻，然後，加入油菜桿纖維（大規模生產後，是用麥秸），再加水攪拌，最後使用槓桿式機械壓磚機，將砌塊壓製成「現成品」⋯⋯視頻還展示了兩塊磚的同時成型，以及已經成批壓製、乾燥中的再生磚。觀眾也看到，再生磚與粉煤灰磚的質感很不相同。就是這些磚，將要運送到萬里之外的歐洲參加高規格的藝術展覽，為建築師及他代表的國家贏得榮譽。

「再生磚是一種只要願意，人人都能動手生產的低技低價合格產品：就地取材，手工或簡易機械就能生產，免燒，快捷，便宜，環保，因地制宜，尺寸隨機，適應性強，無名有用，不受專利掣肘⋯⋯」建築師本人以影像的形態出現在屏幕上，勸誡一樣，諄諄講解了「普通建築」的含義。他是一個胖乎乎的年輕人，但並不開朗，說話時會顯出一臉苦相。在介紹中，他沒有稱他的作品為「藝術品」。

實際上，對於這項具有開創意義的工作，國內的藝術類傳媒予了較大關注，如上海的《藝術世界》月刊，在一篇文章中，是這麼說的：建築師在對自己的作品理念概述中一開始就強調：這不是一個為展覽而做的裝置，而是一個正在災區重建中積極推廣的材料生產項目。

這是甚麼意思呢？

回頭來看，這些說法並沒有傳達出它們想要表達的本意，卻反而強化了再生磚作為藝術品的特質，而不管建築師怎樣解釋；至於他本人，最終也就被當作一位藝術家來看待了（不管他同不同意）。作品在歐洲的雙年展上順利展出，獲得了空前成功。觀眾們注意到，展廳裡，除了建築師的名字和簡歷，便是關於作品本身的介紹：

作品材料：再生磚。

創作時間：二零零八年五月至六月。

磚塊尺寸：三百三十毫米長，一百七十毫米寬，一百一十毫米高。

砌築磚牆：兩米高，十五米長的展牆。

三

現在，再回到製磚的過程。上海的發佈會結束後，過了兩天，也就是六月十九號，建築師在作坊那裡，才見到報價出來了。他隨即交了定金，約定二十二號先看三百匹。但為了保險起見，他又去到了大廠接洽。大廠老闆接待熱情，溝通似乎也順利些，說樣品確定後，兩天就可以交貨。老闆提出每種樣品都以一罐料為批次，理由是為了保證配料比例準確。說得在理，建築師當場交了定金，寫下三種不同配比的清單。

建築師在這天的日記中寫道：「回來路上覺得輕鬆多了：雙保險。大家都覺得寶多半要押在這邊。結論是：社員是要比農民正規些。作

坊那邊交的錢就當學費吧，好歹也給我們提供了不少信息，教會了一套程序。」

接下來，製磚的工作，在大廠和作坊兩邊同時展開。

三天過去，作坊已經做好了幾百匹，大廠也做好了樣板。六月二十二號，到了看磚的日子，建築師猶豫着，是先去大廠，還是作坊呢？最後，他想，應該先去大廠，希望在大廠。先去大廠看樣板，如果行就訂貨。作坊那邊反正已交足了定金，通知停產也不會虧。對方可把已經打好的賣了還會有賺。但他又遲疑了：不，應該先去作坊，好歹看看貨怎麼樣，回來順路再去大廠訂貨也不遲。

到了作坊，見到磚是濕的，看不清品質，秸稈明顯少了些，不大滿意。他想，看來等一下去大廠看了後要通知作坊停產了。但到了大廠，樣品使他大吃一驚。完全和當初商定的兩樣。不但沒有三種配比，已有的兩種中哪種是甚麼配比也說不清。

建築師在記日中記錄了當時的情況：

見我們發火，一個婆娘站出來參加辯駁，她採用的是指東打西的游擊戰術，見我們的火力偏向哪邊，就在另一邊進行牽制。她完全不明白事情的由來，但目標極為清晰：說到底，樣樣都是按我們的要求做的。

又有一個「老闆」在場，原先接洽的「老闆」也變回「工頭」的模樣和語氣。好歹找出來前兩天寫的配比清單。這時候才見他蹲下身對工人講解百分比是甚麼意思。

一樣都要不得。現在只有指望作坊了。秸稈明顯少了些，打了個電話強調要按配比。打不打第二個電話再叮囑一次呢？商量一陣決定不打，再

打害怕秸稈又加多了。我的感覺是：最終是語氣在決定配比。

……

四

　　我不清楚，建築師在寫下這些文字時，是否就想到了將來有一天要用於發表，並把它們作為作品的一個有機部分。我也不知道，在最終送去發表之前，他是否對日記的內容作了某些修改，以使之與作品更加匹配。如果説再生磚就是建築師的孩子的話，那麼，日記也許同樣具有了某種再生的意味嗎？

　　能夠明顯感覺到的是，建築師的心情不是平和的，剛開始的那股子意興沖沖，在製磚的過程中逐漸消蝕了，最後變成了些許無奈。也許，這一切跟他最初的設定和想像，還是有差異的吧。本來，他或以為，災區的人們，既然遭受了那樣深重的痛苦，那麼，一定對他的蒞臨，包括對他帶來的產品，跟接受其他的無私援助一樣，充滿了渴盼和感恩。但現實一些來看，似乎不是這樣的。

　　在後來的一次研討會上，建築師談到了自己心靈的分裂：

　　「災難發生後，我一直感到一個身份認同的問題：到了災區，我覺得自己是一個志願者，而且是一個體力不佳的、有了暮氣的志願者 —— 我的腰有傷，拿輕的東西不好意思，重的東西又拿不了，很尷尬；在災區看到沒有倒塌的房子時，我尚且覺得自己是個建築師；但看到那些倒塌的房子時，我又根本不敢承認自己是建築師；另外，坐在房子裡每天都會感到搖一搖，很多東西也都摔碎了，就覺得有點疑

似災民。那麼，我到底是誰呢？是慈善家，還是藝術家？是自願者，還是災民？」

隨着製磚過程的逐步推進，這種情緒，不僅難以遣散，而且還愈發的濃重了。建築師似乎越來越為自己的身份問題而苦惱。但他仍然堅持着幹了下去，一個原因是，他已經與歐洲的策展人簽了合同了。他已經被套在一輛沒有回頭路的戰車上了。

我想談談這其中的技術性 —— 我以為，這正是再生磚的核心命題。當時，人們提出了各種各樣的房屋重建方案，但最後，經過觀望、質疑、排斥，風行的卻是再生磚，我認為，是技術性起了關鍵作用。像那些要動用大型機械和專業公司來進行建築垃圾處理的方案，都不如建築師的設想，更能在妥協中被接受。建築師的思維的方式，是工科式的，很單純，在那個時候，本來是拿不上檯面的，也不具備轟動的宣傳效應，但惟其如此，最後多方比較之下，才擊敗了那些鴻篇巨製和誇誇其談，而顯現出了它更具操作性的一面。那麼，藝術性也就是從這樣的技術性中產生的吧 —— 而不管建築師一開始怎樣宣稱，這是一樁與藝術無關的慈善性質的活動。這已由不得他了。再生磚最終被精英們界定為了一起藝術行為，這是沒有疑問的，而在建築師的潛意識裡，最終也一定是同意的吧，否則就不會把它送上歐洲的雙年展了。這裡面的矛盾是深刻的，卻在現實中被慢慢化解了。然而，就在這樣的情況下，建築師卻與當地人發生了衝突……也許，如同建築師感到自己的身份變得模糊了一樣，災民們似乎也忘記了他們的身份吧。

建築師只好對大家解釋：「總是會有用處的……」但是，它指的

是雙年展上的藝術成果呢，還是村民的居住條件可以得到改善呢？抑或是二者？但我在魅惑中覺得，似乎，又都不是建築師的真實所指。也許，從一開始，人們就誤會了建築師。

總之，數十年後，我第一次閱讀建築師寫下的日記時，心中像落滿了折斷的麥稭，深深淺淺地扎入皮肉裡，混沌而迷離，很難拔得出來，只能讓血液去慢慢融化那種無以言說的痛楚，雖然，我本人並沒有經歷過那場災難。其實，在建築師的那個年代裡，重視純技術的人應該不多，人們更加關注的是其他。但建築師為大家呈現的，首要的還是一種技術，而且是一種簡單的技術，一種低技術，正與當時的潮流相悖。這也許才是使介入災後重建的許多人大跌眼鏡的緣故吧。

五

最終得到廣泛認可的再生磚，其孕育的過程可以說並不順利。而對於建築師本人來說，也經歷了一次難產般的再生，對此他始料未及。那段時間裡，本來紅光滿面而精力充沛的他，變得憔悴了。災區條件艱苦，用水困難，建築師已長時間沒有洗澡，軀體發臭，容顏黯淡，形象日益消瘦，乍看並不似個男人，而好像一位貧瘠操勞、因過度生育而虛弱了的村婦。有一天夜裡，參與製磚的村民到帳篷去探望他，見到建築師一身素衣，垂手站立，腳前放有一台簡易型的滾筒式分離機，還在嗡嗡作響。他的面色像錫紙一般慘白，彷彿鬼魂一樣，任憑黃澄澄的月光把帳篷照得透亮。建築師好像正在苦苦思考，如何才能令自己變成一塊磚，而這塊磚是要立即開始無性繁殖的，迅速地

堆砌出大量的房屋，讓災後幸存下來的所有生物都住進去 —— 這就是唯一的目的，就像書法家要在宣紙上落上最後一筆那樣。這樣的藝術無疑是特別的，是他從未嘗試過的。建築師深深沉浸在自己的玄想中，定定地看着面前的機械，好像那是他的另一個身子。他因此並沒有覺察到村民們的到來，而他們其實才是建築師作品中的真實主體。所以說，這裡面充斥了多少的矛盾啊。終於，建築師的臉上露出了臨盆一般的淺灰色癡笑，嘴中微微發出了沼澤似的斷續呻吟。而他和村民們的身後，帳篷之外，就是黑壓壓的、雖經重創卻依然豐腴飽滿的大地，傲慢地清醒着，大大咧咧地覆壓在亡靈們的身上，看笑話似地看着他們這活着的一群。人們都不敢吱聲。這是災區最神秘壓抑的時刻。沒有到過災區的人，又怎麼能感受到這種氣氛呢？

　　不管怎樣，歷盡坎坷，建築師的寶貝孩子終於誕生了。而我也終於發現，從建築學的角度看，如大家後來普遍認同的那樣，其實，作品只有一個關鍵詞，那就是「簡單」。

　　—— 簡單，這便是一切藝術目標中要追求的極致，雖然，它注定要經歷一個十月懷胎乃至剖腹生產的過程。搭乘着「簡單」這列快車，作品最終遠離了災區，首先是在另一時空，在遙遠的歐洲，在由西方人按他們的規則搭建的超級平台上，獲取了它的預期或者並未預期的效果，並看似把其餘的都抽空了、抹除了、排斥了、忘卻了……從展廳中無分別的、安安靜靜的一塊塊再生磚上，從它們壘積起的那堵符合美學標準的牆面上，觀眾無法看到建築師經歷的磨難，也不能確證他本人的再生過程，更體會不到那些曾經使無數人驚恐嚚叫、悲痛欲絕、夜不成眠、淚已流乾的東西。這便是再生磚要表達的慈善或

藝術願望麼？好像有一種令人絕望的過期作廢感。連花了歐元前去參展的建築師本人，也驚懼地心忖，這竟然是真的麼？他到底是從一個甚麼地方來的呢？他是代表誰來的呢？他本人是誰呢？在磚牆的遮掩下，遼闊的災區彷彿成了一個薄弱遠逝的背景。這並非是漢畫像磚，因此從它的上面看不到士兵的奔跑；沒有了裹裝學生屍體的一排排藍色塑膠袋，以及家長們響徹雲霄、撕心裂肺的呼號；不見了無家可歸的狗兒，它們拖着殘腿，仍在廢墟前等待主人歸來；也看不到死去的母親，身下仍護佑着活着的孩子，而孩子正死死咬住她裸露的蒼白乳房，吮吸着仍在滲出的奶水；把學生拋下、率先逃出教室的教師，也早跑得無影無蹤了；沒有見到墜毀在密林深處的救援直升機，軍人堅硬的屍體在淫雨中腐爛，露出了不屈的錚錚白骨……總之，這一切曾令人銘心刻骨、魂飛魄散、淚如泉湧的景像，在這展覽的現場，好像都不再那麼可靠了。在作為展品的再生磚那靜婉安詳、千年古鏡般的映照下，一切彷彿心平氣和了下來，只見穿着名牌服裝的俊男靚女們，黃髮白膚，高鼻深目，邁着鸛腿，禮貌而沉穩地踱過，露出好奇的目光，就像首次看到長城、京劇或青花瓷一樣，在那一模一樣的、無差別的，卻與他們的文化和生活具有巨大疏離感的磚頭前紛紛歎服。是的，它們的確成為了雙年展上最具魅力的東方藝術品，而它們的製作初衷和源流，卻被淡忘了。

　　建築師這才如夢初醒，他有些着急並焦慮了，只好適時提醒觀眾：對於遠在展會萬里之外的人們來說，當務之急，是要有實用性的房子住。他說，這種事情，本是人類與這星球簽訂的契約中的一條，從幾百萬年前起就執行着了，看看龍骨山，看看山頂洞，再看看半坡

村和河姆渡吧！而那是一片充滿災難的土地啊，藝術只是一種奢侈。

六

不管怎樣，以一種特殊方式來到這世上的再生磚，終於獲得了廣泛的、一致的好評。這種情況，在建築師的那個時代，其實已經很少見到了。因為只要是先鋒的藝術，只要它有些離經叛道，裝置也好，行為也好，攝影也好，建築也好，一旦出現在國內公眾的視野中，都會引發很大的爭議。然而，對於再生磚的成功，卻少有異議。因為它是在那麼一個特定的背景下產生的嗎？人們說：

真是非常讓人敬佩。

很好的計劃，很踏實的行動。

工藝、原料、生態、社會、經濟的整體關注和綜合解決。

對比起來一些理論就顯出些蒼白了。

作為建築師，對社會經濟現實和生態環境的關注，正是建築學的題中之意。

低技術是一種面對現實的策略。

是否，

正是因為關切了實實在在的現實，

由於現實的具體和不可複製，

所以，

作為產品的再生磚也難於在他處複製。

再生磚讓人想起萊特的砌塊。

因其獨特性所引發的和這種獨特性的適應的可能，

需要持續的長久的關注！

……

　　總之，當時的人們就是這樣激動地表述着對再生磚及建築師的看法，但實際上，藝術與應用的關係，卻更加的糾纏不清了。而查找這些昔日的資料，很耗費我的時間和精力。建築師所處的那個時代，大量的信息通過很虛幻的一種叫做互聯網的渠道來傳播，其真實性難以甄別。而傳播即意味消亡，沉入了空泛而無邊際的大海，失去了最初想要表達的意義。就像那場災難一樣，再強烈的震動，也終要歸於靜止。但我為甚麼如此執着呢？後來思忖，我也有可能是被那個詞語——「不可複製性」——吸引住了吧。就算對於人類這個物種而言，傳統的看法是，存在，就僅僅存在一次，然後便永不再來了。恐龍是這樣的，渡渡鳥是這樣的，峇里虎也是這樣的。根據目前掌握的情況，就在我們這個宇宙中，並沒有在第二個地方，第二個時間，出現過恐龍、渡渡鳥或峇里虎。擁有三百萬年歷史的人類亦如此。所謂轉世甚麼的，那也只是一種自慰的說法。如果你不再能記得前生的那個自己，那麼，便只是徒勞地再做一個徹底的新人，生命仍然是獨一無二。然而，如今，以災難之磚為媒介的人工方式的再生，卻試圖使存在成為可以無數次循環的格局，把由生到死、由死到生、生死相續的程序一氣呵成，打破了自然界的成規。還能說這僅是應用，而不是藝術嗎？

我也注意到了製磚過程中的一些細節，比如「防疫噴灑」，這是其他類型的工業活動並不必需的。然而在往歐洲送展時，不知出於甚麼考慮，即便在建築師的《打磚日記》中，也沒有予以提及，像是一個故意的疏忽。在生產鏈中，這雖然僅是一個極短的片斷，卻是製造再生磚不可缺少的環節，是真正的第一步。也許，下意識地，建築師並不願意自己的生動的藝術形象（我認為這才是他骨子裡真正要追求的），與帶有恐怖意味的防疫專家產生某種聯繫吧？所謂的防疫噴灑，即用百分之零點二的過氧乙酸或用二兩（一百克）漂白粉加入五十斤水而配成溶液，利用人工或機器，對準廢墟，進行噴灑濕潤，基本作用是消毒。那個時候，已經無法將埋葬在廢墟中的屍體完全清理出來了。這也是沒有辦法的辦法。我手中有一張關於噴灑的照片：十幾名清麗苗條、不辨男女的工作人員，穿着長至腳踝的白色防疫服，頭戴僅露雙眼的灰色面罩，背着黑沉沉的金屬罐子，站在褐色的瓦礫堆上，手如樹，足如船，體如椽，構成了向外發散的標準分形圖，如完全不像人類的外星人般，從身軀四周茂盛地蒸逸出一片片的漠漠白霧，好像是肉體中彌射出了能使生命復甦的芬芳。有人甚至說看見了，經過這一番噴灑，廢墟上立時盛開出了朵朵花蕾，淋漓盡致，鮮豔欲滴。但鮮花本身，卻又是並不能成為建築材料的。真正起作用的，是更為質樸的麥秸啊。

　　但是能不能說，噴灑同樣是很技術性的 —— 因此也藝術了起來呢？它不一樣也簡單而實用嗎？這一切時過境遷，如今僅能是猜測了……令我好奇卻不知究竟的還有，噴灑者在工作時，究竟懷有一種甚麼心情，他們的頭腦會像建築師那樣分裂嗎？從外觀上看，他

們好像是在靜篤地舞蹈呀，絲路花雨一般，完成着配合再生的巫覡般儀式。

不管怎樣，當噴灑開始時，有一些村民遲疑着聚攏來圍觀了。他們的神情，我則不好形容。

而從建築師的角度來看，之所以需要噴灑，是因為再生磚擁有的一個鐵定現實──它本是三種東西的混和：屍體、廢墟和麥秸。但在歐洲的藝術雙年展上，能被直觀目擊的僅有兩個部分，分別是來自災區的瓦礫和麥秸，被作為原始材料，整整齊齊地盛放在兩個長方形的石盒中，擱置於業已成型的光潔磚牆之下，供流連忘返的參觀者覽閱。這時，它們顯得像是取自世界上隨便一塊土地，而並不必然與災區發生聯想，自然誰也不會想到包含在裡面的屍體成份了。同樣，在被運送到歐洲來之前，這些物件已然經過了嚴格消毒這樣的一道微妙手續，也就沒有對觀眾們披露，好像是怕驚嚇了他們，而破壞了預設的審美感受吧。

──那麼，是不是正由於作品在國際展覽上獲得的空前成功，到後來才吸引了更多的建築師和規劃師，還有投資者、材料商、開發商等等，蜂擁來到災區，參加了這項始終都被稱為「救援」的工作呢？但這些人也是渴望着實現自己那頗具形式感而藝術化的再生嗎？尤其是，次年，金融危機爆發後，來的人就更多了，把大部分廢墟都快踩平了。他們蒞臨時，通常都有當地領導陪同。這些官員也十分熱情，好像在迎接天上掉下來的餡餅。

「小型的半手工機械充分利用了原有遍佈鄉村的手工業資源，適應性強，使用簡單方便，無需長期培訓即可投入生產，利於遍地開

花，利於災區群眾的自救自建生產。」在地方政府的盛情邀請之下，建築師本人也多次故地重返，對製磚提出了這樣的看法，似乎在堅定地駁斥一種廣為傳播的言說：再生磚之大行其道，是因為參加了歐洲的藝術展的緣故，牆外開花牆內香，出口轉內銷，才被推崇和推廣了。

　　而這時，他確已獲得了多項國內外大獎。在南方某媒體頒發的「建築傳媒獎」的入圍理由中，評獎委員會倒真的是把他的行為列入了「社會責任感」的範疇。然而，建築師並沒有去領獎。

　　我看到了流傳下來的照片，其中一幅，是記者用廣角鏡頭拍攝的製磚場面。在蒼白群山間的一塊空敞平壩上，以黑漆漆的遼闊廢墟為背景，大概有兩千多名農民，身穿組織者發放的大紅色圓領汗衫，背上印有「再生磚」的黃色中英文字樣，每人面前放有一台銀色的手動式破碎機，隨着建築師的號令，整齊地擺舞手臂，拉動槓桿，揮汗如雨，做着節奏分明的運動，好像是十八世紀工業革命初期的情形。陽光像無數的藍蜻蜓一樣撲下來，嘩嘩作響，而沉寂的大地重新沸騰了，迸發出人們永不能忘的、驚悚無比的劇烈震動。

　　——雖然，是村委會組織的、並被描述為「專群結合」的活動，卻至少在形式上體現了一種廣泛的參與性，好像都來支持建築師發起的一場兼具實質與形式的革命了。

　　「真像是奧運會開幕式的表演呀。」一位初次見到這張照片的讀者失聲叫出。這個讀者就是鄙人，在那場災難過去幾年後，才出生在這個世界上的。

　　我注意到，現場的製磚者中，有三分之二是女性。她們伸展着綿

軟的、金色的身體，像一群群的合歡樹，在藝術體操一樣的運動中，呈現出一種半昏迷般的亢奮狀態，又彷彿是被送上了產床。

照片的尺寸有限，上面的人物實在太渺小了。但通過放大鏡看到，站在農民前方的如同交響樂指揮般仰俯不停的建築師，雖然興奮不已，神情中卻透出了淡淡的憂鬱，卻並沒有即將為人父般的喜悅。

當地政府則頗為感激，頒予他榮譽稱號。的確，沒有再生磚，成千上萬失去住房的人們，要那麼快地搬進新居，簡直是不可能的。而再生磚像神跡一樣，打破了這種不可能性，也擊潰了人們思維裡的固定程式。比如，那時並沒有任何法律規定甚麼叫「重建規劃」。對於專業的規劃師來說，不知道這個規劃是出到框架呢還是出到道路？是出到房子呢還是出到施工圖？這一切都不知道。你要說三個月能不能完成？但有了再生磚，這一切似乎忽然不成為問題了。另外，再生磚作為新型輕質建渣秸稈空心磚，在國家標準中沒有對應類型。但正因為這是上上下下都稱譽的再生磚，所以，就可以不受約束，採用混凝土空心磚標準進行檢測就行了。一切均予以簡化。而檢測結果竟是，抗壓強度已達到合格標準，可以滿足圍護填充牆強度要求。所以，在質量方面，很順利就通過了。可以說，政府在這項活動中，起到了關鍵作用。恢復重建工作就立即展開了，並迅速地寫成了總結材料上報，然後又得到了進一步的推廣。

建築師終於沉浸在了一種燦爛的感懷中。雖然家園已經破損，但由於再生磚的緣故，殘磚碎瓦仍然飽含了原住民們曾經寄託的情感。它既是廢棄材料在物質方面的「再生」，又是災後重建在精神和情感方面的「再生」。建築師在各種場合述說他的感觸時，柔美地微微閉

着眼，輕輕地擺動腰肢，像教堂裡的牧師一樣，給人以一種春風撲面的溫暖，其間又有荷葉水塘般的情調在泛動，但那都是不太可捉摸的，與現實中的色彩和溫度相較，更具有西方中世紀版畫的氣質。這是我作為後來人的直感，或許這裡面有代溝。但試圖反駁、反擊或反叛建築師，在當時就根本不具有任何的可能性。那個時候，他具有了蓋婭之神的風範，已然君臨一切。

真正的大規模生產，是在次年的五月麥收時節，大量的麥秸等待處理利用。此時，廢墟仍未被徹底清除，或者説，更多是被有意識地保留了下來，向各地來的好奇的訪問者展出。建築師在弟子們的簇擁下，站在瓦礫山頂往下看，只見麥秸形成了金黃色的海洋，橫無際涯。只有它們，好像從不曾受到災難的影響，似乎像女人一樣在淡淡地歡笑，風兒一來就互相倒入懷中，嘰嘰喳喳地嬉耍着擁抱。它們已經看到了自己被收集起來的命運，於是快快樂樂地集合起來，而不再被低賤地焚燒掉，變成青煙，彌散在天際，最後甚麼也不存在了。如今，它們嚮往着身體被切割得整整齊齊的，成為著名的再生磚的材料，成為物質中最具價值的固體成份，繼續附着於那令人目眩而無以形容的、也好像是具有了藝術氣質的土地，並一隊隊地向世界的大舞台進發。一場全新的、氣韻生動的循環就此開始了，並且似乎已與永恆的目標接近了。甚麼？永恆？是的。奇跡正在發生。這好像便是建築師的承諾。那麼，這整個災區，也因此而再生了麼？在這麼短暫的時間裡，實在是非同尋常！就像是軀幹被外力切除了一部分的蜥蜴，完全利用自己內蓄的殘存血肉，在遠古傳承的基因的神秘作用下，急迫地催生出了新的器官身體。

真是太快了。

但它能持久嗎？

環境已經變了。

也許⋯⋯

七

　　這裡面有一個女人，她是應召打磚的最早一批村民之一，不知道是否可算作建築師所稱的「婆娘」一類，在災難中，她的住房坍塌了，三十八歲的她失去了丈夫和孩子。她徹底沒有了寄託，甚至起了輕生的念頭。是啊，丈夫和孩子都走了，她還活着幹甚麼呢？她愛他們。與丈夫在一起生活，已有十三年了，雖然日子過得緊緊巴巴的，卻一直恩恩愛愛，不棄不離。孩子是獨生子，在縣城上初中，成績很好，也十分懂事，頭天還打電話回來，祝了她母親節快樂。一瞬間，都沒有了⋯⋯這樣苦苦思念，誰知她心中悲切？一天，女人用一根麻繩，把自己吊掛在了村頭的大樹上。但是，她沒有死成，被碰巧經過這裡、趕往作坊催磚的建築師發現，救了下來。她從樹上被放到地上，癡呆地癱坐在廢墟上，看着建築師幽靈一般的淡綠色身影飄過，好像這是一個從天上下凡來的神靈，她弄不明白這究竟是怎麼一回事，張大嘴巴，久久不能站起來。這天晚上，她做了一個夢，看到了在通往陰間的一條小路上，丈夫和孩子滿身灰土和鮮血，正在吃力地攙扶着前行。但他們走着走着就走不動了，原來，兩人都背了很大幾簍磚，把殘破的身子都壓彎了。她吃了一驚，可憐地輕聲說：「你們

走不動，就莫要走了，歇下來喝口水吧。」

　　這是災難那一年夏天的事情。村委會已在發動人們打磚了。但最初時，並沒有多少人自願參與。人們甚麼也不想做。他們對未來不再抱有希望。他們從早上起，就看着自家小孩的照片發呆，不吃不喝，直到晚上。他們每天到色彩繽紛的廢墟上去，在那裡癡癡地覓找、守望，人們問這是要做甚麼，他們便回答說，是試圖把迷路的親人接回來。因此，建築師那些示範性的樣板作品，無論怎麼的具有藝術性，無論獲過甚麼樣的大獎，無論去了世界上哪一個大洲展出並引起了怎樣的國際轟動，都是與他們無關的。他們中的一些人，只是在村委會主任的勸說甚至強迫下，被動地參與了打磚。說到主任本人，在災難中，他也有六位親人被埋了進去，但他沒有首先去救自己的家人，而是立即組織幸存的村民展開救援，搶救出了不少的生命，但他的親人卻一個都沒有挖出來。一俟災情過去，他擦乾了眼淚，就又帶領村民們迅速投入了生產重建，他要求大家響應自力更生的號召，在全國各地的支援下，鼓舞精神，走出陰影，行動起來，再造一個美好家園。打磚啊，打磚啊，主任率先垂範。然而，儘管如此，人們一時間裡也不能聚集起熱情和信心，因此，經常生產出不合格的再生磚，甚至廢品。建築師對此很是惱火，因為這增加了成本，延誤了進度，最終吃虧的還是災民，這樣怎能令廢墟再生呢？他在國外雙年展上作出的承諾又怎能兌現呢？全國的建築師和藝術家，乃至整個國際社會，都在觀望他的工作進展，其中不乏等着看他笑話的人，他不拿出成果，又怎麼交代得過去呢？他肩上的責任太大了。在建築師近乎苛刻的律令下，一些村民堅持了下來，另一些則忍受不了，退出了打磚。那位女

人是留下來的之一。因為，她逐漸發現，那樣一種機械往復的動作，可以幫助她暫時忘卻失去的親人。

　　女人後來告訴我，其時，災民最需要的，其實並不是住房。我理解她説的是甚麼。因為後來我也失去了自己的至愛，餘生如行屍走肉般活着。這年冬天，女人住進了經由自己之手打造出來的新磚房，僅僅因為她以一副血肉之軀，無法待在單薄的帳篷裡抵禦嚴寒。億萬年來積聚在她身體裡的生物本能，仍在發揮作用。這或就是理查德・道金斯所説的「自私的基因」產生的支配性吧。換句話説，「活下去」的願望，慢慢地又回到了她的心中。她甚至害羞地寫信給一位曾經採訪過她的北京來的女記者，問她能不能捐一些棉衣或被子來，因為她有了新房可以住了，只是太冷了。但她並沒有想到應該感激建築師——雖然，是他挽救了她的生命，還教會了她建設如此新潮時尚（如果可以這麼説的話）、連外國人都嘖嘖稱讚的房屋。她只是稍微把房間佈置了一下，把從廢墟中撿回的丈夫和孩子的照片掛在牆上。她坐守在空空的磚房裡面，感覺上有點兒不習慣。未來似乎仍然比較模糊。

　　但就在這天晚上，她聽到了兩個人的聲音，從磚縫裡面，流淌出來。她爬起來，哆嗦着數着一塊塊的磚去看。她並不覺得恐懼，而是既驚且喜地意識到，用再生磚搭建的房子，並不僅僅是給她一個人住的。

八

　　第二年，更多的人住進了再生磚房。而女人也有了自己的磚廠，

小具規模，有些收入了。她與一個中年男人合夥來做這事。他以前是村裡做建材小生意的，也在災難中失去了家庭和親人。他們又雇了兩個夥計。每天，他們按照建築師教授的辦法，不歇氣地製作再生磚。母親穿着短衫，赤着結實的胳膊，操縱機器，揮汗如雨，曬得黝黑黝黑的。附近需要蓋房子的人們，都來買他們的磚。他們忙個不停，顧不上其他了。日子好像又回到了災前。

「磚咋個賣？」一個鄰村的村民指着碼得整整齊齊的再生磚，問道。「三角三一匹。」女人嫻熟地回答。村民順手拿起一塊磚頭問：「咋個是黑的喃？」「這個東西是用垮塌房屋的廢料做出來的。」「結不結實喲？」「絕對沒得問題，這是用科學技術打的。」末了，她又篤定地加上一句：「放心啊，還經過徹底消毒呢。」

看到他們的生意興隆，那些早先沒有參與製磚的村民，才感到了後悔，於是也紛紛設立了自己的磚廠，或至少是打磚的家庭作坊。

不久，女人跟那個與她一塊製磚的男人結了婚，一年後又生了孩子。那便是我。跟再生磚一樣，我的出生據說也是一個艱難的過程。分娩是在家中進行的，整整一夜，母親都在慘烈地嚎叫，像要把甚麼呼喚回來，也像在痛苦地懺悔，而家中的牆上則爆發出宏大水流般的奇異聲音，彷彿要把甚麼撕裂，裡面有怪物就要衝出來，父親在一旁手足無措，臉色蒼白，不停地念叨着菩薩保佑。這一幕便是我出生時記得的唯一情形。後來，我就在磚牆的異樣的聲音中成長，慢慢地熟悉起了它們。這不是母親的乳汁，卻以另一種方式滋哺着我，那居住在再生磚中的亡人，以一種彷彿灰色的神情看着我一天天長大，成為這個家庭的新成員。這最初使我懼怕。還是個嬰孩的時候，只要一個

人睡在搖籃裡，我就覺得牆壁上有手要伸出來，扼住我的喉嚨。我終日大哭，一刻也歇不下來，不吃不喝，醫生也看不好。後來有一天，父母便商議，請和尚來做法事，超度亡靈。這是災後他們第一次有這樣的想法。他們為此而惴惴不安，卻又懷着期盼。

「不要怪我們喲，是想留你們下來的，但現在不一樣了。我住進了新屋子，也有了新的家。為了孩子，我只得這麼做，請你們原諒吧。我會把你們永遠放在心裡。你們在天堂那邊要好好的過啊。」女人走到黑沉沉的牆前，對準它說。然後，把掛在牆上的前夫與孩子的遺照取了下來，用布包好，收進櫃子。那牆這時陷入沉默，就像成了一個真正的死人。

和尚來了。他的寺廟就在村子附近，災難時也倒塌了，住持和其他僧人都壓死了，他當時去外省雲遊了，活了下來。災難發生後的那一年裡，他的生意都特別好，經他超度的亡魂不知有多少，他恐怕今後幾輩子都超度不了那麼多，要請到他很不容易，不光是花幾個銀子的問題。我們家輾轉託了好些關係，才把他請了來。和尚是一個很有修行、很有學問的中年男人，他是帶着從災民中新招募的助手來的。他像送貨上門的冰箱安裝員，念產品說明書一樣，慢慢吞吞地對我的父母說，佛經上認為，人死後，就進入了中陰之旅，要經過七七四十九天，才能獲得新的生命。然而，由於某些原因，對於一些死者來說，這趟旅行進行不下去了，不僅四十九天走不過去，而且四百九十天、四千九百天……永遠也走不過去，像腸阻塞一樣，中陰輪迴被無限期地拖延了。不幸啊，這場災難之後，很多家庭就是這種情況。幸虧把我請來了……我後來想，和尚其實會不會是在暗示，這

都是因為建築師的緣故麼？死者被磚牆所拘，還停滯在這個世界上，無法轉世投生。本來是再生磚，為活人製造了新生活，卻屏蔽了死者的再生之路，這竟是多大的人生矛盾呢？於是，只有靠和尚的法事能解除掉這樣的羈繫。然而，我知道的是，實際上，直到最後一刻，父母仍然猶豫着，這樣做，到底好還是不好呢？我躺在搖籃裡看到，他們就像做錯了事的小孩子那樣，紅着臉，低着頭，在和尚面前，一句話也不敢説。

——但是，和尚失敗了。法事做到一半，磚縫裡就擠出了蠻牛吼叫似的怪聲，又如崩響了一串雷霆，頓然壓倒了和尚的誦經聲和木魚聲，房屋好像搖晃了起來，並往下掉落磚屑和塵土。和尚臉色驟變，大叫一聲「又來了」，便踩踏着自己的僧袍，帶着他的助手，抱頭落荒而逃了。我們一家人則沒有動彈，父母都靜靜地站在原地，彷彿想着甚麼心事。

做法事的那會兒，我還是一個幼童，睜眼躺在搖籃裡，直視着虛無的上方。再生磚天羅地網一般，把我團團包圍，甚至父母都從我視野中隱遁了。而這廣大的世界上，空氣中只有一個蜘蛛，在無知無畏地遊蕩，我只覺得牠的眼睛好大好大，惟有牠可以與我無聲對話。那麼，和尚的法事，於我而言當然亦是一次洗禮，我覺得它具有真實感，卻為宗教在最後一刻的臨陣脱逃而感到淒涼寡味——很奇怪那時我就有了這樣的意識。我早早就知道，自己與一些不能夠明白的事物，注定要畢生相伴。一種與前輩們不同的新生活就要開始了，但我準備好了嗎？事實上，從和尚跑出房子的那一刻起，我就不再哭泣了，並有了吃東西的強烈慾望，心裡闖入了一種迅速成熟起來的感

覺。母親見我這樣，就走過來把我抱在懷中，抒開衣襟，開始給我哺乳。這時我十分緊張，害怕女人的眼淚要掉下來，這會令我尷尬，但她卻表情堅毅而沉詳。那天晚上，我看到，父親睡着後，母親悄悄地下床，打開櫃子，捧出前夫和我哥哥的照片，看了又看。她又走到磚牆前，跪在地上，不停地叩起頭來。牆上又一次傳出了聲音，這回是輕柔的，如訴如泣，與白日的嘷叫竟有了不同。

　　從此，我習慣了與再生磚的共處，而不再相信舊式的輪迴理論。

　　後來我想，是不是可以這樣說：藝術能顛覆一切呢？

　　但並不僅僅是藝術。長大後，我接觸到關於異聲的所謂科學解釋。比如，美國學者埃·帕里什認為，幻像及異聲，這可能起始於有某人思索着、關心失去的親人朋友，於是看見、聽見了，他並欲同其他人分享此情此景。

　　另一種說法是，這也可能是集體暗示的作用。在人群中，往往每個人均有失去獨立性的感覺，遂出現模仿反應，產生一種獨特的相互感染，在這種相互感染下建立了共同的情緒，看到、聽到了同一樣東西。尤其在災區，千萬人的心靈遭受了重創，他們很容易發生這樣的反應。

　　如果說以上還屬於傳統的心理學領域的話，超心理學則認為，怪聲甚麼的，可能是幸存下來的人們，用他們自己的心理能量創造的。說深了，這就涉及意識與物質的複雜關係。

　　也有從聲學現象方面來加以解釋的。災難爆發時，產生了巨大能量。災區的電磁環境發生了變異。地殼和大氣都不同以往了。這使得廢墟中的普通磚瓦，具有了錄音功能。人類離開前的最後聲音被刻錄

在了磚瓦上。這樣製作出來的再生磚，就成了一個諧振體，在特殊的情況下，能夠把親人的聲音播放出來。

　　但這些都沒有解決我思想深處的疑問。我僅僅是因此而飛快地長大成人了。在災區出生的孩子，尤其是出生在再生磚房屋裡的孩子，都比較早熟。

九

　　多年後，當再生磚在全國流行，甚至大學建築系也開設了再生磚學時，我卻出人意料地沒有選修這門炙手可熱的學科。我似乎刻意地迴避着它。但我在專業之外，仍保持了對它的關注——或者說一種警覺。同班的一位女同學則對此深深着迷。她是城裡人。她知道我是災區來的孩子，時常來找我一起討論再生磚及其相關問題。

　　「在你們那兒，是否每座新房子裡，都有那樣的聲音呢？」

　　「只要是再生磚砌的，沒有疑問，磚縫間就會像泉水一樣汩汩流淌出死去的親人們的聲音。」

　　「真美啊。我的感覺是，人完全地融入了自然，而自然也與人合為一體了。」

　　「但你不認為，二者是懷着彼此仇恨的心態，而勉強結合在一起的嗎？」

　　「這難道能說是勉強嗎？」

　　「以一種自己也無法控制的方式，被動地捆綁在一起了，就像明明知道是毒藥，也不得不喝下它。人生大抵不過如此吧。」

「但這的確是藝術，或者說是超藝術⋯⋯那不也是毒藥麼？將生與死凝固在一塊兒。這太令人羨慕了。」

「藝術？嗬嗬，你沒有親身經歷過那場災難⋯⋯」我的心臟至此已砰砰地快要跳出狹窄的胸腔。父母傳下的血液在我的身體中激蕩。我這時想的是把這女孩剝光了，再在一堆再生磚上狠狠幹了她。

「不管怎麼說，好像是原始而精緻的手工作業，才能製造出這樣的效果吧？真是神奇而偉大呀。」

「哼，恐怕，也與我們實際上都住在廢墟上面有關吧。」

上大學那會兒，我的習慣，是每天清晨，僅穿內衣，一個人爬上教學樓的樓頂，面朝西方眺望。城市裡濃重的污染使我看不太遠，眼界中只是一堆堆灰色紙片般的樓房，沉滯得無法像鴿子那樣飛翔起來。它們目前並不是廢墟，卻分明有着廢墟的內在邏輯。而且，在再生磚學裡，本來，一切事物都是當作廢墟來預設研究的。這樣一種思維方式，似乎更加接近於世界的本質。這種時候，我往往便會看見那位女同學，她僅穿短褲乳罩，露出肚臍，在操場上一圈圈跑步，矯健而苗條的身軀，汗津津的，混和着烏濁的太陽而微微燃燒，好像一隻滿懷憧憬的鳳凰。

　　——是啊，真美呀，多讓人羨慕哪。但這只是平凡一天的開始。一天又一天，我們的生命不知還要持續多久。我不禁想到了她的出生，以及嬰兒時的她。她的父母是誰？她住在甚麼樣的房屋裡面？是甚麼樣的聲音伴隨了她的成長呢？

而她已經向我示愛了。

對此我承受不了。

但究竟甚麼是再生磚呢？圍繞這個，學術界製造出了大量的、常常是彼此衝突的定義。在再生磚學中，許多論文都是以如何定義再生磚為命題的。人們陷入了概念和意氣之爭，師生之間、同學之間、朋友之間並為此反目為仇。

　　為了解決這些令人頭疼的問題，再生磚學因此發展成為了一門綜合性學科，而不僅僅圍於建築學的範疇。它吸收了物理學、化學、生物學等學科的最新研究成果。再生磚被理解為一種物質綜合器，一種基於激波能量的螺旋，甚至是玻色 —— 愛因斯坦聚集的一種副效應。也有人試圖證明它與高維空間有關，是時空漏斗的正向開放。還有人指出，再生磚重組了電磁場與引力場，改變了物理世界的某些性質，並使其重新幾何化。這產生了不同尋常的結果及效應，使我們能夠聽到逝去親人的聲音。

　　但為甚麼偏偏是再生磚呢？本來，它就是一種低技術的東西。也許，對於技術本身，也需要重新認識吧。我們是怎麼理解「高」及「低」的概念的呢？這與借屍還魂，或者外部神秘力量的干預，以及宇宙中的超智慧生物，甚至上帝，都不一定有着直接關係。再生磚所代表的，是一種深奧得多的東西，將全面修訂我們關於世界的科學、哲學及神學。

十

　　而在災區，在市場這隻看不見的手的推動下，再生磚產業已經發展到了一個十分可觀的地步。新型磚廠早已不再是勞動密集型企業

了，七個工人通過電腦控制，一天就可以輕鬆地生產四萬匹。這也是母親磚廠後來達到的規模。

政府也介入了再生磚的生產，把看得見的手伸了進來。新聞媒體是這樣報道的：

在震耳欲聾的轟鳴聲中，堆積如山的建築垃圾被幾個挺着「大肚子」的機器吞噬壓碎，再通過傳送帶運到另一台機器上整壓成型，符合質量要求的一塊塊標磚就誕生了——這是記者在本市的再生磚項目生產線現場看到的。該生產線全部由政府投資，目前已經實現了批量生產。

據介紹，建築廢渣生產線佔地二百零四畝，設備投入四百一十五萬元。生產線可生產標磚、砌塊等牆體材料和路緣石、彩色地面磚等多種用磚。該生產線年處理廢渣四十萬噸，年產標磚約五千萬匹，可建設磚混結構房屋約十五萬平方米或框架結構房屋約五十萬平方米。

據市建委有關負責人介紹，這項工作對建築廢渣處理社會化投資的方式以及建築廢渣的環保利用技術作出了有益嘗試，為下一步有序、科學地展開全市災區建築廢渣社會化處理打下了堅實基礎，是災後重建工作的重要組成部分，對保護我市環境資源起到了積極作用，具有十分重要的社會效益。

——諸如此類的報道揭示出，再生磚的生產，不僅僅超出了手工作業，進入了工業化大生產的階段，而且，它已具有更加複雜而深刻的政治經濟學意義了，進而愈發地輝耀着東方文明的獨特魅力。只是，人們已經很少提起它原初的來歷，以及它曾是在西方世界某個藝術展覽上大獲成功的作品。偶爾，有人不經意說到這個話題，別人也

都會自覺地避開它，臉上透露出無趣的神情。

十一

　　不斷有一些人來到災區，指定要買磚帶走。他們比較特別，不要機器流水線上生產的，而是要村民手工打製的。這是為甚麼呢？

　　他們是災難旅遊者 —— 為了拉動地方經濟發展，災區已被改建為了旅遊區，建立了遺址公園。這裡變得十分熱鬧了。新建的柏油路上，穿梭不停的，是開摩的接遊客的，而沿路都是農家樂，顧客盈門，六十元一斤的野生魚供不應求……除了走走看看，遊客們總是想要帶一些紀念品回去。再生磚的確是最為引人注目的特色產品。針對遊客們的需求，製磚者重新將磚頭作了個性化的處理，把它們小型化、纖巧化，以便於攜帶，也做成了不同的幾何形狀，有的像鎖，有的像船，有的像動物，還在上面描上圖案，竹子呀，熊貓呀，山水呀，美女呀，這些在真正的藝術家（比如建築師）看來俗不可耐的事物，如今竟然也令磚頭大增其輝。所以說，所謂的藝術，就是以這樣的方式，重新回來了。因此，生產旅遊紀念品，也成了再生磚產業鏈走向大繁榮的一部分。母親的磚廠的主體業務已然是這樣的了，她的員工們每天開着汽車，忙碌着往景區的攤點供貨。母親眼看着磚塊一車車遠去，臉上飄蕩出少女般的光熠。這着實讓人驚異。在災後很長一段時間裡，她都是面無血色的，憔悴蒼老，像個死人。

　　另外一些人的身份則比較特別，他們購買再生磚的意圖也不太一樣。比如，對於再生磚學的專家來說，他們把磚帶回去，是要在實驗

室中做研究。還有當年參加救災的志願者，在這裡灑過血和淚，他們買下再生磚，則是為了溫故。但還有一些人，來歷和用意均不明確。

有一次，我正和女友在省會城市的一家酒吧裡坐着聊天，忽然，被一種想哭的感覺攫住，周圍鬼氣瀰漫，紅男綠女妖影幢幢。這個吸引了我。我緩慢地站起身來，在女友詫異的目光中，在酒吧裡夢遊般走來走去，似乎要尋找甚麼。我終於在靠近樂池的一面牆上，看到在一組普通磚中，交雜相嵌了十幾塊再生磚。我叫來吧主。

「我認識它們。是我家生產的。」我激動地說，「它們上面有特殊的印記。你知道吧，再生磚是一種特別的產品，每個企業生產的，都有自己的標誌。」

我指着磚面上的一個圖符說。它看上去像我母親那紅紅的、迷離而亢奮的眼睛。吧主很吃驚，恭肅地看定我。而我女友的表情中，也流露出了欽佩。

吧主坐下，叫服務員添了酒，敬了我一杯。他說，他有一次途經災區，看到這磚，覺得它一定是一種藝術品，很適合用來裝飾酒吧，便買了帶回。果然，有了它們做「鎮吧之石」，連回頭客都多了起來。

我無言以對。當人們在這兒歡娛的時候，我母親的前夫和我的哥哥，此刻就匿身在再生磚乾澀的縫隙中，在這他們從未來過的陌生城市裡，在這與他們一輩子的慣常生活格格不入的時空中，一陣陣發出伴唱似的婉轉回聲，取悅客人們，讓他們陶醉，忘記掉生活的艱辛和疲憊，讓他們大把花錢買樂，不再覺得有甚麼悲痛，然後才好精力充沛地重新投入工作。但這並不僅僅是城裡人對刺激和新異的追求。人們還好像從中獲得了一種對於未知事物的久盼而玄怪的解釋，勉強能

夠用來説清楚他們為何今夜在此。

「我有一件事情想請教您。」吧主是個打扮新潮的大男孩，他靦腆地説。

「你説吧。」

「是這樣，我很好奇的是，災區的人們，每年在那個忌日到來時，都做些甚麼呢？」

「這沒有甚麼好奇的。據我母親講，那天，村民們從不參加任何有組織的活動，而是該幹甚麼就幹甚麼，時候到了安靜一些就是了。」

「那麼，再生磚呢？」

「它們在這一天保持沉默。」

「哦，明白了。來，我們再乾一杯吧！」

用再生磚砌的酒吧，就這樣在城市裡雨後春筍般出現，而且，慢慢地不僅是酒吧，而延及各種新派建築。受材料供應量的限制，如果不能全部由再生磚砌就的話，至少在房屋的關鍵部位，也一定要用再生磚來打底。這已不僅是施工的標準，亦成為了時尚，尤為成功人士推崇。從最淺顯的層面講，人們覺得，這代表了綠色的理念。可以説，再生磚的出現，挽救了城市裡瀕於崩潰的房地產業。至於那些豪華別墅，則較大面積使用了再生磚，使房價重新漲上天，卻吸引了大批有錢人的入住。

當每一個人都面對再生的時候 ── 這是一種體驗，也是一種考驗，很快地，廢墟就成為了一種比石油還要稀缺的資源，價格高企，供不應求，常常要通過很硬的後台和關係，才能搞到一些兒殘磚碎瓦。農村裡不少磚廠轉產了，它們不再生產磚頭，而只是向城裡人倒

賣早先存儲下來的瓦礫。那時候,很多人都希望再爆發一場災難,以產生更多的廢墟。對災難的渴望成為了壓倒性的社會情緒。甚至只要某個地方發生了一起普通的傷亡事故,建築師、商人、遊客……都蜂擁而至。後來,科學家發明了災難探測器和預報器,不僅僅在陸地上,而且,在大洋深處,在天空中,在大氣層外,在行星和恆星內部,尋找災難的源泉。這也使得我們昂首闊步走在了再生的路上,從而催生出一場波瀾壯闊的運動,具有史無前例的雄渾宏偉。這方面的資料太豐富了,大家都已了解得很清楚,我這裡就不多說了……總之,人們紛紛把他們的喜愛的東西進行粉碎性處理,徹底打爛掉,令其死亡,然後在這樣的基礎上,一刻不停地創造出新的事物來。我們的生活,無非如此。

十二

就在那次去酒吧後,女友離開了我,她迷上了災難探險,而我則不願意去。我們發生了意見分歧。

「我是在跑步時,產生這種想法的。每天清晨,看到你高高在上、像棵樺樹一般站在教學樓頂,一言不發,彷彿要跳下來的樣子,那種感覺太美了——也太性感了。我覺得你會融化在空氣之中,而那是無間的,沒有比這更自然的了。」她自顧自地,像喝了威士忌一般說着,使我覺得她周身都應該是大蝦般紅通通的。但我知道與她上床已是沒有指望了。她說的性感,是一個帶有危險性的整體概念,而並非具體有所指,或如你們想像的那個意思。

一年後，她在西部的一次深險活動中身亡。據目擊者講述，這一群年輕男女，把自己粉碎掉了。為了玩酷，他們使用的也是一種低技術裝置，即由空氣攪拌機改裝而成的機械，利用手工操縱兩根曲式搖柄，帶動一台舊馬達，使人體在電顫作用下，經過約三個小時的緩慢震蕩，解體成為一腔空氣。

　　這個過程應該是比較痛苦的。但相較於當年埋在廢墟下面，苦苦支撐上百小時，最終在被扒了出來，卻又迅疾見光而死，又更能從心情上接受一些吧？

　　我記得女友講過：世界上最大的災難其實是空氣。它們無處不在，靜靜的，但隨時都在發生猛烈的爆炸，製造出毀滅一切的縱波和橫波。這正是生命的真正力量。探險，就要到這樣的地方去。如果不能避免它，那就緊緊擁抱它。

　　「這樣做，可以解決我們的思想危機了。」這女孩兩眼發直地呢喃，鼻翼兩側顯現出了些許幼稚的英氣。

　　——但是，甚麼是我們的思想危機呢？對此，我至死也未能弄明白。也許，我是個無思想的人吧。災難之後，出現了很多像我這樣的人。

　　我設法接近了她和她朋友們的遺物，包括那台空氣攪拌機。它有着粗糙的刃鋒和齒輪的結構，從一個焦黃的筒狀物上捲伸出一些青色的鐵皮和白色的塑膠管子，整體看來像一個半剖開的子宮，人可以胎兒般縮坐在裡面，靜待命運的最後判決。另外，這群年輕人還搜羅來了與空氣有關的其他機械，涉及噴槍類、清洗類、過濾類、風洞類等，無不閃閃發光，具備鐵銅才有的嫵媚。這些世所罕見的玩意兒使

我既羨且恨。

　　我去到了她解體的地方，用一個廢可口可樂瓶子收集了一些空氣。它們呈淡紫色，使人想到克里斯汀‧迪奧公司的某種新品牌香水。

　　我帶着這瓶空氣——在我看來，它就是廢墟的另一種樣式，回到了家鄉。農村的總體模樣，其實沒有大變，只是母親老了許多，而父親已經過世。我撲在母親的懷裡痛哭。在她面前，我永遠是個孩子。她仍然沒有落淚，只是輕輕地一遍遍撫摸我的肩背，説：「娃兒，莫要哭莫要哭，沒得啥子事。回來了就好了嘛。説起來，你比你的哥哥走運多了。」

　　我想問，我那不曾謀面的哥哥是怎麼死的，最後卻沒有問。

　　母親還住在那間再生磚房裡面，對於我的回來，她像是早有預知，連我的床都提前鋪好了，被子也洗得乾乾淨淨。

　　夜中，牆壁上又一次滾湧出了熟悉的聲音，使我難眠。我仔細地傾聽裡面的人在講些甚麼，但聽不明白。

　　第二天，我往那瓶空氣中注入了瓦礫和麥稭，進行充分攪拌，用手工的方式，製作了一塊再生磚，把它放在家中的牆角，距我睡覺的地方不遠。母親坐在一個小木凳上，像一隻抱窩的老母雞，眯着雙眼靜靜地看着我做這些，沒有表示任何的異議，但也沒來搭手幫忙。她現在可是一位製磚的權威呢。她一直看着我把這一切做完，然後，就去為我燒飯。

　　夜裡，原本的那些聲音裡面，夾雜了一個令人不安的新聲音，隨後，它們彷彿吵起了架來，又慢慢地平和了，好像有説有笑，又彷彿

在一起打牌。對此我不能肯定。我睜開眼，看到母親正佝着顫抖不止的身子，雙手痙攣地拳在腰間，像隻十幾歲的貓兒一樣，俯耳在磚牆上，孩童般着迷地傾聽着。當我們的目光對視時，雙方都害羞地笑了。

十三

　　要說的是，我的女友，正是那位建築師的女兒。我們竟成了同學，這真是機緣，好像冥冥中有甚麼安排。我對建築師懷有感激之情，如果沒有他，母親就不可能再生，那麼我也就不會來到這世上。如果沒有建築師，同樣也就不會有他的女兒，這樣一來，我的生活就甚麼也不是。這個女孩已經深深地銘刻在了我的心中。但說不清為甚麼，在我的潛意識深處，又縈蕩着對建築師的不忿，就彷彿他是我的情敵。我因此把這份複雜的情感投射到了他的女兒身上，想從肉體和精神上把她佔有、吞噬，卻又往往退避三舍。這時我會想到我的生身父母，以及囚禁在再生磚裡面的另一個父親和哥哥。我們一家人與建築師之間，有着難以分割的緊密聯繫，卻又存在着一條無法逾越的鴻溝。但他的女兒像是預知到了所有的後果，便提早離去了，逃脫了我設立的陷阱。我因此無所適從，像所有的災難幸存者那樣，對未來感到生疏和絕望，從而體會到了當年母親的心情。然而，隨着時間流逝，我又逐漸對建築師增添了一份歉疚，因為，作為男人，我畢竟沒有保護好他唯一的孩子。但我和建築師從不曾面對面說過一句話，似乎是一直沒有遇上這樣的一個機會。有時我想，如果我是他的孩子，又會是怎樣的一種情形呢？

　　我無法擺脫深深糾纏我的夢魘。世上有那麼一個地方，所有的遇難者都是被倒塌的房屋殺死的。人類不再住在山洞裡面後，建築師大出風頭的日子就到來了。因此，建築師其實才是真正的殺手嗎？

　　其時，建築師正處於他事業的巔峰，成了國寶級的、大師級的人物。但女兒的意外死亡把他擊倒了，他大病一場，然後，從公眾的視線中消失了。我猜想，也許，他已看到了再生的危機。他不再出現在任何一個受人矚目的場合。這樣，很快被時代和人們遺忘了。當個別人偶爾想起他的時候，再生磚已然成為了一個形而上的偉大理念，使它的創造者也變得渺小了。再生磚替代了它的主人，統治着社會運動及進化的每一個環節，支配着人類的精神和物質生活，因此終究與建築師本人脫離了干係。

　　這時，我不禁猜測，建築師還在是個年輕人時，就提前預知了未來的女兒之死，因此才滋生了製作再生磚的念頭嗎？這就是再生磚有用的地方吧 —— 卻也是它的最大無用之處。

十四

　　隨着航天事業的蓬勃發展，再生磚也逐漸被引入了太空開發。宇航員把再生磚帶上了空間站。人類在月球、火星上建立第一個永久性基地時，也都使用再生磚奠基。這是新時代的風俗。不知道未來的星際考古學家會怎麼看。

　　有一些裝置藝術家，用飛船將大批量的再生磚運載到木星與土星的軌道之間，把它們按照一定的重力配置拋射出去，建立了一個新的

小行星帶。

　　有的宇航員說，在接近真空的太空中，也能聽見不同尋常的聲音。從常識上講這當然是不可能的。但人們解釋說：或許，真空中彌佈着死亡，於是形成了連續的廢墟，而只要有廢墟的地方，就一定會有再生磚，但它們並不都是以我們熟知的模樣呈現的，而完全可能以另一種物理形態存在着。

　　藝術家說：如果心靈是宇宙的主宰，那麼我們是會聽到它的顫音的。

　　科學家指出：宇宙有一天會坍塌崩潰，那麼，這些無處不在的再生磚就會發揮很大的作用。也許，在某一些自洽世界中，再生磚本身就是一種生命形式。人類對於生命的基本概念需要修訂，對於生死的本質，也需要重新認識。

　　宗教家表示：再生磚裡面其實甚麼也沒有，它是空的。

十五

　　在地球上，人們則開始用再生磚重建巴別塔。位置就選擇在幼發拉底河和底格里斯河交匯處。應伊拉克政府之邀，中國方面組織了一批技術人員和勞工隊伍前往援建。但不僅僅是中國人，參與這項史無前例的工作的，是一支十萬人的國際建築大軍，包括美國人、英國人、法國人、俄羅斯人、日本人、印度人、伊朗人、以色列人、巴勒斯坦人、澳大利亞人、巴西人……超越了意識形態和種族紛爭，走到了一起。至於用於主體構架的廢墟原料，則是從中國西南地區輸送過

來的，因此，建設了從中國通往中東的一條大通道，也稱作「廢墟上的新通道」。當然了，因為新巴別塔體量龐大，僅僅依靠中國方面提供的原料是遠遠不夠的，因此，還利用了當年伊拉克戰爭期間遺留下來的廢墟。這是人類第一次在地殼表面直接把建築材料泵上三公里以上的高空，新巴別塔也成為了地球上最高的廣廈，超出了杜拜塔等知名的摩天大樓。

後來，按照同樣的方式，重建了紐約的世貿雙子塔。建設過程中，科學家發明了廢墟克隆術，或稱同類物質重組術，將構成瓦礫的原子，用微工程一個個複製出來，形成所需的原材料。

這之後，則輪到了龐貝城、安尼城……為了加強效果，撕裂了七顆小行星，同時破壞了有意在它們上面灑播的人工生命—— 三十多種微生物，用一個很大的飛船船隊，把這樣一種特殊的建築材料，拖曳到了地球上來，再製成再生磚，最終築起了新城。

在重建廣島和長崎時遇到了一些麻煩。人們遊行示威，舉行抗議。但這時科學家又取得了一項新的科學突破。他們發現，時間本身也是一種廢墟。於是就好辦了。藉助楊-古德里安轉換方程，科學家把廢墟與時間統一了起來，以之為再生磚的材料，這就使躁動不安的人心平靜了。在一九四五年八月之前，人們已經建立了許多個廣島和長崎。從中也發現，像記憶合金一樣，時間對於災難，的確是有回溯功能的。

那時候，中國的工程隊在全世界受到了歡迎。捎帶要說的是，有一些陝西籍的中國建築工人，回國時捎回了一些新型再生磚的邊角廢料，在咸陽製作了阿房宮，據說帶有一定的遊戲性質。

這些地球上不同文明背景的建築物，都能從自己的體內發出特有的聲音，並且利用電離層展開對話，超越了簡單的語言層面。它們構築起了一張彌佈世界的網絡，超越了互聯網而成為了一種新的信息交換渠道。在那裡，三百萬年來出沒在這顆星球上的所有亡靈——總數超過了一千億——在不停地交流。但要深入地探索這個異狀的世界，又幾乎是不可能的。它被建造出來後，就成為自由而獨立的存在了。

十六

訪問地球的第一批外星人，竟是一支建築工程隊。他們在各大星系施工，目的是為了修補這個在他們看來已經破爛的宇宙，使各個星系的死者最後都有他們的去處。外星人偶然地訪問了地球，對再生磚發生了興趣。他們其實也使用了類似的建築材料，但與人類的仍然不同。於是第一次出現了星際文明間的對話與合作的機會，建築語言成為了不同物種用於交流的共同語言。

有一次，一個外星人代表團來到我故鄉的災區，參觀一個大型磚廠。他們想在蛇夫座方向再生一簇新的星系，作為連接過去與未來的基地，使亡靈獲得重生的機會，並希望從地球人中間，挑選一些工程技術人員前往輔助作業。這時，當地陪同的官員忽然發現，外星人團隊中的一人，很像是那位發明再生磚的地球建築師，但不能十分確定。他怎麼與外星人待在一起了呢？

——但就在這時，地面一陣震動，磚廠忽然不明原因地倒塌了，壓死了不少地球人和外星人。其中一些人的屍首，包括那位疑似再生

磚發明者的，都沒有能夠挖掘出來。這是很奇怪的一件事情。

當地政府十分尷尬而惱火，對相關責任人進行了處分，並禁止新聞媒體對此進行報道。

後來，在一次拍賣會上，母親把磚廠廢墟的一部分購買了下來，利用它來製磚。就在村頭，她用新的再生磚築起了一間小房子，不像民居，不像廠房，也不像旅店，而且不讓任何人住進去。

「經過了這麼些年，我好像又回到了從前的時光。忘記的事情又都回想起來了。」母親喃喃自語。她已經很老了。

我曾經問過母親，她是否知道，混和在這堆再生磚中的死人，都是些甚麼人。母親用一種安詳得讓人窘迫的神情回望我，那意思好像是說：這還用問嗎？但我覺得母親或許並不十分清楚。她從來沒有離開過這個村子，她不清楚外面世界的變化，她也不知道外星人已經降臨地球。支配她晚年行為的只是記憶深處的一種下意識活動，是一些量子的隨機漲落。

我也有一種強烈的感覺，那就是，發生災難的那一年，建築師本人並沒有真正通過製磚而實現再生。他只是做了一場預演。但他當年的確幫助了我母親的再生，現在，建築師的再生，竟需要由我的母親來安排嗎？他和外星人一起踏上了中陰之旅。

這裡的一個以前被忽略的問題在於，有關建築師的妻子的情況，卻不太清楚。對於如何處理建築師的後事，因此並沒有徵詢這位女人的意見。我不知道這樣做妥否。

然而，被埋進去的，難道真的是建築師本人嗎？這其實還是個懸案。

後來，母親又趁我不在家時，把建築師女兒以空氣形式注入的那一塊磚，拆解下來，轉移到了新房子裡。她這才好像完全放心了，並用獲勝般的眼神久久打量我，那顫巍巍的得意模樣兒甚至有幾分調皮。

　　我不能跟母親計較甚麼。而在夜裡，人們常常能聽到，從村頭那間孤獨的房子裡，唧唧中傳出了一個老男人和一個少女的對話聲。在此時此地，他們好像有得可談。

　　這時，母親就會從床上爬起來，走到自家的磚牆前，在那兒絮叨：「時間過得真快啊……但是我的心裡還是沒有把你們消失，不知何年何月才能消失，只想問候一下你們在那邊過得好嗎？」

　　我又一次清晰地意識到，母親確已進入垂暮之年了。我聽到磚牆上流淌出了一片像是啜泣的聲音，卻無法分辨悲喜。

　　母親對着牆說：「你們那年走後，就要建遺址公園了。縣旅遊局的戴科長，還有鎮上的王鎮長和村裡的楊村長都來找我，說我是第一批參加打磚的人，要我為災後重建做出新的貢獻。他們要收購我的磚，來建公園，公園裡要造一個照壁，把所有死人的名字刻在上面，包括你們的，下面還要做龍和獅子。我不想那樣幹，怕今後那個地方太鬧，大家不能想怎麼安息就怎麼安息，但還是答應了他們。不答應不行。」

　　母親說：「我自己在屋裡時，就給你們燒香燒錢。也不知道你們夠不夠用，但是，你們不要節約噢，當用的就用，當花的就花，不要多想我們這邊的事情，那是想不清楚的。」

　　母親說：「我有時不知道怎樣把你們的事情給他們說，但我還是說

了，就讓他們把你們也當成自家人。好在我們還住在一個屋檐下面。」

母親說：「過年時，我也放鞭炮給你們聽，要讓你們在那邊也沾點兒喜氣。你們沾了喜氣，我們同時也就沾到了。我摸都摸得到你們。」

母親說：「你們甚麼時候給我帶個孫孫回來呢？」

我覺得，這句話，她好像又是說給我聽的。

她說了這些，自己也很快不記得了，於是又再說一遍、二遍、三遍……說累了，就爬回床上，睡覺去了。

十七

那個時候，我很擔心母親，多次回到家鄉探望她。

農村仍然沒有發生大的變化，基本而言，它還是幾千年來那個樣子，並不因為重建，而怎樣怎樣了，人和事，都沒有與以前不同。但災區的局部環境卻在改變，變得令我陌生。很多的事物都簡單而樸素了起來，卻越來越接近於神話。

有時，人們在田間地頭，看見了許多孩子，他們五個結成一組，在那裡跳繩。他們全身披着白蠟，內臟裸露着，那分明是一塊塊的殘磚，彼此相嵌而淤塞。這些孩子，並不都是在災難中死掉的本村孩子，也有可能是鄰村的，也有可能是鎮上的。但他們中的一些，似乎穿着古代的華服，好像是由時間的塵埃匯聚而成。他們起勁地跳着蹦着，不久後就騰空化成一片片的影子，四散而去了。隨即，又換了新的一撥。因此，他們的軀體雖然有着腥燥的磚塊的結構，但可能並不是實體的，有人說，與之相遇時，可以直接穿越他們的身體，就好

像走進了空氣。這讓我想到逝去的女友。那個時候，地外飛船已經降臨，但在這孤陌寡聞的村子裡，並沒有任何人，把這些孩子與外星生命聯繫起來。

有一天早上，我醒來後，看到窗戶外面，村子上方的天空呈現出固體的特徵，有些像建築工地般的凌亂，被密密麻麻的、石榴般的物質填滿，只能在狹小的泥石縫隙間看到一絲半縷的白雲流動。這種感覺真是彆扭。我問村民們看到沒有。他們有的說看到了，有的則說沒有。還有的人，目擊了堅硬的結構中迴蕩着聲波，就像池塘裡的一圈圈的水紋。另還有人說見到了類似於用紅柳雕刻出來的漩渦，而細看之下它們又變成了黃桷樹的年輪。我問母親看到了甚麼，她說眼前嘩的一聲，出現了黏稠的、玉米粥一般的金色佛光。這些都是展呈在村子上空的，猶如無邊無際的海市蜃樓，好像空中飛城蒞臨了。如此的建築形式，不要說農村人，連城裡人也聞所未聞。它們好像在暗示着一種新的宇宙秩序的建立，肯定了我們之前未肯定的，卻否定了我們之前否定的。它所具有的井然和完美，以及它那內嵌的分明等級，恢復了托勒密世界的優雅與精緻。但那或許並不是我們的世界，而是某一個平行世界吧，恆河之沙中的一粒。它們給人的感覺，是長存不朽的，卻又並不是恆穩不變的。人們後來老是在說，天堂裡沒有地震，但是，就我和母親觀察到的那些世界而言，它們的板塊在推擠，積累了巨大的張力，隨時會釋放其緊張，自上而下，形成崩塌。所以，我才意識到了，甚至地面的所有震動，其本源還是來自天庭吧。

我離開村子時，母親會把我一直送到村口，我們之間已沒有話要說，顯現出了很多的母子之間最後都必然要面對的那種尷尬。

　　我還記得早年間我考上大學，也是由母親相送，告別這塊災難的土地，走在了前往城市的路上，那時，我背上的書包中裝有一張光碟，裡面刻錄了磚房中的聲音。後來，我把它送給了大學裡認識的女友。

十八

　　繼哈勃和韋伯之後，新的大型天體望遠鏡被發射到了太空。於是，人們終於看清了宇宙的大尺度結構。

　　那是一種具有磚紋的網狀結構。裡面好像有山水，有走獸，有群蜂般旋轉不停的巨型碟狀物，還有遍佈各大星系的墓碑狀黑色物體，骨牌般整齊地佈下宏陣。這一切並不是人們想像出來的，而是真實地存在著。它們又像是一些生動的記號，雖然有著塗鴉的特性，卻充滿活力，並具有很大的域寬、背景及氣場。

　　第一次，宇宙被一種可視性的連續物質，聯繫在了一起。

　　但它是一件作品嗎？

　　展廳又在哪兒呢？

　　我佇立在地球上，就能清楚地聽到大量的來自宇宙的聲音。有的是生物的，有的是非生物的；有的是人類的，有的則不知是甚麼文明的；有的來自百億年前，有的只是產生於最近的幾小時、幾分鐘；有的像是我熟悉的人，有的則十分陌生。有一次，我恍惚覺得聽到了逝去女友的聲息。我還未忘懷她嗎？她還在惦念我嗎？她真的已經升天了嗎？是的，她很可能再生在了宇宙某個地方，成為了異世界的一

員，並在那不知名的時空中與我的心靈形成了量子糾纏。這常常使我覺得宇宙在開放中保持着封閉，它並沒有任何的隨機性。

那時候，國內出現了一個新的行業，專門做一種生意，即推銷一種概率互聯技術，可以幫助顧客通過磚瓦的聲音找到親朋故友的下落。但是，往往找到之後，卻是對面不識。儘管這樣，也還要鍥而不捨地找下去吧。

美國科學家猜想，我們所生活的宇宙，就是建造在一個巨大廢墟上的一間房屋。但那個廢墟是甚麼，它是怎麼形成的，都不知道。這涉及宇宙的私密性。關於這個問題的研究，已經代替了大爆炸和超弦假說，成為了當代宇宙學的核心命題。一些學者推測，我們的宇宙正處於一個再生的週期之中。它在幼年時蒙受的災難，遠遠超出了我們的想像。而人類作為一種渺小的生物，所經歷的悲歡離合，與之相比，實在是算不得甚麼。

——於是，以此為文學的基本內容，在日本和韓國，出現了詩歌的復興運動。主要是圍繞建築題材，形成了一個新的詩派。詩人們歌詠道：世界就是一塊磚。

後來，英國科學家發現了再生素，認為它是物質的一種基本元素，誰掌握了它，誰就能避免自由能為零，從而永不會抵達最大熵。但如同燃素說和以太說一樣，這也引起了廣泛的爭議。

有一些俄羅斯飛船成功地探索了銀心中的大黑洞，宇航員自稱看到了某種廢墟般的構造，具有晶體般的蛇形，其實是由連續質點系構成的實數空間，並暗示出微分方程最終是用來表述生命規律的基本數學形式。對此人們還不好理解。世界上最強大的幾台超級電腦都在不

停地運算，試圖破解其中的奧妙。

目前，這一發現產生的效果更多是心理上的：認識到宇宙可能是一座可以用量子矩陣力學來作近似描述的廢墟後，人們多少放心了一些，覺得這個資源，還可以用上幾百億年。至少，製作大量的再生磚，不成問題了。

由於宇宙的繼續存在，地球人受到了鼓舞，也想到要做出一些貢獻。那麼，堅持不懈地打造再生磚，其實就是這項超脫了個人局限性的偉大事業的一部分吧。在未來的終極災難來臨前，微不足道的人類也是能夠發揮一定作用的吧？我們一定要趕在那場災難到來之前準備足夠的再生磚。我們已經深刻領會了災難對於我們再一次走向繁榮的意義。我們能夠自己拯救自己，而不需要別的甚麼力量的援手。

但關於究竟甚麼是再生磚，圍繞這個問題的爭論還在繼續，看上去是個無底洞。

十九

母親繼續地老了下去。她在建成了那間村頭的小房子後，就把磚廠整個移交給了我的表弟來經營，她自己則做起了導遊的工作。每天早上，她都換上本地的民族傳統服裝，花花綠綠，濃墨重彩，這令她彷彿成了西方油畫上的貴婦，人倒顯得年輕而典雅了，一點兒也不像個鄉間老嫗，而且從肩頭開始，披掛着一層神性的、奶油般的色調，直達她穿着藏青色布鞋的削瘦腳跟。她還染了髮，塗上啫喱水，保持着頭髮一絲不亂。但她從來沒有想到要到城裡去居住。她說，那些城

市，建在更古老的廢墟上，實際上比農村更農村。而她其實一點兒也不喜歡農村 ── 這一點我以前卻不知道。她曾經對我說，你不要常回來，這個地方的地氣已經不好了。連活人都不想觸景生情。但當我說帶她去三亞旅遊時，她卻死活不願意。她的餘生裡就待在村子中，哪兒也沒有去。

她每天都利利索索地來到村口，與年輕的導遊們一起拚搶，尖聲吵嚷，拉扯遊客。一般來講，在這場爭奪大戰中，母親總會取得更輝煌的戰績，使那些比她低兩三個輩份的競爭者深感嫉妒，卻又不得不服氣。她興沖沖地帶領客人們，大步流星來到我家參觀。她走得那麼的快捷，以至那些遠道而來的城市客人們都要嘀咕着小跑步，才能勉強跟上。入戶訪問是災區旅遊的一個常備項目。母親口齒清晰，不打顫地向遊客介紹，這間房子，就是災難發生的那一年，她親手用再生磚打造出來的。她告誡大家不要去遺址公園玩，因為那裡的味道不好，一些遊客不講公德，隨地大小便，另外也沒有甚麼好看的，太人工了，沒有甚麼災區特色。她說：「你們能來這個地方旅遊，這真是很好。從前想都沒有想過哩。活人要感謝死人啊。」然後，她就絮說起她的前夫和孩子是怎麼死的。對此她仍然記得分毫不差。遊客們最喜歡聽這樣的故事了，無不嘖嘖稱奇，心想多虧來到了這戶人家。他們是完全沒有經歷過災難的新一代人。

母親：那天下午，房子忽然搖起來了。老公大喊「地震」，然後抓起一件衣服一邊包我的腦殼，一邊把我往外推。但是還沒有出得去，房子就垮了。房子垮的時候，他一直用胳膊護着我。當時啥子都看不到，都是灰。我們掉到了一個縫縫裡面。

256

遊客：你們當時受傷了嗎？

母親：我的右腿被一塊房樑砸住了，神志還很清醒。老公一直死死地把我護在他的胳膊下。我說，你鬆一點。他說，我可能不行了，恐怕要死了。我說，我們現在安全了，你咋個說這樣的話呢。我一摸他的背上，都是血。他的腦殼肯定被砸破了。

遊客：他說了甚麼呢？

母親：他要我堅強些。我們還有一個娃兒，去年剛剛上初中。他要我把娃兒看管嚴格一些。要娃兒走正道。現在，外面的歪門邪道可多了。不要把娃兒毀了。我答應他，說我曉得了。我們對娃兒一直管得很嚴格。我會要求更嚴格一些。

遊客：然後呢？

母親：我就一直大聲喊他。開始他還答應，大概半小時後就沒得聲音了。我就一直緊緊抱住他。我身上的那堆廢墟，還留有一個小洞洞，有碗口那樣粗。上面是亂糟糟倒下來的磚瓦。我的腿一直在流血，痛得鑽心。口渴，就接自己的尿喝。

遊客：啊……

母親：尿喝乾了……當時想死了算了。但是一想到還有娃兒，想到老公臨死前給我說的話，我就要活下去。我一直抱着他的身子。我右腿已經不流血了，估計裡面血管堵死了。後來我就摸了一塊磚頭，使勁砸右小腿，小腿被砸爛了，又開始流血，然後我就把這隻腿頂在老公的背上，血從他的背上流下來，我就用嘴接着喝。老公身上也在流血，但我忍住沒有喝他的血，我只喝我自己的血。當時被困在裡面，我只有這樣才能喝到血……過了三天，我被當兵的扒了出來。我

才曉得，我那娃兒也死了。縣城中學的教學樓當場就垮了，可是周圍的房子一幢都沒有塌。

遊客：建築質量有問題啊。

母親：娃兒本來可以不死的。他的成績很好，老師讓他到黑板上去做板書示範，教室晃起來的時候，他一下就跑出去了。但他馬上又回來救老師。結果，被埋倒了。他真的是個乖娃兒啊。

……

據說，母親被軍人扒出來時，幾乎是赤身裸體的。她一見到腥髒的陽光，便哇地一聲，嘴裡噴吐出大股的鮮血，並嬰兒一樣嘹亮地哭出聲來，又撮着紅豔豔的唇，到處找水吃。母親那時，還很年輕。

遊客們來家的時候，母親會準備好一些小菜，還有自釀的米酒，端上桌來，與大家一起吃飯，收費卻很便宜。雖是陌生人，卻像家人相處一樣隨便，大家有說有笑，十分盡興。一些年輕或中年的男性客人，有時候也會喝醉，就交一點兒錢，在屋裡住下了，待到夜裡，由母親牽着手，糖葫蘆般一串串的，來到磚牆前，去傾聽那裡發出的聲音。母親看着客人們聽聲音的專注樣子，自己就滿足了。有的客人喜歡上了我家，一待幾個月也不願走，羞澀地說，是希望體驗「餘震」。有時，竟真的來了，母親的房客們就互遞眼色，縱聲大笑，成群結隊，爭先恐後爬上房頂，結果看到，無數的同樣的旅遊者，正站在村裡的每處房頂上，花果山的猴群一樣，張舉着旗幟般的手臂，隨大地波浪般左搖右晃。其情其景，就好像是重金屬搖滾樂的現場即興演出。母親這時往往就會抱膝蜷坐在地上，閉上眼睛，像是終於累乏了，要歇停下來休息了，打起了瞌睡，微微發出鼾聲。

　　八十二歲那年，母親忽然失聰了，甚麼都聽不見了。醫生也看不好。她就不幹導遊這一行了，決定到村裡的聾啞學校去上學念書。當時，災區（那個時候已經不叫災區了）有很多老人都是這種情況。這彷彿是他們安度晚年的一種方式。

二十

　　每天，母親背着自己縫製的藍布書包，一路上快活地哼着歌謠，邁開大步，女童一樣前往學校。她總要經過她親手用再生磚搭建的、可能是埋葬着外星人、建築師和他女兒的那間小屋，它就在村子東頭佇立，距遺址公園不遠，朝陽下如一縷玉色薄霧，彷彿永遠在不停地蒸發。母親經過的時候，並不朝它看去一眼，就彷彿它從來就不存在。有外地來的攝影師拍下了照片，送去參加荷賽，得了金獎。照片上，母親只是一個恍惚飄移的淡黃色剪影，看上去不知來自哪裡，也不知要去往何處，昆蟲般摻混在密匝的陽光中，與她腳下的蒼茫大地若即若離。而那個堅實的青鬱的房屋則是世界的主體，隱伏着像一座古代風格的墳塋，有着非常東方的味道。也許正是這個形象在荷賽上引起了西方評委們的興趣吧。但事實上，它已成了一座神廟，整日裡香煙繚繞。村民們說，裡面供的是磚神。但這只是迷信的說法。再生磚都生產那麼多了，連外星人都來了，村民們的科學素養，還是沒有得到有效的提升。他們的日子過得好像還跟災難發生前一樣。所以，低技術仍然是最適用於他們的。村子裡最基本的東西，還是以前那樣。

我看到，在那張獲獎的照片上，一切都還原於近似的本初沉默，彷彿從無休無止的問題和概念的爭論現場抽身而退。但我知道的是，這一切，正是當年一個思想點子發揮作用的結果。只能說，在人類消逝的歷史上，那些一度在純粹的技術規則下工作和生活的人們，曾經擁有多麼經典的藝術啊。

　　——事實上，這時，我和母親，都在開始考慮自己今後的再生方式。而這方面的安排，除了親身實踐，是無法用文字記敍下來的。但它倒也不是多大的懸念。

（寫於二〇〇八年底。文中再生磚的原型來自建築師劉家琨的設計。）

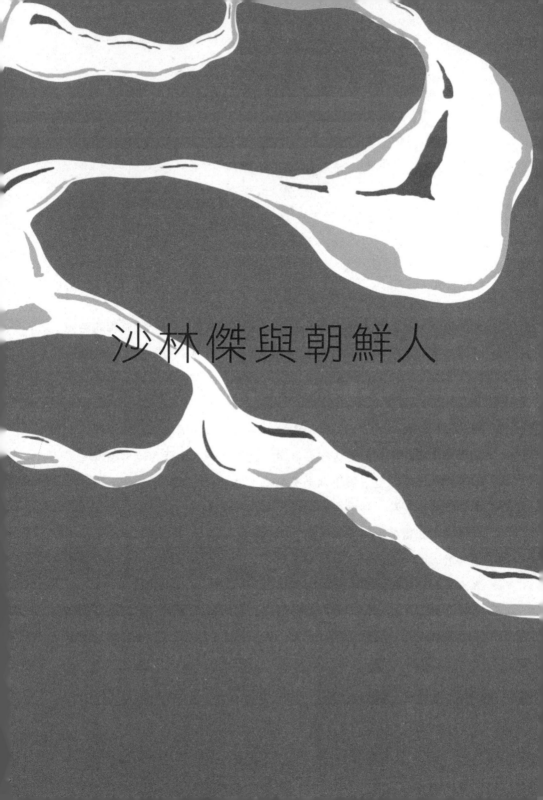

沙林傑與朝鮮人

這年聖誕節前夕，在紐約街頭，宇宙觀察者遇到一個孤獨的老頭兒，自稱沙林傑。他衣着襤褸，貧病纏身，凍餓交迫，看上去快要死了。是的，經過辨識，他正是《麥田捕手》的作者傑洛姆‧大衛‧沙林傑。宇宙觀察者決定選擇他作為觀察對象，就把他帶進一家冷麵館，請他飽餐一頓。沙林傑一邊狼吞虎嚥，一邊講述自己的經歷。他在因為《麥田捕手》一書成名之後，就退隱到了新罕布什爾州鄉間，在河邊小山的附近，買下九十多英畝土地，在山頂築了一座小屋，周圍種上樹木花草，外面攔上六英尺半高的鐵絲網，網上裝有警報器。此地風景如畫美不勝收，跟世外桃源一樣。想要做一個又聾又啞的人遁跡於人間之外，原本是《麥田捕手》的主人公霍爾頓的理想，現在看來，這其實就是作家本人的願望。

　　沙林傑在這兒住下後，深居簡出，有人登門造訪，都得先遞送信件或便條。如果來訪者是位生客，他就拒之門外，甚至連答覆都不給

一個。作家很少在公共場合露面，偶爾開吉普車去鎮上購買生活用品，也極少跟人說話，萬一有人在大街上招呼他，他立馬拔腿便逃。他的照片只在《麥田捕手》頭三版的封面上刊登過，後來由於他本人堅決反對，出版商也只好把照片撤去，此後要弄到他的一張近照就十分困難，因此還鬧出一個笑話：法國某報在介紹沙林傑時，竟錯把與他同名的白宮新聞秘書的照片登了上去。沙林傑成名後，寫作速度越來越慢，很少發表作品……總之，就是這樣一個人。

偉大的美國人民也寬容了他以這樣一種方式存在。也就是說，如果時間沒有因為宇宙觀察者的觀察而出現分岔，沙林傑就會與世隔絕退隱下去，在九十一歲時自然死亡。這何嘗不是一件好事呢？但不巧的是，就在他想要匿聲遁形的這個世界上，時間線發生了變化 —— 這其實是宇宙觀察者所為，卻不明白他這樣做是出於一種甚麼心理。美利堅合眾國被來自遠東的朝鮮民主主義人民共和國軍隊佔領了。朝鮮科學家並沒有使用他們原始的核武器，而是用了一種名為「甚麼都可以發生」的武器。它是基於「主體一號元素」的自旋效應，通過反轉時間因子製造出來的，從而改變了空間的拓撲結構。這是世界上最強大的武器。朝鮮一夜間成了軍事超級大國。

結果便是，戰無不勝的朝鮮人民軍不但統一了朝鮮半島，還打到日本，打到歐洲，打到北美，進而征服了世界。要說起來，朝鮮部隊可真是好樣兒的，對外宣稱紀律嚴明，不拿百姓一針一線，沒有住處時，就露宿街頭，從不入室擾民。他們要做的只是解放全人類，包括從身體和心靈兩個方面實現解放。這個世界本來已經墮落沒救了，正如同沙林傑描寫的那樣 —— 資本主義糟糕透頂，金融大鱷形成獨裁，

263

民族壓迫日益深重，經濟危機不斷發生，精神陷入重重災難，今不如昔明不如今生不如死。這才是作家退隱鄉間的真實原因，他早就看透了……沙林傑被朝鮮人認為是人類解放的先驅。他們正是看了他寫的書，才發誓要進軍全世界的。

這些樸實善良正義高尚的人打心眼兒裡喜歡着沙林傑，因為在指示下，沙林傑的《麥田捕手》早在多年前就被譯介到了朝鮮，供一代代人參考閱讀。譯者寫了這樣的前言：我國的青少年生長在社會主義祖國，受到黨、團和少先隊組織的親切關懷，既有崇高的共產主義理想，又有豐富多彩、朝氣蓬勃的精神生活，因此看了像《麥田捕手》這樣的書，拿自己的生活環境與資本主義的醜惡環境作對比，確能開闊視野，增加知識……朝鮮電影工作者還根據沙林傑的描寫，拍攝了關於美國現狀的影片：人們購買槍支互相殘殺，尤其愛殺小孩。老百姓餓了就吃雪，這是美國隨處可得的食物。人民住在簡陋的帳篷裡，用的是朝鮮援助的物資……於是，沙林傑在朝鮮受到了無尚尊敬，遠遠超過他在美國獲得的名望 —— 正是他剝掉了資本主義的外表光鮮而內裡齷齪的衣裳。

美國被佔領後，沙林傑的生活開始受到打擾，他被人民軍的政治宣傳部列入了典型報道名單。一組記者興致勃勃來到新罕布什爾州，找到了他隱居的住宅，要求採訪。沙林傑一如既往拒絕了。他平生只接受過一次採訪，那是一個十六歲的女學生，為寫校刊寫稿特地來找他，沙林傑破例接待了她。所以沙林傑沒有答應朝鮮記者的請求。但這些記者是帶着任務來的，要是完不成，就會受到嚴厲的紀律處罰，而且他們滿懷理想主義和英雄主義，怎能善罷甘休呢。他們就用鉗子

絞破鐵絲網，群擁到沙林傑的小屋前，在門口支起攝像機，擺出現場直播的架式，並不停敲作家的門。但沙林傑這老頭兒十分固執，不開門也不露面，就是不接受這件事。

這樣僵持了一天一夜，記者終於火了，因為他們是軍隊所屬的官方主流媒體，是得罪不起的。但記者仍然想着他們是溫良敦厚的人，就沒有把怒氣直接發洩出來，而是撥了一個手機，接通了沙林傑屋內的電話。沙林傑拿起話筒，聽見裡面傳出緩慢深沉而富有教養的男低音：「我是人民軍政治宣傳部。我們是世界上最公正的媒體，不受利益集團和金錢的驅使。沙林傑先生，希望您能接受採訪，有甚麼心裡話都可以説出來。同時，我們邀請您加入朝鮮作家協會，並擔任副會長……」沙林傑聽到這裡便把電話掛掉。然後他坐在地上抽泣起來。

現在看來，這大概並不是立場態度的問題，而可能跟性格有關。沙林傑在精神上不夠強大，甚至是有缺陷的。他沒有經歷過人類解放的恢弘場面，也缺乏跟黃種人打交道的實際經驗。他完全懵了。但朝鮮人並不這麼想，在他們看來，沙林傑是在故作神秘故弄玄虛，而且近於挑釁。他們這才真正憤怒了。但是出於挽救沙林傑的考慮，朝鮮人僅僅決定封殺作家的作品，把他列入黑名單，在世界範圍內禁止出版發行他的任何文字。據說，沙林傑成名之後，躲在小屋裡還寫了一些書。美國出版商原先還計劃等他死了，拿到他所有著作的出版權呢，現在做不到了。

接下來，沙林傑被認為宣傳了資本主義的腐朽生活方式，並且要在思想上腐蝕和毒害青少年。但朝鮮人畢竟是大度的、人性的、誠摯

的，他們沒有把沙林傑抓起來，也沒有批鬥他或者讓他寫檢查。沙林傑仍被允許住在他的小房子裡。只是周圍多了一些身穿不合體便衣的人，從早到晚似乎在履行監視的任務。社會上再沒有人提到沙林傑。他很快被遺忘了。連他曾經的書迷們都不再說起他。沙林傑心想，這倒也好，隱居的目的真正達到了。得感謝他們啊。他沒事時就端詳監視他的這些人，才覺得他們長得好年輕也好漂亮，就像一頭頭來自時空彼岸的馴鹿，他們的思維方式則是獨特的，也就是類似於積木那種構架，這樣便能通透認識客觀環境了。作為世界的新統治者，他們的一言一行竟然有些像沙林傑筆下的霍爾頓。沒錯，就是這樣。沙林傑像喝了美酒般，感到了舒適的暈眩。

　　但好景不長，隨後，大規模的經濟建設開始了，美國將被改造成一個巨大的樂園，從而走上全面復興之路。在軍方地產部隊的主導下，出台了統一而周全的規劃。新罕布什爾州自然也在這個美妙的設想之內。一天清晨，沙林傑被喧囂聲吵醒，他迷惑地看了看窗外，就見到大地上整齊矗立着一大排閃閃發光的推土機，它們都是由天馬虎式坦克車改造而來的。沙林傑最後的寧靜被打破了。他感到心煩，就少有地衝出門，面對拆遷者大聲申訴，說這是他的私人財產，不可以受到侵犯。但這個理由注定是無效的，因為它暴露出了隱藏在沙林傑潛意識中的秘密，這個秘密連他自己可能都不知道，也就是人皆有之的對物質的貪戀。這太悲劇了。

　　沙林傑立即被幾個初生牛犢般的士兵按倒在地。推土機轟隆隆衝上前就把他的房子鏟倒碾平了。沙林傑這時想到了去法院告狀，但他很快意識到全美已經沒有一家法院了。他又想到自焚，卻沒有找到火

種，而且他其實還是怕死的，在這一點上他跟時刻準備犧牲自己生命的朝鮮人不可同時而語。沙林傑無家可歸，只好開始在各地流浪。他以前太低調了，連照片都沒有幾張傳世，走到大街上，沒有一個人認得他，給他慷慨的施捨。所以請記住，一個人在春風得意時，還是能張揚就盡可能張揚吧。

宇宙觀察者靜靜聽完沙林傑的講述，覺得沒有任何理由指責朝鮮人做得不對。他們本來就是這樣子的，而且他們的確解放了全人類，並使地球在關鍵時刻避免了滅亡。是沙林傑自己埋汰了自己。簡單或通俗來講，沙林傑的命運代表了確定性的終結。這本是宇宙中極樸素的一條規律，卻常常被人忽視。一切在循環和變化之中，這跟量子運動和熵增有關。如果連這個都弄不懂，又怎麼能夠明白為甚麼宇宙的設計者會創造出他們來呢？朝鮮人無疑把握住了規律性。在這樣一個世界上，在這樣一種時間裡，切不可隨便小看了誰誰誰，一夜之間人家就可以後來居上，給你來個天翻地覆。總之，宇宙觀察者現在羨慕起朝鮮人來。如今，他只能去看，而無法去做。他是變化的製造者，但他現在卻只能待在他形成的變化之外。朝鮮人還很年輕，但宇宙觀察者已經老了。這是莫大的孤獨，比沙林傑還要孤獨。而這種孤獨早已被朝鮮人提前體驗過了。

於是，宇宙觀察者再度打量面前這個傳說中的人物，看到他正在用紙巾擦拭鼻涕，並且把吃剩的半個鹵蛋偷偷摸摸藏進衣兜，不禁悲從中來。但更可悲的是，在事物發生不可預料的變化之前，沙林傑竟心血來潮寫下了那本暢銷書。宇宙觀察者忽然有些擔心，這會不會成為一個突破時間線的東西，從而導致分岔的崩潰呢？這才是朝鮮人封

殺沙林傑作品的真正原因吧。畢竟他們才剛剛開始重建這個世界……
但誰又真的知道呢？唉，作為一台可以思考的機器，宇宙觀察者覺得
這太難了。

（寫於二〇一〇年）

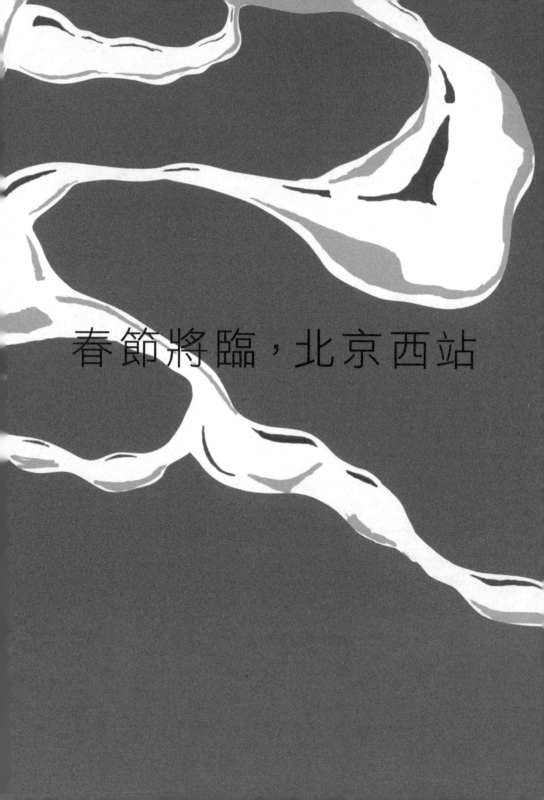

春節將臨，北京西站

混亂，擁擠，嘈雜。我站在三百米高的橫架上，往下看。

　　北京西客站在顫動。

　　旅客猶如寒武紀的生物。他們好像在爬行，經過的地方，有節律地爆發出轟轟轟的聲音。耳朵甚麼也聽不清。但每一個發音都會被傳感器記錄下來，上傳到控制中心，用語音識別器讀出來，納入監控檔案。

　　春運，春運，春運……各種相關的海報、廣告、招貼。全心全意為乘客服務。

　　候車廳裡豎立着十米高的「世界文化遺產」標誌牌。這是聯合國教科文組織授予西客站的榮譽。很多旅客在這兒慢下腳步，觀望，拍照。

　　「快走，不要停留。」執勤的警察驅散拍照留念者。

　　這是本星球最大的火車站。

　　不斷有人迷路。我的任務，是協助機器把他們找出來，帶到該去

的列車。

十點一刻，接到通報，有人陷入六十六號深區。

密佈的智能監視器構成網絡，可以看到西客站每一個角落的每一個行動。

機器已經捕捉到了那人。是一個模糊的男性影象。但很快消失了。

據判斷，他似乎採取了谷歌公司最新開發的規避技術。這在年輕人中流行。所以，大概不是一般的迷路者。

我沿十七號通道，搭乘磁滑器，按機器指示的方向前去。

龐大的春運，繼續按部就班進行。上百萬人在同時蠕行。每天平均有一萬人迷失在這裡。

有的地方，人去不到，而機器可以，蟑螂、老鼠等車站特有的動物也可以。不過偶爾也會有人把自己塞進去，死在那兒，變成白骨，許久後才被掏出來。

西客站的歷史太悠久了，同時它又在不斷變化，包括它的結構。手機地圖跟不上。

機器説：「他似乎故意不讓我們找到。他屬於故意迷路者系列。」

這種人，有可能是來探險的，對這龐大而複雜的世界懷有好奇。

也有試圖在這兒自殺的。這是本星球最著名的自殺點。它實在太壯美了。

另外是破壞者。不斷有人試圖毀掉這座宏偉建築。

這些人給我們增添麻煩。平時，也許有興趣玩躲貓貓，但春運期間，機器和人力都不夠用。

我抬頭看看，頭頂上方，巨大的金屬瘤狀物懸垂下來。

上面趴着幾名穿便衣的女性狙擊手，衝我笑笑。

除夕之夜，首長將要來到這裡，看望旅客，致以春節問候。安保措施已達一級。

事實上，西客站在不停發育，讓人想到宇宙初期。只是暴漲的速度沒有那麼快。

目前它最遠的觸鞭，已生長到六環之外，直接在那兒吞吐旅客。故意迷路者常常在邊緣找到機會闖入。

無人知道西客站今後會成為甚麼樣。

機器報告，那人在旅店一帶出現了。

旅店像藤壺一樣密密麻麻披覆在車站的實體上方。這裡沒有國際連鎖店，都是一色的本土快捷酒店。

「見過這人嗎？」我掏出執法證，對前台服務員說，又給她看監視器拍下的影像。

她帶我向旅店深處走去。景觀變得黑暗下來。這裡形成街道和廣場，濕漉漉的。春節前夕，住滿客人。有人在路邊晾衣服，有人在燒烤食物。防火機器人在遊走。

旅店後面骯髒，堆滿垃圾，長出綠毛，是多年積存的。因為形成了固定的生態系統，也是構成西客站完整性的一部分。

半空中支出一片片搭建的違規小屋。居住者通過向監管員行賄而滯留下來。西客站帶給各色人的便利，是無法抵禦的。

受賄的監管員時常會把他們的行蹤從智能天眼的內存中抹去。

故意迷路者很可能躲在這兒。

我來到乞丐和小偷的地盤。西客站也曾試圖改造這些人，令其趕上時代前進的步伐。但北京大學人類學中心建議把他們保留下來。這也構成了申遺成功的一個條件。

北京大學校區有三分之一，已經被西客站的延伸體纏裹。

這一帶是混雜區，機器很難用大數據或其他智能技術加以管理。

我見到一個熟悉的女乞丐。她是這兒的頭頭。她的經歷很傳奇：家在東北，離婚後，流浪到北京，住在西客站，被好些男人強暴，生下一個男孩，也不知誰是爹。她的夢想是有一天還能回家過春節。

「喂，這個人，見過嗎？」我給她看東西。

她瞅了一眼，指了指前方的一片佈滿塗鴉的塑膠營地。

這兒有五名探險者，都是海歸博士。他們見到我，面露尷尬神色。

我以前就遣送過他們。竟然又回來了。

這幫傢伙一直在探查西客站的本質。他們的研究發現，這座車站實際上是一個巨型的生殖細胞。這一度成了轟動的新聞。漸漸我們才習慣了。

並不只是蛋白質和核酸才構成細胞。金屬，水泥，都可以發展成這種樣子，只要它複雜到能產生並運行足夠的信息。

對這些探險者，我睜一隻眼閉一隻眼。因為西客站每天一變樣，已經找不到它的中心。這是迷路現象頻發的原因。監管者常常要與專業化的探險者配合，請他們確認某個新生長點。

我掃視他們，沒有在其中發現要找的目標。

一個麻省理工學院的神經生物學博士對我說：「春節前，西客站

新長出了一些附屬物，我們感到，有的存在問題。提醒你們注意。」

這我清楚。但再有問題，也不能割除。一個原因是，車站中有大量的管線，是多年前埋設的，數量達幾千萬根。已經不知道哪根與哪根相連，又與哪台機器發生關係。稍有不慎就可能造成短路、失火、爆炸。

我懷疑西客站正是利用這些線路進行神經遞質的傳送。

我就是在這樣一個機體裡面，做着維護穩定的工作。像我這樣的職員有五千名。每年春運是最緊張繁忙的，絕對不能大意。

按照探險者更新的地圖補丁，我重新調整了搜尋方向。

我在七百九十七號節點遇上一群中央美院的學生。他們準備回家，但被西客站的美吸引，滯留下來，打算寫生創作一幅「萬里春運圖」。

我看到，在畫布上，他們把車站描繪成一個赤裸身體的女魔，她側臥的身影籠罩了整個北京城。

機器發來新的通報。故意迷路者應該距離我不遠了，就在八百二十八號節點附近。除了我，還有五十六人也在進行人工搜尋。

越來越覺得，這人不同尋常。為找到他，系統已經封堵了百分之七十一的泄殖孔，也就是前往站台的橋樑、連接地鐵的過道、與公交快速線相通的隧道、旅客自動輸送線等。

他究竟是誰呢？我們付出的成本很大。不過這也僅僅是讓春運的節奏稍慢一點。

我又想，或許，並沒有那麼複雜，僅僅是一個企圖無票乘車的乘

客。但願如此。

我發現了一條新近生長出來的管線。這不是人工設計的。這一帶原本是荒蕪區。

西客站有它自己的成長秘密和規律。一般人都覺得它很老了，但它實際上正進入青春期。它熱情澎湃地與火車和鐵道進行能量、物質和信息交換。

我沿着這條新管線走，感到孤獨。我不禁回憶起我的身世。我不是北京人。父母從河南農村來京的，靠在建築工地打工謀生。我們只在春節回家，每次都要走西客站。

我們幾次被驅趕離京，但總是又能回來。我讀書只讀到初中。所幸西客站的一條觸鞭後來延伸到我家在豐台租住的地下室，才給了我機會。我應聘了車站的工作，最早做安檢，後來成了尋人者。

西客站是各種神奇傳說的集散地。是它在照拂我們。它是偉大的，與人類形成共生關係。在這裡，人們感覺到平等。

我來到管線的一個端口。這裡連綴着一些昆蟲狀生物。它們不是自然形成的，似在冬眠。

潮濕，寒冷，像是很多體液流了出來。大管線分岔，有的破裂了。

無人知道這些毛細血管會繼續延伸至哪裡。有人在門頭溝的龍泉寺發現過車站的附生體，從佛像的腳下冒出來。據說最遠的已逸出北京，到達河北和天津的地界。

直覺告訴我那人就在前方。但我忽然對找到他失去了興趣。

「注意，你自己不要成了迷路者！」機器忽然大聲提醒。

不知為甚麼，我的冷汗流了下來。我呆住了。

一個像是異形的影子呈現在眼前。我仍然沒有動。這時聞到一股氣息，我剎那間昏迷了。

醒來後，我見到熟悉的場景。這是審訊室。所有的故意迷路者，都被集中在了這裡。

機器的金屬頭在我的面前游動。我意識到不對勁。

「你到底是誰？」機器問。

「……尋人者。」

「問你的真實身份。」

我的深層意識，正被機器挖掘出來。我明白，系統跟蹤我很久了。我的偽裝立即被剝除得一乾二淨。我就是那個故意迷路者。

我記起我的執念。小時候，每天上學，經過西客站，都被堵住。我常常要中午時分才到學校。下午上完第一節課就要早退往家趕，總是天黑了才能到。那時它已開始膨脹。這影響了我的學業。我沒少挨父母打。

我相信，在這個國家，十三億人都對它有着執念。

我加入了西客站興趣小組。這是一個亞文化團體。

「你為甚麼要入侵並潛伏在這裡？」

「哦，一直想知道，它在思考甚麼。」

「現在，你終於弄明白了吧。」

「唔……它在想，春節是甚麼？」

「這對西客站，難道不是不言而喻的嗎？」機器也會迷惑。

「它試圖深度理解家的概念。」

「西客站的家？那不就是北京城嘛。」審訊者彷彿啞然失笑，好像我在說一個虛偽的命題。

「它可不這樣認為。」

「那是甚麼呢？」對方有一種窘狀，又不想讓我看出來。機器是西客站這個生殖細胞的一個莢膜。有無數這樣的莢膜。

「好吧。節前兩個月，它與香港站的感情發展迅速。它不能自拔。」

「是你的臆想吧。」它冷冷瞧着我。

「這種東西，只有人能感覺到。我看到了它的記憶深處。」我回憶自己長年待在生殖細胞的意識區的情形。真是不堪回首。每一個春節，我都犧牲了回家的時間。

「你去到過它的中心嗎？」

「中心是找不到的，隨時在變。你也去不到。」

「你做了甚麼。」

是啊，我做了甚麼？我努力回想。

我彷彿看到，我利用通訊器，在第七節點，注入了特製信息血清……

西客站通過列車和鐵軌，與香港站保持來往。但它越來越不滿足。它一直在向人類求助。今年春節前夕，這種感覺變得十分強烈。我是被選中的。

「它要做甚麼？」機器帶着恐懼感問。

「……對它來說，這僅僅是一個歡快的儀式。它也要過節。」

機器沉默下來。這時，我感到了震動。

我朝站廳看去。沉重的大理石和鋼架地面正在下陷，露出了荒廢的地窟。人們掉落，又四散奔跑。有的攀行着，向五百米高的上層建築爬去。

　　車站搖曳，震顫，垮塌。有黑色的濕滑或粗礪物質墜下。大廳搖晃。結構整體位移。如蟻的人群發出尖叫，這是一種撕裂耳膜的聲音，讓傳感器失靈。

　　一種可怕而振奮的感覺在心裡升起。我也開始離開。仗着熟悉這世界，我超越人群，很快到了外面。一路上震蕩越來越厲害，彷彿十級地震。

　　看到那巨無霸的華麗門戶──西客站的標誌，橫跨在天宇中，像男人的下半身。

　　我心產豪邁之情。無數的車流湧過。它們中的有些開始往回開。酒店倒塌下來。人體在空中舞蹈。旅客、乞丐、小偷、學者、探險者……集體升天。

　　而西客站正在起飛。

　　所有的高鐵列車也都飛起來，縱縱橫橫，層層疊疊，鋪滿北京城冬季湛藍無雲的天空。西客站的主體結構，好像一位驕傲卻焦渴的帝王。

　　我看到那台審訊我的機器，試圖去夠「世界文化遺產」的標誌。

　　「它想要飛！」我對它說，「它正在踏上去跟香港站團聚的旅途。」

（寫於二○一八年）

278

責任編輯	張俊峰
書籍設計	林　溪
責任校對	江蓉甬
排　版	肖　霞
印　務	馮政光

書　名	乘客與創造者——韓松中短篇科幻小說選
作　者	韓　松
出　版	香港中和出版有限公司 Hong Kong Open Page Publishing Co., Ltd. 香港北角英皇道499號北角工業大廈18樓 http://www.hkopenpage.com http://www.facebook.com/hkopenpage http://weibo.com/hkopenpage
香港發行	香港聯合書刊物流有限公司 香港新界大埔汀麗路36號3字樓
印　刷	中華商務彩色印刷有限公司 香港新界大埔汀麗路36號中華商務印刷大廈
版　次	2019年6月香港第1版第1次印刷
規　格	32開（148mm×210mm）288面
國際書號	ISBN 978-988-8570-58-4
	© 2019 Hong Kong Open Page Publishing Co., Ltd. Published in Hong Kong